月

辺見 庸

角川文庫
22549

月／目次

「きたれ、なれを清むれば」と宣《のたも》う御《み》声《こえ》に聞きしたがわん…。（聖歌５５５）

プロローグ　夢／マスカットグリーンの膜／わたしはなぜここに在るのか／絶滅危惧種でもないのに

1

ふと目がさめる。まぶたがひらいたまま、目がさめる。みえない。とくになにも。いつもどおり、ごくうすく、とてもやわらかそうな、マスカットグリーンのとばりだけ。それはあるのか。ほんとうは、ないのか。そのどちらでもないのか。目のそとか目のなかか。膜らしいものがはてしなくひろがっている。やさしそうな、うす膜。かすみといってもよい。均質で、おだやかな、半透明の視界。そのむこうに、なにがあるのだろうか。みたことはない。なのに、みたことがあるとおもっている。マスカットグリーンの膜のむこうには、マスカットグリーンの膜のむこうだけがある。どこまでも。涯なんかない。きれめもない。変化なし。わたしは、いた。あたしは、いる。まだ。いる。在る。そのことに、ちょっとだけ気おちする。ほんのちょっとだけ。たいがい馴れている。どんなことにだって、馴れる。ほんとうだ、たいしたことじゃない。たいしたことなんかない。

マスカットグリーンのとばりのおくから、なにかがとぎれとぎれにきこえてくる。

幻聴か。とおい声。とおい歌のようなリフレーン。ききながら、また眠りにおちた。

ロッカバイ　ロッカバイ
ロッカバイ　ロッカバイ
バイバイ　ロッカバイ

からだのなかを、ざーざーと雨がふった。おおつぶの。にわか雨。からだのなかの港がかすんだ。雨をななめに斬って、カササギが一羽とんでいった。銀色の水面がもりあがった。すこし重油がにおった。そんな夢をみた。「——は夜ふけにしのびあしでやってきて、朝もやにまぎれこむ」と、たしか夢のなかでおもった。情景として、おもった。「——は」が、なんだったか、おもいだせない。ロッカバイが耳孔で跳ねている。

わたしはまだいる。在る。つづいている。なぜ、在るのか。どうして、なくなっていないのだろう。さっき在った煙のように、どうしていま消えていないのか。ふっ。たいしたことではない。在ったものが、ひきつづき、まだ在るだけのことだ。にしても、何百万回目のらくたんだろうか。かぞえない。かぞえきれない。そうなると、らくたんともいえない。はじまりでも終わりでもない、どろりとした、うす緑色の、ゼリーみたいな、とき。時。そんなもの、いらない。なくていい。ただ、すぎてゆくか、とどこおるか、くりかえすかするだけのもの。なんとなく息をしてみる。肺が、ちからなくふくらむ。安物のゴムぶくろのように。ぼそぼそとふくらむ。つぎに、舌を、のろのろとうごかしてみる。ふん。いちにんまえに、舌なんぞがある。おどろくべきことには、舌がうごく。舌根から、うねうねとうごく。ちょっとあきれる。やれやれ。やくたたずの舌が、口中で、死にかけた蛇のように、ひとりでのたうつ。くねっている。その、下卑たのたくりかたが、いやになる。なんだか尾籠《びろう》だ。気にくわない。こちらの意思（意思とはなにか、それもわからないのだけれど）のとおりではないからだろうか。

舌先はうごかない。チョンと尖らせたり、すぼませたり、スプーンみたいにへこませたりできない。じぶんの口のなかの、ろこつで、海牛のように、無毛で、いやらしく、じとっと濡れた、放肆《ほうし》な、涎《よだれ》だらけの、やくたいもない生きもの。かわいげがない。手におえない。じぶんの舌にたいし、とても冷淡なきもちになる。わたしのであって、わたしのではないもの。あんた、いくらでも、のたうちまわりなさいよ。かってにいくらでもふくらみなさい。下品な舌ベロめ、ぱんぱんにぼうちょうして、口で破裂しなさい。エイリアンみたいに。緑色の汁でも、いっぱいだして。

わたしの舌は、あきらかに、わたしの役畜《えきちく》ではない。どころか、つねにわたしに逆らう。叛《そむ》く。舌を、だから、殺したいとおもう。ぶっ殺したいと。これまでなんどもおもった。噛みきろうと。できない。できなかった。舌の意思と容積は、ろくに話せないくせして、歯の意思と容積よりもつよく大きい。あっとうてきにつよい。あっとうてきにデカい。歯は舌に、いともかんたんにふくじゅうする。舌は口中にとぐろを巻いて、いばりくさっている。

首はどうだろうか、首は。と、おもうだけムダだ。そんなことはわかりきっている。鋼鉄の骨材をトーチカ用の強力セメントで固めたように、ガシッと肩にめりこんで、一ミリだってうごきやしない。手足？　うごかない。じょじょにしぼんできている。まるで、しなびたダイコン。凍《し》みダイコン。いう気もしない。

口がにがい。あまりにもにがい。唾が、ねっとりと固まっていて、ベリベリと剝いだばかりの生きた蛇の皮でも噛まされたように、にがい。なにか、どうしようもなくひねこびた、千年たまりつづけたドブのような、底方《そこい》もしらない唾の悪意。わたしのなかの、たくさんの、移植された、他者の毒。じぶんの粘液。存在（物）の分泌。ランゲルハンス島。の、にがり。内分泌。攪乱物質。わたしはいったいなんなのだろうか。

わたし、いまは、しずかに澄んでいる。凪いでいる。いちにちになんどか、頭蓋のなかが、澄むことがある。澄みわたってから、きゅうげきに荒れたりする。ノイズだらけになる。
わたし、なにものかに、しばしばみられているけれども、わたしはわたしをみたことがない。みえない。わたしに鏡は、ない。みるってなんだろうか。みえるとは、なにがみえることとか。みたことがないのは、でも、すくいかもしれない。わたしはじぶんを、しげしげとみたいとおもっていない。わたしの外形は、わたしをみた他人によって、あれやこれやと、たとえば、ありきたりの〈善意〉からはっせられるおさだまりの文言〈オキノドクニ……〉や、わけしり顔の医学用語や、ため息やあからさまな嘆息、絶句にともなう無意識の吸気、「ひっ！」というかるい悲鳴、涙声……でスケッチされるだけだ。わたしはそれらから、じぶんの像をたちあげる。そうせざるをえないではないか。

　像は、いっていしない。くさりかけたマンボウ、死んだクジラの胎児、それらを煮たてた、煮こごり……名づけがたいもの。なぞりがたいもの。それらの、影。そのことに、もういちいち傷ついたりしない。察するかぎり、わたしは、とてつもない具象であり、りかいしがたく、うけいれがたい抽象である。わたしという像は、多重の、みだれたハッチングであり、そうじて気ままなクロスハッチングである。そうして、わたしはあるしゅの「憑依《ひょうい》作品」でもあるらしい。憑依作品とはよくいったものだ。ようするに、おかしいのである。変なのだ。はっきりいって、どうしようもない失敗作なのだろう。立体造形としてぜんぜんなっていないらしい。わたし（たち）を、しごと（学術研究、医療、宗教、清掃、介助その他）いがいのひつようと動機でみたがるひとは、ごくまれである。おおかたのひとは、わたしをほんとうはみたがらない。とおもう。視界にいれたがらない。視界にはいる回数を、可能なら、なるたけへらしたいとおもわれている。であろう。できればいっしょうみずにすめばいいと、おもわれている。みるがわにだって、かっとうがある。みるのをいとうきもちと、そうであってはいけないというきもち。みるのをいとうのをさとられたくないきもち……。嫌悪と反嫌悪。さすがにそう公言はされないけれども、からだや体液に触れることも内心、忌まれているかもしれない。わかる。わかります。わかりますとも。わたし（たち）は、〈気がるになぞりようのないもの〉とでもいうのだろうか。わかる。わたし（たち）はいっぱんに〈わからない存在〉と括られたりするけれども、それぞれ、なにかしらわかっていることもないではない。この園には、そんなひとが、わたしだけでなく、たくさんいる。渾身のユーモアをもって、いってみようか。わたし（たち）は、だんじて、ぜつめつ危惧種ではない。スマトラオランウータンのように、ぜつめつを危惧されてはいない。ちっとも。むしろ絶滅を内心、期待されているかもしれない。

ともあれ、わたしはここに、在る。いる。そしてだれかにみられている。愛情がゆたかだといわれる、インドネシアのマカクザルにむけられるような親しみとかんしんをもってではないけれども、みられているのはたしかだ。みられ、きかれ、多くは当惑され困惑されている。

しかし、しかしながらだ、みられるわたしは、みるものたちの所感のひとつひとつに、どうやって抗弁できるだろう。できはしない。ホラーだ、化け物だとかんじられても、かんじるなと命じることはできない。そうかんじないでほしいとこんがんしたところで、かんじるものはかんじてしまうのだ。わたしは、ほぼいっぽうてきにかんじられてしまう。みるものたちは、ほとんどが偏方向的にみる。いっぽうてきにながめる。みられるわたしの、みかえしを予期しない。反感も憎悪も抗議も好感も、つうじょうは想定しない。マカクザルのみかえしのようには、きょうみをもたれない。なぜか。わたし（たち）はマカクザルではないからだ。いじょう、おわり。そんなものだ。

わたしは、みえないだけでなく、話すことができない。わたしの、やんちゃというより、アナーキーな舌が、狂った、太めのコルク栓のように、発声のじゃまをするので、ちゃんとしゃべることができない。「正常」とはなにか、いっぱんの定義に多少の疑問がないわけではないけれども、それにこだわらずにいえば、わたしは正常に話すことができない。あたしの発声は、発語でも発話でもなく、わりあいあっさりと

「奇声」とぶんるいされている。マカクザルでも、呼び声とか威かくの声とかいわれているのに。わたしの声のぶんるいって、すごくあっけらかんとしている。奇声。奇妙で不快で頓狂な声。わたしは、かりに「ミモザが咲いた」と発声したい衝動が、あのあわい黄色の、ぼんぼり状の、かわいい花をイメージしつつ、おさえがたくわいたとしても、べつの衝動がもともとの衝動の根もとからいきおいよく生えてきて、原衝動をただちになぎたおし、のどがなにかにうちがわからあっぱくされ、舌が猛って乱舞するものだから、かつてある視察者が視察後にうちわでかたった遠慮も会釈もない〈比喩〉によるなら、〈交尾中の雌牛のような声〉で、「ミモザが咲いた」とはまったく似ても似つかぬ声をだしてしまったりするらしい。それはたしかに奇声にはちがいない。あたしはただ、「ミモザが咲いた」というセンテンスをうまく発声できなくても、せめて気どって「ミモザ……」と一語、ひくくつぶやくか、ささやくかしてみたかっただけだった。それだけだったのに。

　わたしをみるものはわたしをまえに、おもいがけないことをおもい、かつ、おもいもかけないことをいう。えんりょがちに、ぶえんりょに、おずおずと、断定的に。それをやめろと注意し、ちからで制圧することはできない。みるな、おもうな、かたるな……というのは、どうあってもできない相談だ。ただたんにみられるほうは、おそらく、ただたんにみるほうよりも不利である。ではないかしら。だが、なにが不利なのだろう。みられるわたしは、みられるがゆえに、侮辱をかんじているのだろうか。では、みられずに、たんにゴロリとあるだけならば屈辱ではないのか。かもしれないな。いやいや、在るものは、とどのつまり、みられる。みられなければ、ないのだ。みられ、かんじられてはじめて、在ることができる。かんけいがせいりつする。〈みる‐みられる〉は、どのみち、フェアじゃない。アンフェアだ。

だが、みるものは、みられるものに、やはり、みられているはずだ。じっとみかえされる。あたしはマスカットグリーンの宙をみている。いたしかたのないものをかんじている。マスカットグリーンの視界には、いくつかの目が埋まっていて、視線をわたしにそそいでいる。目のなかの、霧の海原。目をこらす。みえない目をこらす。そして、とどのつまり、マスカットグリーンは闇だとわかる。闇って、とんでもないしろものだ。光のささない状態。また、そのところ。心が乱れて、ただしい判断ができなくなること。それも闇だ。黒ばかりではない。あかるい闇もある。無色のそれもある。透明な闇もある。

どこかで音か声がする。脳内にひびき、脳外でも音が交叉している。跳ねている。残響が、らんざつに、ごういんに、はさまり、もぐり、ねじれ、かさなる。わたしはそれらをわたしからつきはなそうとする。ひきはがしたいとねがう。

にんげんの肉なのに、この金属的なまさつ音はどうだ。とどうじに、息が肉の管でこすれ、管をぼうちょうさせ、収縮させる、粘性のラッセル音。ゴフゴフ、ゴッフゴッフ。肉と筋をはいだ、まだかわききっていない、骨と骨をぶつけているような、ふしぎな舌音。タタタ・ダダダ・ナナナ・ラララ……。いきなりわりこむ断末魔のブタかひとの悲鳴。外国語のような捲舌音。じーちーしーじゅー。咽頭音。アラビア語風の。列車の急ブレーキ音。遠吠え。狂犬の吠え声。赤ちゃんのクーイング。アブアブブ。だれかの喃語。たぶん、〈べつのわたし〉の喃語。ここでは、みんなが〈わたし〉であるとともに〈べつのわたし〉なのだ。〈べつのわたし〉に〈わたし〉がまきこまれる。ベエベエ。ブヒャー、ウヒャー、ギャヒーッ、ガッキーン、プシュー、プチョプチャ。くりかえす。からまる。もつれあう。いつまでも反復する。尾をひく。とおい。そして、ひどくちかい。とおすぎて、ちかすぎる。これらにはおよそ、かげんというものがない。声（音）量がどはずれている。つつしみというものがない。意思的な発声なのか、これが。もしそうでないなら、なにが発声させているのだろうか。からだのなかの悪鬼か。「イワンのばか」の小悪魔みたいな。てきどというのがない。てきせつじゃない。なにか執ようだとおもう。そうおもわれている。でも、存在はどうしたって、執ようなのだ。在るというのは、しつこい。くどい。在る、というのは、あまりにも、くどすぎる。とおもう。そして、あたしは、在る。いる。まつ。じいっとまっている。なにを？　なにかを。

声は、音と区別されるべきだろうか。叫びは、機械音とわけられるべきなのか。ひとの声は、ブタの悲鳴とちがってあるべきだろうか。ほとんどおなじなのに。ちがってあるべきか？　べきってなんだろう。

　ここには、もの憂い雨だれはない。きこえない。しずかなギターのトレモロもない。きこえはしない。ああ、なにも変わっていない。と、おもう。わたしはなんなのだろうか。ひとなのだろうか。モノか。かたまりか。あるしゅの。わたしは、ずっと判然としないまま、わかりかねる、わたしだ。しょうことなく、わたしは、わたしとして、つづいている。なにかをまっている。ずっとまっている。ところが、目がさめたって、なにもおきていない。ようだ。がっかりする。いつものように。なにも流れてはいない。まだなにもおとずれていない。

　在る。崩れているのに、崩れていない。ひき裂かれているのに、ひき裂かれていない。だいいち、なにもなくなっていない。はやくなくなればいいのに、まだ在る。在るらしい。はっと気がついたら、なにもかもがいっさいがっさい、なくなっていました。じぶんも消えていました。すべての「場所」という「場所」も失せていたのでありました……。それでいいのよ。在るのが、そんなにいいか。在るのは、ないより、そんなにもよいですか。みるものも、みられるものも、脳内も脳外も、きれいさっぱり、あっさりと消滅。せん滅。全滅。壊滅。覆滅。それがいちばんなのに。だれが困るというのだ。困るひとも困らないひとも、よろこぶひとも悲しむひとも、のこるひとものこらないひとも、かたるひともかたられるひとも、ぜんいん消えてしまいなさい。だれもいなくなれば、だれも困りゃしないわ。

部屋の空気も、うごいていない。どんよりと、とどこおっている。在る。在りつづけている。鼻で空気を吸う。吸ってみる。わたしには鼻がある。ほとんどうごかないが、鼻筋も鼻の孔もある。ほんのかすかに松ヤニのにおいがした。におう。薬ではない。タバコでもない。いっしゅん洋酒かとおもったが、においの奥の、いがらっぽさからして、たぶん松ヤニだろう。松ヤニさんが入ってきた。松ヤニの粒子が、ひとつぶ、またひとつぶと、やってきてくれた。そうかんじているじぶんが、いる。在る。こころが、オブラートのふるえのように、そろそろとうごく。そろそろと。えっ、こころ？

2

わたしの〈無慾顔貌〉について／〈わたしはなにか。なにから生まれたか。なんのために。なにをしに生まれてきたか。なぜここにこうして在るのか〉

どんな密室にだって、たんねんにさがせば、どこかにいくらかのすきまはあるものだ。複数のすきまがあれば、かならず風の道ができる。絹糸ほどかぼそい、ぴんとはりつめた、直線の、風の道。そとの風が、建物のうちがわの風の道に、だまってつながる。そうして、〈希望の森〉の松ヤニの粒子が少しばかりはこばれてきたのだ。みえない。なにもみえやしない。カラマツの樹脂のかけらが、風の道のささやかな風にのり、あおむいた頬と眼球をかすめてゆく。わかる。わかる気がする。頬のりんかくにそって、顔が、そっとなでられる。

　わたしにだって、いちおう、顔といわれるものがある（はずである）。どんな顔をしているのだろうか。わたしの顔は、言うなれば、〈お面〉みたいなものか。筋肉がうごかないのだから。おでこの前頭筋も、こめかみの側頭筋も、目のまわりにあってまぶたの開閉をする眼輪筋も、笑顔をこしらえる小頬骨筋《しょうきょうこつきん》も、大口あけてげらげら笑うときの大頬骨筋も、さっぱりうごきはしない。顔にはりつけたまま、カチンカチンにかわいてしまった粘土のように。顔がこうもうごかないと、うごかす気力も失せてくる。したがって、ぜんぱんてきに表情といわれるものがない。ざんねんながら。あまりにも無表情な能面。能面師の失敗作。ごくまれに筋肉がうごき、顔になんらかの表情がうかんだとしても、それがわたしの意思の反映かどうかは、ひじょうにうたがわしい。またしても、意思とはなにか、まどう。内心とはなにか。そんなものがあるのか。それは衝迫とどうちがうのだろう。痙れんとかんれんはないのか。あるいは、発作と意思の異同はなにか。答えられない。ふしぎなことに、咬筋《こうきん》は機能している。ふふふ。なんにんかのひとに噛みついてけがをさせたことがあるから、それはしょうめいずみだ。頰筋はダメ。口笛を吹くことができない。笑筋もうごかず。口角下制筋、下唇下制筋《かしんかせいきん》、広頸筋も動作不全。皺眉筋《しゅうびきん》も機能不全ではあるけれど、ときどき眉間に縦じわらしいものをつくり、顔をしかめたりする。らしい。唇をかこみ、口の開閉や唇のびみょうなうごきにかんけいする口輪筋も、かなりおとろえているようだ。

もう、いうまでもない。こうしたことから、わたしの主観がどうあれ、わたしは、うつくしくない。まったくうつくしくない。おそらく、みにくい。ひどく、みにくい。皮膚をひきはがされた死者の顔のように、みにくい、のだろう。そして、眼窩が深い。その、右の眼窩に、半熟タマゴの白身のように白濁した目玉をのせているらしい。わたしはわたしをみたわけではない。とにもかくにも、わたしを観察しにきたものたちの雑ぱくな話をそうごうすると、ひとをギョッとさせ、当惑させるかたちということになる。ひとをして当惑せしめるかたちって、どんなかたちなのだろうか。〈二目とみられない〉というやつか。だれがいったのだったか、「反構造的かたち」と「反統合的精神」は、他者を動揺させるという。つうじょうの構造もなければ、ふつうの統合もない、ということか。わたしはそれにあてはまるのだろうか。だが、なにをいわれ、どうかんじられ、いかにぶんるいされようと、わたしは観察者たちに反論や抗議する術をもたない。

頭蓋はまだ澄んでいる。わたしはマスカットグリーンの闇にぼんやりとうかんでいる。死んだ胎児のように。しずかなときの、それがわたしの自意識だ。

いつだったか、「ガンボウ」という言葉をきいたことがある。ガンボウ。おもおもしい、もっともらしい濁音。願望ではない、ガンボウ。「ムヨクガンボウ」という合成語もきこえた。なんだか気になった。「無欲願望」では語義矛盾だ。そうか、「無欲顔貌」か。ムヨクジョウガンボウという発音も耳にした。「無欲状顔貌」。どうやら無欲顔貌と同義らしい。わたしの耳は超高性能の集音器だ。ボイスモニタリングレシーバー。たいていの声をききとる。目がみえないぶん、聴覚が異常に敏くなってしまった。ずいぶんとはなれた部屋の音声でもきこえる。ふふふ。ない音まできいてしまう。きこえるようにかんじてしまったりする。きこえないのに、きこえたことにしてしまうこともある。いつだったか、はりのある大声がすぐうえからふってきた。

「いいですか、健常なひとの顔貌、つまり、われわれの顔面にあらわれる内面の感情とか気分ですね、それには、ふつう、いっていの活力、活気がありますよね。しかしですね、ええと、これですね、これ。顔面神経麻痺ですね。罹《り》患《かん》側の眼瞼が、はい、ここね、みぎがわ、閉鎖不十分あるいは閉鎖不能となり、いっぱんに鼻唇溝があさくて、口角がさがり……はい、これ、しっかりみて。このように左右非対称となりますね。ごらんのように流涎《りゅうぜん》がおき、ええ、これね、口唇がゆがみ、口笛が吹けない状態になります」

「ええと、これね、これ。いま口唇をもぐもぐさせてますね。舌のねじれ、はねあがり、たわみ、それに、前後左右へのふしぜんなうごきもありますね。ほら、いま歯を食いしばってるね。……ジスキネジアは痙性《けいせい》のつよい、四肢や頭部の舞踏様《ぶとうよう》の運動であることがよりいっぱんてきですが……」

舞踏様？　おどりか。話者は、うえからわたしを指さしていたのだろうか。にんげんに指をさしていたのか。モノに指をさしていたのか。なにかのかたまりに。ロッドアンテナ式の指し棒をつかっていたのか。かれは、ひとの「ガンボウ」をせつめいしていた。

クモンジョウガンボウ・ムヨクガンボウ・カメンヨウガンボウ・マンゲツヨウガンボウ・ネンエキスイシュヨウガンボウ・オノジョウガンボウ……と、呪文みたいにとなえた。苦悶状顔貌・無欲顔貌・仮面様顔貌・満月様顔貌・粘液水腫様顔貌・斧状顔貌……など、いちれんの顔貌タイプを、たぶん、生きた実例を指さすか、指し棒か、ボールペンの先をむけるかして、とくとくと解説していた。本人はおさえめに話しているつもりかもしれないけれど、いくつかの実物がいる（在る）せいだろうか、声がはずんで、これみよがしにタップダンスをおどった。話者はなんだか得意げであり、どうじに、そうであることをかくそうとしてか、かえっていっそうわざとらしくなった。ややこうふんしていたのかもしれない。いわゆる、のっていた、というやつだ。のりのり。

どの顔貌のせつめいだったか、「イッケンシテ、チドンナヨウニハンダンサレル……」ともいっていた。いってのけた。遅鈍か。痴鈍か。わたしのことだったか、そうではなかったか、そんなこと、べつにもう気にもならない。気がひかれたのは、「無欲顔貌」または「無欲状顔貌」であった。

なぜひきつけられたのだろう。ムヨクという、はなはだもって主観的で断定的な形容のせいではないだろうか。わたしは無欲なのか貪欲なのか。遅鈍は、はたして無欲なのか。そんなことが、かんたんにみわけがつくものなのだろうか。強引じゃないのか。早計にすぎるのではないか。ところで、わたしはだれなのだろうか。ひとなのかモノなのか。空間のなかの、ただのばくぜんとした凝《こご》りなのか。浮巣《うきす》のような。凝りは、なにをまっているのか。わたしは、おとこなのか。おんななのか。おとこであり、おんなでもあるのか。どちらでもないのだろうか。何歳なのか。ほんとうのところ、どんな顔なのか。顔らしい顔があるのか。こころがあるのか。ないのか。なぜ、そう問うのか。問うひつようがあるのだろうか。かりに正解をえたとしても、わたしにいまさら存在の修正はできない。描きなおし不可。それがくやしいということもない。くやしがっても、どうにもならない。どうにもならないことは、どうでもよいではないか。話者は、うす緑の闇のなかで、無欲顔貌についてさらにかたった。

「ぜんたいに表情にとぼしくて、はい、これですね、このように眼光がにぶい。これ、眼疾もあるけどね、どろーんとしている。存在そのものに内的意欲がかんじられない。まわりにたいして無関心な顔貌なんですね。むかしはね、この顔貌タイプは、高熱疾患のほか、腸チフス患者の診断にも利用されていたので〈腸チフス顔貌〉ともよばれていました」

存在そのものの内的意欲か。存在にはおのずからなる意欲というものがあるのだろうか。自己存在には、うちがわからもりあがるように存在したがる欲望や意思がありうるのか。顔にそれはあらわれるものなのかしら。わたしはわたしとして内的意欲をもって存在しているだろうか。わからない。でも、無欲顔貌にかんするかれの解説は、そこまでは、まあ、よかった。というか、ききながせた。それから、かれは暴走とまではいえないまでも、本題から少し脱線した。ふるいテキストには「無欲」の「欲」の字のしたに、こころがついていたのだ、とかたった。つまり、欲は「慾」だった。無慾。無慾顔貌……。おや、とわたしはおもった。

「余談ですけど、個人的には、そのほうがよほどリアルだとおもうんだね。官能的というのかな。欲情だって、こころがついているほうがすごみがある。慾情。情慾。慾望。強慾……」

話者はちょうしにのりだす。声がうく。はずむ。他者のからだのこと、とくにその欠損や異常をはなすとき、ひとは知らず知らずに、ちょうしにのる。図にのる。

「これも、まあ、余談ですけどね、〈原子爆弾症のひとつに無慾顔貌というのがある〉と、むかし本に書いた被爆経験のある作家がいてね……。あるいみ、おもしろいとぼくはおもうんですよ」

きき手たちは、察するところ、無表情のまま、さりげなくきき耳をたてたようだ。さも関心がなさそうに、話者から目をそらし、じつはききいる。わたしは話者の下で、声の落下を、うごかない顔でうける。

「医学的にどうこういうことじゃありませんが、とっくに亡くなったその女性作家は、こう書いてるんだね。ま、いっぱんてきな、さんこうとしてきいといてください。〈原子爆弾症のひとつに無慾顔貌というのがある。これは爆弾症にかかってから出るものではなくて、八月六日からずっとあの顔をしていたと私は思う。痴呆状の無慾顔貌、云わば白痴の顔で、精神状態までも痴呆状の無慾機構になっていることこそは、この度の被害者の上に現れた特質であった*〉……とね」

わたしもきき耳をたてた。話者は、作家の文章をひきながら、つづけた。

「恐怖ということなら、焼夷弾や艦砲射撃の波状攻撃のほうがどれだけこわいかしれない。でしょう？　連日連夜やられたら、そりゃそうだ。気が狂いそうになるだろう。狂ってもおかしくないし、じじつ、狂ったひとはいた。けれども、原爆はこわくはない……というんだね。こわいとおもうひまさえないから、こわくない。そういうりくつだね。で、そのけっか、原爆ではかならずしも狂わなかったけれども、痴呆状の無慾顔貌になったというわけですがね。いずれにせよ、無慾顔貌は、作家の創作じゃなくて、原爆の熱線照射による〈定型的な症状〉としてですね、脱毛、発熱、脱力などとともに、当時の新聞でもつたえられていた……」

　きみょうな話だ。原爆のショックによる「チホウジョウノムヨクガンボウ」と、原爆のショックによらない無慾顔貌のあいだには、どんなかんけいがあるのだろうか。話者は、それを合理的につなぎえてはいない。話者がこの話をもちだした動機も、よくわかりかねる。ただの知ったかぶりだったのかしらん。にんげんのからだのこととなると、どうしてだろう、ひとはいろんなことをいいだす。にんげんのからだは、それをみたものから、なにか本人も気づかない、沼の底にしずむ、忘れていた落とし物のようなものを、意図せずひきあげてしまう。わたしはあおむき、白濁した目玉を空気にさらしている。わたしはみるともなくみられている。

　わたくし、いつしかさっかくした。じぶん、ヒロシマの爆心地ちかくにあおむいている。わたしも「痴呆状の無慾顔貌」と「白痴の顔」で、精神状態までも「痴呆状の無慾機構」になって、他のたくさんの無慾顔貌とともに、はからずも生きのこってしまい、いちめんの焼け野原にだまってよこたわっている。腐った赤い果実のような顔たち。あたまとひたいから、ただれて、ぬらぬらとした皮膚がぶらさがっている。果皮みたいに。だれのものともわからない剝がれたばかりの皮膚が、だれのものともわからない、慾のない顔や目に、ぺたぺたとはりつく。そこらじゅう、あおむいた、おびただしい顔、顔、顔……。白い骨や、どくどくしく赤い肉をむきだした、焼きたての赤レンガのような顔たち。黒い顔。茶色の顔。顔の穴たち。そのなかにわたしの顔も埋まっている。ただ埋もれているのではない。つぎのおとずれを予感している。感じようとしている。しずかになにかをまっている。なにかを。

　なにをまっているのだろうか。いそいでそれをはっきりさせようとはおもわない。わたしはうっすらと感じている。きっとやってきてくれる。こんやあたり、ひょっとしたらきてくれるかもしれない。なにかが〈夜ふけにしのびあしでやってきて、朝もやにまぎれこむ〉のだ。そうおもっている。きてくれれば、きっと、きっとわたしをえらんでくれる。そうおもっている。感じている。祈っている。

　荘厳な無音。青い閃光。時間の凍結。風。すさまじい爆風。透きとおる人体。緑色の斑点。黄色のドット。ポツポツと、星々のように、膚にうきでる斑点……を想像する。なぜは、ない。すべては、けっかだ。歴史には、なんの目的も使命もない。と、だれかがいった。そうか。なんだかずいぶん気が楽になるわ。では、こういってもおなじだろうか。にんげん存在には、なんの目的も使命もない。そういうのとそういわないのとで、なにがどうちがうだろう。さしてちがわないのではないか。また松ヤニがにおう。

おもう。わたしはなにから生まれてきたのだろう。なにから？　答えはある。なんかいも自問してきたから。以前、さとくんも、ベッドのはしにすわり、わたしをたぶんまっすぐにみおろして、目をそむけずに、問うでもなくつぶやいたものだ。ため息まじりに。「まったくね……あんたは、なんなんだい？　いったい、なにから生まれてきたんだい？　なんのために？　ひとからかい？　まさか……」

　よい質問だ。さとくんはつづけた。「しんじらんない。あんた、なにしに生まれてきたんだよ……なくてもよかったろうに……」

　そのとき、あたしは澄んでいた。なにか、背筋に快感をおぼえた。やったあ、とおもった。さとくんいがいのだれが、わたしにじかに、こんなことを問うだろう。こんなにも、きほんてきなことを。むきだしの、ぶしつけな、きほん。〈わたしはなにか。なにから生まれたか。なんのために。なにをしに生まれてきたか。なぜここにこうして在るのか〉――。

さとくんは松ヤニのにおいがした。質問というのは、かならず、答えの、ある部分を、あらかじめふくむものだ。まず、じぶんとはなにか。オマエハナニカ。即答はできないけれど、そう問われることに、なにがなし、よろこびを感じたのはほんとうだ。なにから生まれたか。そんなこと、きかれたのははじめてだった。なくてもよかったろうに。失礼だとはおもわない。でも、ふつう、だれもそんなことをたずねたり、いったりしないものだ。〈なにから生まれたか〉——そのとき、わたしにはちょっとした答えがないわけではなかった。わたしはそれをいおうとした。しかし、憎たらしい舌がまたしても口いっぱいにふくらんで、うまく発声できなかったのだった。

　さとくんはもちろん、わたしが答えることを、期待してはいなかっただろう。わたしがまんいち、下から、おもっていたことをちゃんと発音して答えることができたとしても、かれはそれがなんのことか解さなかったかもしれない。が、その答えは、〈なんのために生まれてきたのか〉〈なくてもよかったろうに〉の設問にもかかわる、わたしにとっては、この世でさいしょかさいごの、水滴か光のひとしずくのような、かけがえのないイメージだった。なにから生まれてきたか。なくてもよかったろうに。すてきな問いかけじゃないか！　うっとりしちゃう。あたしは答えようとした。舌をうごかした。のどをうねらせた。かん高い変な声をだした。しかし、そのとき、あたしが発音しようとしたのは〈ム〉だった。〈mu〉の、たった一語。〈無〉だった。

わたしは無から生まれてきた。だから、あたしは無だ。なんのために、在るのか？　なぜ、いるのか？　ただひたすら、無のために、だ。無にむかって……。そういおうとした。

＊大田洋子『屍の街』

3

〈設問〉ほんとうは正気のにんげんが狂ったふりをするのと、じっさいには狂ったひとが正気のふりをするのと、どちらがむずかしいか？

ひとがひとり森のなかをはしっていた。〈希望の森〉を。陸上競技のせんしゅみたいに、きれいなフォームで。はだしで。すっぱだかで。背筋がまっすぐに。ぴんとのびている。肩のちからがぬけている。あたまがうごいていない。脇がしまり、両のひじは、ほぼ七〇度角。ぜんごによくふれている。ひざがよくあがっている。接地する足のうらが、かかとではなく、きほんどおり母指球だ。足のうらの親指のつけ根あたり。落ち葉がしかれた地面をける。きもちがよかった。バネじかけのようにポンポンポンとはしっている。子鹿みたいに。樹々の葉脈がすけてみえる。それが顔に映る。髪がうしろにたなびく。わたしだ。わたしがかけている。園を脱走したわたしが、森をかけている。服がこえだにひっかかり、裂かれる。髪がたなびき、アセビのえだにまきつく。ふりきろうとすると、かえって髪のほとんどがえだにからまり、あげく、尖ったなにかのえだがわきばらにささる。竹が足うらをさす。竹のさきが両足の甲からつきでてくる。うごけない。これじゃあうごけやしないよ。脱走をあきらめる。みると、アセビのえだには、わたしのだけではなく、ほかの脱走者の古い髪の毛や、ちぎれた頭皮のようなものもまきついている。

　園のほうから声がする。おーい、おーい。なんびきかの犬が吠えている。おーい、おーい。やまむらさんのよくとおる、やさしい声がする。バリトンの、ふかい声。みずたにさんの声もする。にんげんたちの声。さとくんの声をさがす。さとくんはいない。らしい。ひとびとがちかづいてくる。足音。せまってくる。おーい、おーい。きーちゃん、どこいくのー。おーい、おーい、きーちゃん、もうだいじょうぶなんだよ。なにもこわくないんだよ。きーちゃーん、おーい、おーい。もどっといで。おーい、おーい。おーい、おーい。いっしょにあそぼ。ご飯たべよ。おーい、おーい。

　はしるどころか、たつこともできないのに、どうしてこんな夢をみるのだろう。目もみえないのに。なにひとつたちゆかないのに。なんどもおなじ夢。青ぐさい葉の汁。

うすみどり色のしぶき。えぐい木の根と土のにおい。下闇のおくぶかい湿気。おだやかな木洩れ陽。その斜線。光のたば。なつかしい。こわい。なぜおぼえているのだろう。ひらいてはとじ、うかんではしずむ、解放感と恐怖。舌の根が、ぐんぐんとふくれてくる。息ぐるしい。のどがふさがれる。〈おーい、おーい、きーちゃん、もうだいじょうぶなんだよ。なにもこわくないんだよ〉が、笑顔で、おいかけてくる。〈もうだいじょうぶなんだよ。なにもこわくないんだよ〉の声が、安心で、こわい。もう。もうってなんだろう。だいじょうぶってなんだろう。ちかづいてくるにこやかな笑顔が、いとわしい。なのに、わたしは顔をととのえようとする。かれらの笑みにあう笑みを、けんめいにこしらえようとしている。足につきささった竹をみせまいとする。身をこごめ、木下闇《こしたやみ》に、ぜんしんをかくそうとする。

　さとくんはよく鼻唄をうたっていた。歯みがき介助のときもお散歩のときも排泄介助のときも入浴介助のときも。いつもロッカバイ。歌詞はよくききとれなかった。そのときの気分でことばをいれかえるのかもしれなかった。口笛だけのときもあった。アップテンポのビートのきいた曲。よくきいたのは、だいたいこんな歌詞。

　ロッカバイ　ロッカバイ
　ロッカバイ　ロッカバイ

いったりきたり　ロッカバイ
しあわせな日々　ロッカバイ
わたしじゃない　ロッカバイ
ソー　ロッカバイ　ベイビー

あのとき　ロッカバイ
そのとき　ロッカバイ
バイバイ　ロッカバイ
カタストロフィ　ロッカバイ
アムゴナ　ロッカバイ
ロッカバイ　ロッカバイ
ロッカバイ　ロッカバイ　ベイビー

バイバイ　ベイビー
いったりきたり　ロッカバイ
さよなら　きーちゃん
さよなら　みなさん

ロッカバイ　ロッカバイ
ロッカバイ　ロッカバイ
バイバイ　ロッカバイ

「さよなら　きーちゃん」は、きっとわたしへのとくべつサービスだったのだろう。うれしかった。さとくんは、いいひとだった。いい子だった。なにしろ、ひとをよろこばせるのがすきだった。ひとからよろこばれるのをこのんだ。だれだってそうだろうけれど、さとくんのばあいは、なみはずれてよろこばれることに、こだわった。なにがひとによろこばれるか。だれが、なにを、どうすれば、だれに、どのていど、ほんきでよろこばれ、かんげいされ、注目され、敬意をあつめるか——というのは、かんたんなようで、とてもむずかしいテーマだ。さとくんはものごとをそこまで吟味しない。おおむね、〈ロッカバイ　ロッカバイ　ベイビー〉で、ものごとをかたづけてしまう。パー、おバカさん、あのアホ——ひとびとはうらにまわってそういっている。でも、さとくんがほんもののバカかどうか、わたしはいぶかっている。

かれを、なるほど、ふくざつな心性とみるひとびとはほとんどいなかった。さとくんじしん、よかれとおもってやったことで、ひとに恨みをかうことだって大いにあるという、反転の可能性をどれだけ考慮にいれていたか、たいへんうたがわしい。ひととはじつにやっかいなどうぶつだ。よろこんだふりをして、そのじつ、ちっともよろこんでなんかいないことがざらにある。主体と他者という、二つの媒質の境界面でくっせつしたあとの、ひとの意識の進行方向は、とうていはかりがたい。ひとには法線がないからだ。じっさい、本音があるのかないのか、当の本人たちにもわかっていないときがある。おだてにのせるもの、のせられるもの、のせられたふりをして、のっていないもの、あいてをおだてにのせておいて、いざのると軽べつするもの……さまざまだ。だったら、なにもしんじないこと。しんじたふりをして、しんじず、ものごとに距離をおくこと。かかわるふりをしてかかわらないこと。そんな芸当がかれにできるだろうか。

　まだ非常勤職員だったころ、かれはわたしを車椅子で〈希望の森〉の奥につれていってくれた。この森でいちばん大きなブナの木のした（と、かれはいった）まで。クマがでるぞ、食われちゃうぞ……とさとくんはおどけた。「ロッカバイ　ロッカバイ　ロッカバイ　ロッカバイ　クマさん　ロッカバイ……」とうたった。ブナの木のしたは、なまぐさかった。わたしはあおむいたまま木洩れ陽をあびた。目がみえなくても、光が顔をかすめるのはわかった。木洩れ陽から緑の闇にはいる境界もかんじることができた。さとくんが車椅子からはなれた。もどってくるまでの時間が、とてもながく感じられた。その間に、腹壁筋と横隔膜が発作的にしゅうしゅくし、わたしのいまいましいのどと舌が二、三度、嘔吐のような音をはっした。じぶんでもおどろくほど大きな音だった。グエー、グエー。けだものの吠え声みたいに森中にひびいた。

さとくんが車椅子の背後に、足音もなくもどってきた。「きーちゃん、これなーんだ？」ときいた。わたしのみぎの頰に、なにかをかるくおしつけている。なにかのにおいがしたが、ブナのなまぐささにおされて、あいまいになった。そのものはうごいた。あるいは、さとくんがそのものをうごかした。「ネコ。三毛のキャット……」とかれはいった。それからしばらく口をつぐんだ。森の空気がおもくなった。と、バサッと音がした。ネコが放されて枯れ葉に着地した音。だったろう。だったろうか。駆けてにげてゆく足音……は、たしか、きいていない。きこえなかった。ミャオ・ミャオ・ミャオ……。ネコの声だったか、かれの鳴きまねだったか。それはネコだったのか。そのものは生きていたのか。よくおぼえていない。ようするに、さとくんはわたしをよろこばせようとしたのだ。それはまちがいない。

そのときのことだった。かれがわたしにはなしかけた、いや、ひとりごちたのは。

「あのさ、ほんとうは正気のにんげんが狂ったふりをするのと、じっさいには狂ったやつが正気のふりをするのと、どちらがむずかしいとおもう？」

わたしは答えられないで、ただあおむいていた。ツグミだろうか。小鳥たちが鳴きながら飛んでいった。にんげんはだれしも、いっぱんに正気のふりをしたがる、とはおもう。かれは音程をひくめて、もうひとつ、なんだかつまらなそうに、だれに話すでもなく、つぶやいた。

「ひとのやることのほとんどは、だれかのまねなんだってさ。八割、九割が、ひとまね。これがぎゃくになってさ、にんげんのやることのほとんどがじぶんだけのオリジナルでなければならないとしたら、大混乱だよな。ね、きーちゃん……」

4

わたしの痛み／脳内のオーロラとスノーノイズ／痛みを消してくれるなら全人類を敵にまわしてもいいとおもうこと

マスカットグリーンの視界にいましがた、かすかなゆれがきた。すると、色がところどころ、ひき攣《つ》れ、鋤《す》きおこされて、にわかに濃くなったり、緑色の淡い領分がじりじりとしりぞいたりする。下辺にはしだいに深緑の大きなドレープができる。それが、まるでオーロラのように、ゆったりと、さもいみありげに、ゆらゆらとゆれる。わたしはみあげる。わたしは、あるかもしれない、ないかもしれない――なにもない公算が大であること、いや、十中八九ないことを知っているにもかかわらず――、なんらかのいみを、なんとはなしにオーロラのゆらめきに追おうとし、追おうとするじぶんのわざとらしさに気づき、たちまち息があがり、意思があっさりととぎれる。とても無力だ。そうこうするうちに、濃くそして淡く、グリーンのグラデーションが、ひだりからみぎへと、ゆっくりとうつろってゆく。からだのなかの極光——体内にバサッと垂らされた光と影の布——の、やわらかく、ながれるような、ドレープ。ところどころ線条の暗緑色。いつのまにか、周縁に青色もたちまじる濃緑の、深い溝と襞がひらき、ドレープがわたしをつつんで、わたしとともに、風をうけたカーテンのように、縦に大きく、うねる。ゆれる。目のそとではなく、目のうちがわにひろがるこれは、ほんとうに視界なのだろうか。視界といえるだろうか。

　ことここにいたっても、わたしはかんがえようとしたり、問おうとしたりしている。いっさいは無益で無効なのに、おかしい。なにをやろうと、ひとりずもうだ。少しなげやりになる。ふふふ、ちょっと捨てばちに。しかし、やろうたって「チッ」と舌うちさえできないのだ。みえるものを〈視界〉といえようといえまいと、そんなこと、べつにいい。幻影だろうが実像だろうが、こだわらない。しかしだ、視覚のないわたしが体内にオーロラをみてしまう不思議とこっけいと皮肉を、「チッ」というかるい舌うち一回で、なかったことにする、ご破算にする、リセットすることもできないなんて。自嘲につながる、そうしたちょっとした舌先の芸もできないのは、なんともざんねんだ。自嘲は、ひとという生きもののもっとも高度なふるまいかもしれないのに。でも、できないことは、できないのだ。それに、舌うちがおもいどおりにできたところで、局面がなにか変わるわけでもない。ただ、オーロラの幻出が、きたるべきどんなことの前兆なのかを、わたしはこれまでのけいけんで知っている。それは、たえがたい痛みのまえぶれである。

マスカットグリーンとオーロラの光景から、とつぜん、ぷつりと色がきえる。ほら。ほら。ほらきた。きた。視界がうそ寒いモノクロの世界に一変する。すると、はじまる。痛み。しびれ。少しずつ増す。うそみたいな変化……からだが刺され。浅く突かれ、深く刺され。ひねられ。えぐられ。ねじられ。めくられ。抉《こ》じられ。だれにそうされているのか。わたしによって、だ。なんのために？　わからない。まったくわからない。こうもわからないと、なんのためにとわざわざ問わなくなる。すべてはうそみたいだ。ないしは、うそそのものだ。うそといおうが、ほんとうといおうが、からだが痛いことに変わりはない。すなわち、苦痛は、じじつだ。つまり、痛みは、ことばに、さきだつ。りゆうよりもさきに、まず、痛みがある。ううう、痛い。と、おもうとたんに、ことばと痛みに乖離が生じる。たがいが離反する。反目しあう。斬られ。裂かれ。なぶられ。放られ。蹴られ。叩かれ。痛みはそれらに似ているけれど、それらのことばそのものではない。長い苦痛の畝《うね》のところどころには、しのび笑いの雑草が生えている。痛みで気がとおくなりかけていても、あたしはひくく笑いたくなる。

拷問をうけて笑うように。これは能力か狂気かはったりか意地か。わからない。

目のさきに、むすうの点または黒や白の斑点がちらちらとあらわれる。明滅する。スノーノイズというやつ。こわれたアナログテレビの不規則雑音。かたちというかたちが消える。みわたすかぎり吹雪か砂嵐になる。または砂の雨。それだけ。ああ、そんななまやさしいものではない。砂礫《されき》だ。砂礫がふるのだ。からだが石にこすられる。刮《こそ》げられる。あちらでもこちらでもすごい速度で砂礫がとびかっている。逃げることはできない。なぜって、わたしは起ちあがることもあるくのもできないだけでなく、スノーノイズはからだのうちがわで荒れくるっているからだ。

からだが痛い。たまらない。ことばがからだから（からだがことばから、か）いくら乖離しても、けっきょくは、ことばをあてがうしかない。なにか理不尽だ。そのことで痛みの実相がふせいかくになり、わりびかれても、痛いのは痛いのであって、ことばで痛いとおもうしかない。痛い。とりあえずじっさいの痛みに近似したことばで、痛みを痛むほかない。腕がねじれる。ねじられる。へし折られる。ひっぱられる。痛いなんていうものじゃない。疼痛。打撃痛。圧痛。全身がひき攣る。痛い。とくに首、肩。部位と部位のあいだに、むりやり焼け火箸《ひばし》をぐりぐりとこじいれられる。red-hot metal chopsticksが、二本とも。肉がジュジュッとこげて火箸にはりつく。焼けた火箸の赤くなった尖端がじきに骨にまでたっしようとしている。うう。ふう。絶叫しようにも声がでない。よしんばでたとしても、わたしの声はどんなばあいも、「奇声」でしかない。そうとしかうけとめられない。うけとめてもらえない。声は原形をとどめぬほどゆがむ。トテモ、イタイノデ、チンツウザイヲ、クダサイ――と発音されない。よって、この苦痛は他人ににんしきされはしない。この苦痛を、他者は、せいかくに、にんしきしない。どこのだれが、他者の痛みをわがことのように、ただしく感じようとするだろうか。にんしきされない苦痛は、いうまでもなく苦痛とされない。だから鎮痛剤をもらえない。しごくかんたんな理屈だ。とりあってもらえない。よくても〈きーちゃん、しずかにしようね、おねがいだから、ね。だいじょうぶ、もうだいじょうぶなんだよ〉といわれるのがオチだ。顔で激痛をあらわそうとしても、筋肉がうごかない。それに、〈無慾顔貌〉に似ているとしたら、なにごとももとめず、なにごともうったえはしない表情である。能面でいえば、できそこないの童子《どうじ》の面か。下の歯がなく、目尻は少しつりあがっているものの、新月形の眉毛には、苦痛のかけらもなく、バカがにやけているとしかみえないだろう。激痛のなかで顔が笑っているのか。顔なんかどうでもいい。とにかく、これほどの痛みが表情に直結しないのでは、顔の資格がないではないか。おもえば、わたしにはもともと顔らしい顔があるかどうかもわからないのだ。

痛い。いてえ。ひでえ。くるしい。骨、くだかれ。肉、にじられ。肝《きも》、かきまわさこれ。脳、つぶされ。髄、ひきぬかれ。からだ、ちぎられ……。なんの罰か。こらしめか。痛みは餓えよりもつらいだろうか。渇きよりも苦しいだろうか。そうだとおもう。あたりまえだ。痛みは個体の想像力の沼からいくらでもわいてくる。痛みは、とうめんのすべてに先行する。苦痛はことばをなぎたおす。わたしは痛い。ひどく痛い。いかれた脳がそう感じさせているだけだといわれても、なんのなぐさめにもならない。痛いはずがない、といわれても、痛いものは痛いのだ。そのことを、わたしいがいのだれも知らない。知ろうともしていない。そうおもうと、なおのこと痛い。各種の痛みが、これでもかこれでもかとわいてくる。〈二極間で／つかまれた肉*〉と、だれかが詩に書いたけれど、それいじょうの苦痛。首、肩、腕、手、各関節が、もげてしまうほど痛い。ちぎられているように痛い。腕も手も、死んでちぢれた海獣のヒレのように萎えてしまっていて、そうならそうと、なにも感じなければいいものを、野球のバットでおもいきりなぐられたように痛い。からだが飴のようにねじられているようだ。ようだ、ではない。じじつ、ねじられている。ねじりん棒だ。そう感じるいじょう、ねじられているのはじじつだ。内臓が攣る。脾臓が万力でしめつけられる。血管がはれつすんぜんまでふくらむ。ひっぱられる。それに眼球振盪《しんとう》。わたしの意思とはかんけいなく、みえない目玉が、ひくひくと痙れん的にうごく。ほら、うごいている。これが拷問なら、わたしはなんでもためらいなく白状するだろう。国家機密だろうが畢生《ひっせい》の秘密だろうが。意に反してでも、口をわるにちがいない。改宗でも転向でも裏切りでも、いわれるがままにするだろう。あっさり卑怯者になる。同志を官憲に売りわたすだろう。この痛みをなくしてくれるならば。しかし、これは拷問ではない。そして、わたしに白状すべき秘密はなにもない。同志もいない。まもるべき、そして、まもりたい思想信条もありはしない。どうにもならない。なにか白状したくても発声ができない。ジョークはおろか、へたなうそさえいえない。手がうごかず、手話もだめだ。足もうごかない。この目はなにもかたらない。

　だいいち、わたしに改宗や転向をせまっているものはだれもいない。ふふふ、これはずいぶん上等な問題だ。あまりに上等すぎる。改宗や転向や裏切りをもとめられるとしたら、ひどい拷問をともなうものにせよ、まだましというものだ。存在がみとめられているわけだもの。わたしは、あたしは、〈在る〉か〈ない〉かの分流の、すぐてまえにただよっている、たとえばどうでもいい藻屑だ。つまらない肉のかたまりだ。わたしは、わたしという存在は、〈在る〉ことを、つよくもとめられてはいない。だろう。まちがいない。少なくとも、はっきりとはもとめられていない。といってもいい。〈在りつづける〉ことを、だれかにとくに請われてもいない。と、おもう。〈在りつづける〉ことは、そうそう、わたしじしんも請うてはいない。にしても、〈在りつづける〉とはどういうことだろうか。そのアントニムは？　これはへたに踏みこむと無用の混乱をまねくだけの、微妙なことがらだ。苦痛がいまはかんがえをねじまげている。素直になれない。

目。せめてこれぐらいどうにかならないのか。目の色。翳《かげ》り。この痛みをわずかでも表現してくれないものか。わたしの目は、いっぱんに〈狂〉か〈痴〉とされる、いわゆる〝反にんげん的サイン〟いがいの、なにごとも表そうとしていない。と、みなされている。そのようであるらしい。すなわち、わたしは〈狂〉か〈痴〉、あるいはりょうほうの表象かひとつのパターンにすぎない。〈苦〉や〈痛〉や〈悲〉や〈哀〉は、つうじょう、あまり（あるいは、まったく）考慮されない。わたしは、他方、〈にんげん的〉と、〈反にんげん的〉の用語と用法に、藻屑なりのつよいぎもんをもっている。〈にんげん的〉？　へっ、そりゃなんだい？　苦悶のなかで、廃水の泡のような笑いがうかぶ。ただの肉のかたまりなりに、くっくっと笑う。

　いや、そんなことより、わたしは痛い。からだが痛い。脳が痛むよう指令しているとしても、からだが痛い。痛さはまとまった思考にさきだつ。この痛さをどうにかしてくれるなら、あたしは余命三日たらずのスカラベか枯れたニガヨモギに変身させられても、まったく異存はない。いますぐマダラコウラナメクジになっても不満はない。痛みを消してくれるならば。全人類を敵にまわしてもいい。この痛みがなくなるなら。なにかゾル状だった痛みが、ここにきて膠化《こうか》している気がする。いっそう痛い。ますます痛ひ。苦痛のいきつくさき、痛みの極点には、安らかな無痛があるのだろうか。まったき無痛。あるいは気絶。失神。死。ちがう。ちがう、ちがう。苦痛の極点には、さらなる痛みが、新たな高波のようにまっている。映画みたいにそうかんたんに失神なんかさせてくれない。やすやすと死なせてはくれない。たぶん、存在とは痛みなのだ。とおもう。vice versa 痛みは存在そのものだ。脳だけのもんだいではない。痛みは存在の搏動である。わたしのばあいは、と条件をげんていすべきだろうか。わからない。それでは、非在には痛みがないのだろうか。つまり、あたしの消失にともない、声も痛みもまた、きれいさっぱり失せるのだろうか。あたしがなくなったにもかかわらず、あたしの痛みだけが、黒い浮き島か鳰《にお》の浮巣のように、ぽかんとのこされることはないのだろうか。カイツブリのいない浮巣……。〈奇声〉だけが、主のいない叫びとしてきこえることはないのかしら。

砂礫の雨がふりつづいている。こやみになってもスノーノイズは変わらない。ありとあるかたちが砂状になってかたちをうしない、無形の砂と石がつぎからつぎにわきでてくる。ザーザーと無音の音がしている。ずーっとだ。痛みは去らない。砂の点は斑点になったり、雪虫になったり、小石のいちぶは濃墨《こずみ》になったりして、視界のそとにながれていったりする。そして、すぐまたわいてくる。四肢、内臓の痛みに頭痛がくわわる。たえまない痛みにせめられながら、みえるものたち〈砂や礫〉にみいる。

ひどいものだ。なんてこった。なんということでしょう。そうおもう。わたしは、とじられている。いたぶられずに、いたぶられ。つぶされずに、つぶされ。うめられ。かくされ。へだてられ。遮断され……て、ずきんずきんと痛んでいる。

世界（ふっ、これぐらい、いいかげんなことばはないけれど）の原型とは、もしもそんなものがあるとしたらの話だが、スノーノイズみたいなものではないだろうか。砂嵐、砂礫の雨……。色もかたちもないそれらに、色やかたちや、いかにもたいそうないみを幻視する。それが、幻視されたそれらが……セカイといわれるものではないかしら。とすれば、わたしは消えてはわいてくる無数の砂の点や雪虫の、あってもいい、なくてもいい、任意のひとつぶにすぎない。そうだ、こわれたアナログテレビ受像機の、スノーノイズの点々たち。砂の虚点。雪虫の大群。それらの幻像。

だが、そこになにかをみようとおもえば、ほんとうになにかがみえてくるのだ。影でも色でもかたちでも。みえてくる。ひらいたばかりの緋色の疵口でも。ばかでかい石榴《ざくろ》の割れ口でも。巨人でもコビトたちでも。ものすごい核戦争でも。しゃれたフランスふうの緑色の鎧戸でも。そこから顔をのぞかせる、世界一残忍なおとこの、とてもひとのよさそうな赭《あか》ら顔でも。そのおとこのひたいの汗のひとしずくでも。みえてくる。じっとみていれば、みえてくる。世界なんてそんなものだ。無数の砂と石と塵が、ひとやいみや痛みや記憶をかってにつなげて、なにかを構成していく。大した理由もなく。

どのくらいたったのだろう。さらりとミントの香りがした。それがさきだったか、痛みがひいてゆくのがさきだったか、よくおぼえていない。視界がいつのまにかミントグリーンに変わっている。あたしはいる。まだ。いた。在る。

＊ポール・オースター「内」（『消失』飯野友幸＝訳）

5

赤い服のおんなと小さなひと／〈まさりおとり〉とはなんだろうか／さとくんのただならぬ視線について

さとくんがおんなのひとの話をした。ガムをくちゃくちゃと噛みながら、何回かつづけて、おんなの話をしたことがある。宿直でマリファナをすっているときもハイになって話してくれた。たいてい、褥瘡《じょくそう》防止のための体位交換のときだった。わたしはころがされながら、話を聞いた。かれはあたしが聞こえないか聞いていないとおもっていただろう。もしくは、聞いてもわからないとおもっていただろう。聞かれていることをあまり意識せずに、にもかかわらず、わたしという身じろがないかたまりにむかってよくしゃべった。なぜかはわからない。赤い服を着た、年上の、長身の、「ぴっかぴっか」にうつくしい、おんなの話。鼻がたかく、首がながく、茶色のひとみの、流れるような背中（かれは「あの滑らかな肩甲骨にさわってみたい」といっていた）の、清潔な女性。どんな赤の服か。さとくんはあまり話していない。おんなはいつも赤い服を着て、背筋を体操の選手のようにぴんとのばしてあるいていた、という。園から三、四キロのJRの駅前や商店街や〈希望の森〉の小径《こみち》を。赤といったっていろんな赤がある。ファイアレッドかガーネットレッドか真朱《しんしゅ》か。あたしは、まちきれず、おんなの服にカーマインレッドの絵の具をぬってみる。洋紅色。えんじ色。カーマインレッドは赤よりも、どちらかというと濃いピンクにちかくて、あかるい。ミントグリーンの靄《もや》のなかを、カーマインレッドのおんながあるいてゆく。口紅もおなじ赤。おんなはひとりではなかった。膚がいつも黄ばんでいて血色のよくない〈すごく小さなおじいさん〉と手をつないであるいていた。〈すごく小さなおじいさん〉は、さとくんのいいかたでは、〈小さなじいさん〉になったり〈じいさんみたいな子ども〉になったり〈ヨーダ〉になったりした。その小さなひとは、きまって、灰色のくたびれたピケ帽というか、クロッシェみたいな帽子を目深にかぶっていた。さとくんは

〈小さなじいさん〉については多くを話してくれなかった。おんなとのかんけいはどうだったのか……。

　それはいい。さとくんのかってだ。が、あたしは気にした。ふたりは母子ではなかったか。きっとそうだろう。そうにちがいない。それに、背筋をぴんとのばした長身のおんなが〈すごく小さなおじいさん〉と手をつないであるくには、長身者のほうがかがんであげないか、よほど腕がながくないといけない。おんながかがんでいなかったとしたら、手をつながれていたひとは、ほんとうは〈すごく小さなおじいさん〉ではなく、そのようにみえただけではないのか。ないしは、カーマインレッドのぴっかぴっかのおんなは、帽子のおとこを、ひきずるようにしてあるいていたというのか。ちょっと気になった。とにかく、おんなはとても目だった。さとくんの形容によれば、「カイエンペッパーが空をとんでくるように」、目にとびこんできた。あのまっ赤なトウガラシの名前をさとくんは口にした。なぜカイエンペッパーを知っているのか。赤い服はそれほどまでに目だったのか、服ではなく、かのじょじしんが目だったのか。さとくんの話ははっきりしなかった。こんなふうにいった。「本人が目だちたくなくてもさ、目だつんだよね。どうしたって目だってしまうんだよ」

　赤い服のおんなと〈小さなおじいさん〉は、土曜や日曜の昼下がりに駅前のマクドナルドやミスドにやってきた。ふたりはとなりあわせか、むかいあわせに席をとった。

マックやミスドの店員たちはふたりに親切だった。接客マニュアルどおりだったにせよ、とてもにこやかに接した。なにももんだいはなかった。らしい。おんなと〈小さなおじいさん〉は、ほとんど話さなかった。さとくんは近くの席からかのじょをじっと眺めた。かのじょはぬきんでていた。かのじょを目が赤くなるほどみつめた。〈小さなおじいさん〉の存在は、ほとんど意識しなかった。まるでいないもののように。おんなのひとはたいていうつむいてスマートフォンをみていた。やや冷たい横顔。なにかにみいり、ときどきメールを送っているようすだった。さとくんによると、おんなは「ものすごく大きくて、ぼつぐんにきれいで、ドキドキするほど健康そうだった」という。帽子のおとこは店内にはいると、じぶんからではなく、おんなの手で帽子をぬがされた。帽子をとると、頭髪は地肌がみえるほどうすく、脱色したような亜麻色をしていた。さとくんの表現だと、顔は「くちゃっとしていて」、吊りあがった小さい目が、泣きそうでもあり、笑いそうでもあったが、そのどちらでもないようにもおもえた。赤い服のおんなと小さなひとは少しも似ていなかった。〈小さなおじいさん〉はまるで「いないひと」のようだったという。いるのにいないもの。「そんなにんげんはいくらでもいるよ」。さとくんはこともなげにいった。そんなにんげんとは、赤いおんなの息子のことだろう。

あたしはふたりのことをなんどかおもいえがいた。なんでもない風景。よくある光景。注意ぶかくみれば、その子の顔は母親にどこか似ていたのではないだろうか。さもなければ、その子はだれにも似ていなかったが、どうじに、他のだれにでも似ていたのかもしれない。その子はさとくんにだって似ていたかもしれない。あたしにだって。相似と差異って、おかしい。あらゆるにんげんは、それぞれはげしくことなっていながら、はげしく似る。とはいえないか。母子には、たしかに差異があっただろう。けれども、どんな差異かは、かんたんにいえるようでいえない。母親は長身で子どもは短身。母は首がながく、すらりとしていて、子はやや猫背。首は太いというか、よこにひろがった、いわゆる先天性翼状頸《よくじょうけい》というやつで、皮膚に皺やたるみがある。いやはや、翼状頸とはすごいことばだ。つばさのような首？　英語では〈webbing neck〉または〈webbed neck〉か。だれが、どういう魂胆で、命名したのだろう。そう名づけるときに、なにがしかのとまどいはなかったのだろうか。畏れはなかったのだろうか。まさか詩的とでもおもったのだろうか。シュールだと。だって、web って、水かきじゃないか。アヒルやカエルの手足の指の膜。えっ、にんげんの首を形容するのに、〈水かき状の首〉だというのか。どういう神経なのだろう。学問ではこうした呼称がゆるされるのか。倫理的に。これは、しかし、倫理的なもんだいだろうか。

　おもうに、さとくんは無意識にふたりを対比していた。無意識にくらべていた。それはやむをえないことなのかもしれない。ふくすうの存在は共通性よりも差異をさぐられる。とくに〈まさりおとり〉を。優劣をくらべようとするものに、くらべてはならないといってもはじまらない。差異はかならずある。なぜくらべてはならないか、たんねんに論証するのはかなりむずかしい。すごく骨が折れる。不可能かもしれないな。ひとをくらべるのはよいことか。くらべるのは、ほんとうにいけないことなのか。くらべることは危険なことか。ひとをくらべるとはどういうことなのだろう。〈まさりおとり〉ってなんだろう。差異とはなにか。相違とはなにか。

魅力的な生きものと魅力的ではない生きもの。げんきなにんげんと、げんきではないにんげん。膚に張りのあるひとと張りのないひと。ひじょうに生気のあるひとと、ひじょうに生気のないひと。背中がわの髪の生えぎわが低くないおんなと、背中がわの髪の生えぎわが低いおんな。うつくしいものとうつくしくないもの。かがやいているひとと、かがやいていないひと。やくどうてきにんげんと、そうではないにんげん。外反肘《がいはんちゅう》ではないひとと外反肘のひと。他をささえるものと他にささえられるもの。とても役にたつひとと、さっぱり役にたたないひと。とても清潔なひとと、あまり清潔ではないひと。ふかく悩むにんげんと、ふかく悩まないにんげん。生命のない対象物にまったく性的衝動や性的妄想をいだかないひと vs. 長期（少なくとも半年以上）にわたり、生命のない対象物につよい性衝動・妄想・性的行動がじぞくし反復するフェティシスト。たくさんお金のあるひとと、すこしもお金のないひと。とてもあたまのよいにんげんと、とてもあたまのよくないにんげん。不眠症のひと。つねに吐き気のないひとと、のべつ吐き気をもよおしているひと。ひとを殺したことのないものと、ひとを殺したことのあるもの。ひとを殺したことをおぼえているものと、おぼえていないもの。

　外反母趾ではないひとと外反母趾のひと。ひとを殺していないのに殺したとおもっているおとこと、ひとを殺したのに殺してはいないとおもいこんでいるおとこ。こころざしのたかいひとと、こころざしのひくいひと。こっぴどくなぐられたことのないひとと、こっぴどくなぐられたことがあるひと。翼状頸ではないおんなと翼状頸のおんな。自殺をこころみたことのないひとと、自殺をこころみたことがあるひと。父親にレイプされたことのないにんげんと、父親にレイプされたことのあるにんげん。一度も反復されていない過去と反復されている過去の不可思議について、かんがえたことのあるひとと、かんがえたことのないひと。精神科医院入院未経験者と同医院入院経験者。免疫力のたかいひとと、免疫力のひくいひと。ブタと性交したことのないおとこと、ブタと性交したことがあるおとこ。ブタがかんけいするそうした想念上の比較を、まったくしたことがないものと、しばしば比較してしまうもの。手足のあるものと手足のないもの。ＩＱ１３５以上のひととＩＱ60以下のひと。ふう、きりがないわ。ことばでいえることなんて、そんなにだいじなちがいではない気がしてくる。発音できることはあまりじゅうようではない。ほんとうにだいじなことは、ことばにするのがとてもこんなんなものだ。だいじであればあるほど、ことばにおきかえるのがむずかしくなる。ほとんど発音不能になるのではないだろうか。

　こうもおもう。赤いおんなは、じつは、ひとりではさほどに目だたなかったのではないか。〈小さなおじいさん〉みたいな子どもも、ひとりではそれほど目だったか、うたがわしい。母子はたがいにいっしょにいることによって、たがいをやむなく特徴づけた。意図せず、印象づけた。外見および外形を過剰にきわだたせた。ひきたてた。あたかも、めいはくな「優位」とめいかくな「劣位」のように。〈まさり〉――〈おとり〉のように。もちろん、それは母子の本意ではなかったはずだ。いうまでもない。母子がたがいにいっしょにいることによって、けっかてきにたがいをひつようじょうに特徴づけていたのは、もっぱら第三者の視線において、ということだ。さとくんはそれに気がついていただろうか。

　さとくんはあるとき、赤いおんなをはじめてみたときのことを話してくれた。かれらの、そもそものなれそめだ。たいしたことではない。わたしにうちあけたわけじゃない。もちろん、意見をもとめたのでもない。たまたまここに、ものいわぬわたしがいたから、しゃべったのだろう。それでいい。あたしは、たいしたことより、たいしたことではない話のほうがすきだ。どこにでもあるどうでもいい話。そのほうが、じじつめくことがある。はっとさせられたりする。だらだらとした、一貫性のないことっていい。メリハリも起承転結も物語《ナラティブ》も教訓もない、主体もはっきりしない、つじつまのあわない、とりとめのない話。それを、あたしなりにまとめてみる。さとくんの話に、あたしの想像とことばをくわえながら。そうやって、さとくんをわたし流に造形してみる。ひとについてかたるというのは、ひっきょう、話者が、そのひとの形体と内面を構成することだ。正しいかどうかはべつのもんだいだ。

6

さとくんの気分／サルスベリのこと／死刑のこと／カフェ「ティシナ」にて／赤いおんなとの奇妙なやりとり

昼すぎ。白いサルスベリが空いっぱいにもくもくと咲いていた。さとくんがあるいている。炎天から、においがふってくる。遠い日のベビーパウダー。駅のあたりでは、白いサルスベリがよくにおう。赤いサルスベリはあまりにおわない。よそでは赤いサルスベリのほうがよくにおうときいたことがあるから、花の色は、においとかんけいがないのかもしれない。においは、けれども、時間によってかわるようだ。夕暮れどきに、花のにおいがいっしゅん、むっと濃くなったりする。おしろいで化粧した年増女の、汗ばんだ首筋みたいに。たぶん、個々の樹によっても香りはことなるのかもしれない。一本一本、ひと株ひと株、性根と体臭がちがうということなのか。さとくんは、白いサルスベリの並木路をカフェ「ティシナ」にむかって、ゆっくりとあるいていた。そこにどうしてもいかなくてはならない、というのではないのだが、よんどころない用があって「ティシナ」にむかっているという気分に、わざと、だんだんにそまっていく。いわばニセの気分だったのが、じょじょに本気になる。そういうことってよくある。顔まで、いかにも「用のあるおとこ」といった造作になる。なろうとおもえばなれるんだよね。さとくんはそういう。

だが、目的地なしにあるくというのは案外にむずかしいものだ。「ティシナ」はさしあたりの便宜的な目的地にすぎない。べつに「ティシナ」でなくてもいい。さとくんはそうおもった。そこにゆくのは、ゆいいつのただしい選択肢でもなければ、とりかえしのつかないまちがいでもない。そんなことがたくさんある。さとくんはそんないいかたをした。かれって、みかけはふつうの青年だ。ありふれた、凡庸なおとこ。そんなおとこがこの世にいるものだろうか。つきなみでバカなおとこ。そんなの、いくらでもいるようで、意外にいない。かれはこんなことをいったりもした。ひとりごとみたいに。ただのアホがこんなことをいうだろうか。「世界の大半はとりかえっこできるんだよ。きーちゃん、代替可能のことがらだらけなんだ。きーちゃんはべつにきーちゃんでなくてもいい。ぼくもさ。ぼく、さとくんは、かならずしもさとくんでなくてもいいんだ。ぼくがさとくんであること、さとくんでしかないことを、だれがほんきでもとめているだろうか。じぶんがじぶんでないからといって、だれが真剣に文句をつけるだろう……」

風。サルスベリの花の吹雪。そのむこうに鈴木理容店がぼやっと白くかすんでみえた。さとくんは声をおとしていった。赤白青のサインポールがとまったままなんだ。三年来、休業中だから。「床屋のサインポールってなんだか不気味だ。とまったサインポールはとくに不吉だよね……」。さとくんはいう。わたしにいったってどうにもならないのに。あるきながら、ふと頭上を気にした。「等身大の人型にきりとられた透明なセロファン紙のようなもの」が、宙からふらふらと額のあたりまで垂れさがっている気がしたという。おやっとわたしはきき耳をたてた。透明なセロファン紙？どうしてそんな気になったのか。さとくんはでがけにきいたラジオのニュースをおもいだしたのだ。家をでてすぐ、いったんは忘れていたのに。けさ、二人の死刑囚に刑が執行されたというニュース。いつもはスカッと気が晴れる死刑のニュースが、その日はみょうに胸にひっかかった。気になった。きーちゃん、どうしてかな。刑場にれんこうされた死刑囚が、どれほどはげしく抵抗し、あばれたか、どのように泣きさけんだか。いや、へいぜんと刑の執行手順にしたがったか。絞首刑開始から絶命までどれほどの時間がかかったか。からだにどんな変化があったのか。失禁したか、鼻血を噴きちらしたか……。いつもなら想像もしないことなんだ。

サルスベリの並木路で、かれはとうとつに刑場へのあゆみを想像した。じぶんのあゆみだ。じぶんが死刑囚ならどうするか。「きーちゃん、ぼくはジタバタしないとおもうんだ」。さとくんはそうつぶやいた。死刑賛成なのだから。「ぼくなら、あばれない。たぶん鼻唄でもうたうだろうな」。へえ、そうだろうか。わたしはうたぐる。つよくうたぐる。冷たく太い絞縄が首にかけられ、踏み板が轟音《ごうおん》とともにひらかれ、からだが地下に落下するまで、さとくんは鼻唄をうたうだろうか。あがり天井の滑車が音たててまわりだし、ロープがピンとのびきるまで。首の動脈がいきなり圧迫され、脳への血流がとまり、気絶し、失禁するまで、かれが鼻唄をうたうだろうか。そんな剛の者か、さとくんが？　あたしにはどうしてもそうはおもえない。かれは大泣きに泣くのではないか。えーんえーんと。〈おねがいです！　おねがいですから、たすけてください！〉と、身も世もなく泣訴するだろう。鼻唄をうたうとしたら、たぶん、すぐさきのじぶんの死を迂闊にも知らないときだけだ。

ロッカバイ　ロッカバイ
ロッカバイ　ロッカバイ

バイバイ　ロッカバイ

うたいおわり、息が絶えると、せなかのタトゥーが急に色をうすめるのだろうか。般若の顔がのびきって、間のぬけた縦長になるのだろうか。心臓がとまると、世界が一気にしぼむのか。溶暗《フェイドアウト》。どうでもいい。じぶんのいない世界は、どのみち、もう世界ではないのだし……さとくんはそんなふうにおもえるひとだろうか。

　わたしは空想する。さとくんになった気で。また風がきた。サルスベリの花の香りがかすかに消毒薬くさくなった。かれは以前も何回かそうかんじたことがあった。世界ではなにかが、くりかえし、飽かず、くりかえされている。さかんになったりおとろえたり、反復したりしつつ、いつかふっと消えてゆく。そしていつかまた、かつておきたこととおなじようなにかが新しいよそおいでおきる。大団円なんかない。終焉もない。

　さとくんはなかばいらだち、なかばけだるくなる。さとくんがあるく。つがいのキジバトが道をよこぎってゆき、ハナミズキの根方に二羽とも消える。影が路上で大きな繻子《しゅす》の布地をひろげたようにゆらめいている。影の縁は黒っぽい艶のある紫色にみえる。暗紫色というやつか。それに縁どられた樹影が暑熱にうねり、ゆらゆらとゆれる。名づけがたい平穏か崩壊の影。サルスベリの花の粒が、へし折られた歯肉つきの歯のように、いくつも影のうえをころころところがっている。人型のセロファン紙は風にのってどこかにとんでいったようだ。さとくんは死刑のことを忘れている。いましがたじぶんがおもったということも忘れている。

　さとくんはいう。わたしなんかになんでもいう。ときどき、ものうげにいう。ヤマカガシがだらりとのびきって死んでいたよ。きーちゃん、ヤマカガシって知ってるかい？蛇さ。黒と赤の斑紋の、みにくい毒蛇だよ。ミズナラの根もとで死んでた。片目が白くなっていた。目にハエがたかっていたよ。アリンコもたかってた。いや、ちがう。と、わたしはおもった。なぜだかむきになって。まだ死んでいないわ。そうみえただけではないの。ヤマカガシは夜にはまたニョロニョロと這いだすのよ。

　ヒヨドリの地鳴きがきこえる。以前、実家が都内にあったとき、庭によくヒヨドリがやってきた。さとくんはそういった。祖母が餌づけでもしていたのかな。祖母は白く長い睫毛をしていた。さとくんはいった。きょうみなんかないくせに。「睫毛もシラガになるのかな？」。祖母の目は鳥の目に似ていた。キョロキョロとよくうごき、落ちつきがなかった。ときどき、さとくんの顔をさもうたがわしげにながめた。〈おまえの未来がみえるのよ。とんでもない未来が〉……そうとでもいいたげに。祖母とさいごに話したのはいつだったっけ。忘れた。去年の二月に、横浜のホスピスをたずねた。たぶん、それっきりか。末期のがんで蛹《さなぎ》のように小さくなった祖母はベッドにころがっていて、ひとこともしゃべらなかった。さとくんはコンビニで買った小さなクマのぬいぐるみをかのじょの胸にだかせた。

妹のさおりがかたったという。ときどき意識がとぎれるのよね。よく眠るの。祖母はじっさい、うとうとしているようにもみえた。そうかとおもえば、したからさえざえとした目でじっとさとくんをみていたりした。油断がならない。なにかを訴えかけたいような気配もないではなかった。決意して緘黙《かんもく》しているのかもしれなかった。祖母はなにかを訴えたかったのか、にもかかわらず、なぜ口をきかないのか、さとくんからたずねはしなかった。いったん口火をきったら、とめどなく不吉なことをかたるような気がしたから。

逝くもの、あるいは逝くはずのもの——そうさだめられた老婆の沈黙は、その場の、暗黙の強制的シナリオのようなものに沿っていただろう。台本どおり。逝くべきものはだまって逝くべし。祖母が消えても、なにもおきはしない。世界は一グラムもへらないし、増えもしない。なんにも変化なし。さとくんはいった。あんな婆さん、ほんとうはなくったっていいんだよ。でも在るほうがいいふりをする。いっときの悲しみ。のふり。悲しみの身ぶり。ありきたりの悔やみのことば。定型の弔電。〈ご逝去を悼み、謹んでお悔やみ申しあげますとともに、心からご冥福をお祈りいたします〉。ね、きーちゃん、悼むってなに？　お悔やみってなに？　なんなの？

安い花がおくられてくる。すべて習慣。うそまで習慣。にしても、きーちゃんさ、ひどい話じゃないか。祖母はその翌月の三月に他界していたんだよ。いくらはなれてくらしていたとはいえ、そのことを、ぼく、四月まで知らなかったなんて、とうてい、まともじゃないよな。堕落や不品行どころではない。横浜で祖母の世話をしていた妹は、なぜだかまるまる一か月も祖母の死をつたえてくれなかった。さとくん、グチる。でも、そうやってかのじょたちのせいにするのはずいぶん勝手というものだろう、とわたしはおもう。話がいっかんしない。しびれをきらし、というのは、じっさいにしびれをきらしていたわけではないので不正直になるけれども、さとくんのほうから、しびれをきらしたような口調で、さおりに電話し、祖母の容体をたずねたのだという。妹はさらりといってのけた。おばあちゃんはおだやかに逝ったよ。とっても静かにね。とうに茶毘にふし、納骨もすんだよ、と。その声が、心なしか古い栓でもぬけたように明るくなっていた。さとくんは絶句し、息をのんだ。そんなじぶんを、いまさらわざとらしい、とおもわないでもなかった。

しかし、「にんげんにかんするかぎり、すべてはあやしい」……どこでおぼえてきたのか、さとくんはそういう。意味深なアフォリズム。少しキザ。もったいつけずに、「にんげんはみなあやしい」といえばいいのに。あやしいにんげんにじぶんもふくまれているかは、はっきりさせない。かっこうをつけているだけなのだろうか。さとくんはごくふつうの明るい青年だ。みんながそういう。だが〈明るい〉とか〈ごくふつう〉とかいう限定くらい無限定な形容はない。にもかかわらず、かれは〈ごくふつう〉としかみられていない。量販店の安いTシャツかパンツみたいに。さとくんという存在と現象は、まったくといっていいくらい意を用いられていない。

どうでもいい話だ。どうでもいい話をわたしにする。問うてるわけでも返答をもとめているわけでもない。祖母が亡くなっても、れんらくはいらない。そちらでてきとうにやってくれ。そんなことを、文字どおりそんなことをさとくんはいったおぼえはないという。だが、そう受けとられかねないことなら妹に話したかもしれないな。息をのんだのはむろん、じぶんなのだが、そのすぐつぎに、声にはださずつぶやいてしまったことを、まぎれもないじしんの「行為」なのに、さとくんはいまだによく理解できずにいる。かれは息をのみ、つづけて、わざとゆっくりとあとをおうように、〈そのおとこは息をのんだ〉という、ナンセンスな文言を、わざわざ胸になぞったりしたのだという。そのなぞりかたがひどく罪ぶかいな、ぶかっこうだな、とおもった。そのときのことをずっと忘れないという。さとくんはさとくんなのに、「そのおとこ」になっていた。すりかわっていた。ところが、じぶんのことを無言で「そのおとこ」「あのおとこ」とみなす、そんな体のよい〈他者化〉と自己分離を、じぶんでなんだか気にいってもいるのだから手がつけられないよな……という意味のことをくどくどといったりする。それでも、さとくんは〈ごくふつう〉だ。わたしはそうおもう。少なくともひどく特殊というのではない。ふつうとは、せいぜい、ふつうではないことのたんじゅんなめくりかえしじゃないのか。

かれを「知的」とおもっているひとはまずいないだろう。「複雑」ともおもわれていないし、わかりにくいともいわれてはいない。「単純」……これはみんながいう。でも、知的ってなんだろうか。複雑とはなんだろう。わからない。わたしじしんが複雑か単純かわからないように。せめて、こういってあげてもよいのではないか。かれはおもしろいやつだ、と。そのくらい寛容であっていい。さとくんは、じっさい、おもしろいのだ。かれはいろんなことをおもっている。まったく意想外のことをかんがえていたりする。だが、病んでなんかいない。たぶん、まったく。とおもう。

かれは、ときたま、「かれ」でも「あのひと」でも「あいつ」でもいい、じぶんにもうひとつのべつの、ことなった人格か他者をあてがうかはめこむようにして、〈内心で〉ふるまってみることがあるそうだ。行為や発話の矛盾やそれらのさいに生じる洞《うろ》のような精神の空隙の理由を、じぶんではなく、じぶんにくわえられ、あてがわれた「あのおとこ」や「あの野郎」のせいにしたりするらしい。けっしてそれで解決したり解放されたりはしないけれども、きぶんはすこし楽になるよ。さとくんはわたしにそういう。なんか、ちょっと複雑そうだ。そんなこと、わたしなんかに話しても、なんにもなりはしないのに、話す。おしゃべりなんだ、かれは。複雑か知的かどうかなんてもんだいじゃない。さとくんはだれよりもそっちょくだ。

さとくんがあるく。虫が二、三匹、飛んでいた。変な虫。翅がやたらと大きく、なんだか水に溺れるようにして飛ぶ、妖しい虫。カゲロウだ。さとくんは「ティシナ」にむかってあるいている。そう、じぶんにいいきかせる。駅前に群れ咲く黄色のダチュラのかげから、いきなり髪ぼうぼうの歯欠けオババがでてきた。ラッパ状の花のなかからとびだしてきたように。白髪がこのところいちだんとふえてきた。パジャマのような縞模様の服をきて、片手に缶酎ハイをもち、ゴム草履の音をペタペタさせてちかづいてくる。とても小さなおんな。ドングリまなこでさとくんをみあげ、しかし、目をあわせずに、だみ声で、いきなり「おべ！」と命じる。「お・ぶ・え！」が短縮され「おべ！」になったのだろう。じぶんを背負ってあるけ、というのだ。

　唐突でとても理不尽な話だし、そもそも「おべ！」がなにを意味するかわからないので、たいていの通行人は返事もせずに、そそくさとたちさる。しかしさとくんはまえにもそう命令され、そくざに意味をりかいし、なぜだかすなおに服従したことがある。駅の階段のところまでわずか十五メートルほどの距離を歯欠けオババをおんぶしてあるいた。義務感にかられたのでも愛をかんじたのでも酔狂でも同情でも親切でもなんでもない。双方の波長の同調か同期のようなものなのか、そういうことにしぜんになってしまった。

かのじょは紙のようにかるかった。あっけにとられるほど、重さがなかった。ほんとうにオババをおぶったのか、記憶がおぼつかなくなるほどだった。歯欠けオババは礼もいわずに、ペタペタと駅のかいだんをのぼっていった。かのじょは終始だれとも目をあわせなかった。でも、さとくんはオババを失礼だとはおもわなかった。オババは無宿人で、酒くさくはあったが、どこかでシャワーでもあびているのだろうか、饐えたにおいはしない。かわりに、ほんのすこしだけイチゴのシロップの香りがした。とにもかくにも、さとくんはふたたび「おべ！」と命じられたのだ。オババをうとましくおもったことはない。オババとのかんけいでは、さとくんは「あのおとこ」になるひつようはなかった。歯欠けオババは缶酎ハイを手にダチュラのそばのベンチに仁王立ちになり、さとくんにたいし、そこにかがめというのである。かれはベンチに尻をむけてかがんだ。

オババは左手でさとくんの首につかまり、缶酎ハイとイチゴシロップのにおいとともに背中にするっとのった。ましらのように。手が熱かった。オババをおぶい、駅の階段にむかってあるいた。通行人はだれもふたりに興味のまなざしをそそごうとはしない。無関心だからだろうか。そうともおもえない。さとくんたちはかれらの視界にあったのだが、たぶん、いなかったことにされているのだろう。オババには、やはりウソのように重さというものがなかった。オババがさとくんの耳に酒くさい口をよせて、ざらざらといった。石をこすりあわせたような声で。「ティシナにいくのか？　やめとけ……」

世界はきれぎれだ。バラバラだ。さとくんがそういったのではない。かれの話をきいていて、わたし（きーちゃん）がそうおもった。サルスベリもラジオのニュースもキジバトもヤマカガシも祖母のこともハナミズキの影もオババも、なにもみゃくらくがない。片々としたちぎれ雲。サルスベリの花の粒と、へし折られた歯肉つきの歯は、酒場で酔客に顔をなぐられて死んだ父の歯からの連想だ。へし折られた歯肉つきの父の歯を、じっさいにみたわけではないのに、さとくんはみたことがあるようにおもっている。そんなことがよくある。折られた歯肉つきの歯は、よくよくおもえば、五年もまえに列車にとびこんで死んださとくんの級友のものだったかもしれない。それだって、ほんとうにみたのかどうか、さとくんはもうかくしんはないという。にもかかわらず、歯肉つきの折れた歯たちは、夜目にも赤く血にまみれてサルスベリの花の粒のように、いくつもころがっていた。そんな記憶のかけらが、さとくんのあたまのかたすみにのこっている。

店に着いた。「ティシナ」は、駅東口商店街の薬局のとなりにある、三十席ほどある古い、どことなく気づまりなカフェだった。喫煙、店内での携帯電話の通話、パソコン使用、大声での会話などはご遠慮ねがいます――へんくつな店主が十年以上まえにきめたルールで、メニューのしたに禁止事項が列挙してあった。各テーブルにはメモパッドとボールペンがおいてある。どうしてもしゃべりたければ筆談しろということだ。違反者には店主みずからカウンターをでて、つかつかと席にちかづき、客の耳に口をよせてぼそぼそと注意する。うすい笑いをうかべ慇懃に、しかし、どこか威圧的に、だんことして警告をする。〈どうか、おしずかに……〉。小柄な店主だが、それだけでじゅうぶんである。しずかにできないなら、ただちにでていけ、という言外の命令が、なぜかすぐにつたわる。トラブルにはならない。なにもおきない。客は気圧されて、口をつぐむか、そそくさと店をでていくかするからだ。店内ぜんたいに店主の感覚神経の網がはりめぐらされている。それがいやなら店にくるなというわけだ。

　店はほぼ満席だった。若い客はほとんどいない。こんなカフェに若者はきたがらない。屈託顔をした高齢の常連客が多かった。古漬けと黴のにおい。病気と病院と医者と年金と家族の冷たい仕打ちにかんするコソコソという話し声。いつものウィンナワルツがながれている。「美しく青きドナウ」かなにか。ほんとうはなにも円滑にながれてなんかいない。斎場のように空気がねっとりとどこおっている。中央の大テーブルに一席あきがあり、さとくんはそこにすわり、エスプレッソをたのんで、メモパッドをひきよせた。ボールペンで絵をかきはじめる。エスプレッソをすすりながら絵をかいていると、きもちがおちつく。滝のぼりする鯉と桜の花。まいかいおなじようなものをかく。タトゥーの下絵のような構図になる。まるくあけた魚の口。口もとの二対のひげ。ひげのまがりぐあい。一枚一枚の鱗を、無心に、ていねいにかく。鯉をとらえようとする網。網の目も、ひとつひとつたんねんにかく。鱗と網の目がかさなりあって、おもしろいあじわいになる。網を突破する鯉。水しぶき。舞いちる桜。かいていると、うっとりとする。ひらいたヒレをかいているときだった。赤い服のおんなが、ななめむかいの席にいることにはじめて気がついた。

おんなは場ちがいなほどかがやいていた。さとくんはそういう。はじけていた。かのじょだけは〈死すべきもの〉ではなかった。存在が、かのじょだけ、さかんにもりあがっていた。赤い色が手におえないほど燃えたっていた。周囲とまったくつりあわなかった。そのことはなにか辻褄があわない一方的で暴力的なことのようにもおもわれた。例外的にゆるされてもよい暴力的生きものをみせつけられている。さとくんはそう感じたようだ。さとくんはあっけにとられた。そこに赤い服のおんながいたことにより、かえって他のものたちが〈死すべきもの〉であることが無遠慮に立証されているようであった。かのじょはスマートフォンにつないだイヤフォンを耳にあてていた。さとくんは、かきかけの滝のぼりする鯉の絵のうえに「こんにちわ！ なにを聞いているのですか？ YouTube でしょうか？」と記し、その紙片をメモパッドからはがして、つま先立ちでまえかがみになり、赤いおんなの目のまえにおいた。かれはためらわなかった。

メモに気がつくと、おんなは眉間に皺をつくり、イヤフォンをはずしてから、さとくんを鑑定でもするようにゆっくりとみかえした。そして、メモパッドをひきよせてボールペンをはしらせた。

——よけいなおせわ。放っておいて。でも、ボラの絵、上手ね。

紙片がかれのまえにきた。

さとくんがうちょうてんになり返信。

——ボラじゃなく、コイです。YouTube おもしろいですか？

赤いおんなも返信。

——よけいなおせわ。あなたにかんけいない。

——でも、おしえてください。なにをみているんですか？

——うるさいな。北朝鮮の軍事パレードよ。

——なぜ北朝鮮の軍事パレードなんですか？

——悲しくなるからよ。切なくなるのよ。

——どうして悲しくなるのですか？

——あたしの勝手。放っといて！

——あなたは朝鮮人ですか？　在日の。

——うるさい、バカ。

そのとき、まぢかに音がきこえたという。腐ったゴム袋でも踏んづけたような。だれかがコーヒーを音たててすすっていた。ずずずず、ぶじゃぶじゃ……。さとくんが反射的に音の出所をさがす。悪意なんかなかった。さとくんはいう。悪意？悪意のないのはよいことなのだろうか。わたしには多くのことに悪意がある。じぶんにも他人にも、他人の善意にも。

音の主は〈すごく小さなおじいさん〉だった。赤いおんなのとなりにすわっていたのだ。さとくんは気がつかなかった。小さなひとは、存在というより、存在の凹みのようであったろう。だから気づかれなかったのだ。が、赤いおんなはにわかに血相をかえ、さとくんを睨《ね》めつけた。〈おまえ、殺してやる〉。そんないきおい。茶色のひとみが金色になり、はげしく怒っていた。赤いおんなはそれでもうつくしかった。小さなひとがまた、ずずずず、ぶじゃぶじゃぶじゃ……と、コーヒーをすすりあげた。

7

赤いおんなの怒り／目のなかの目／その目の奥の夜と靄／どうしようもないビニール紐やイエユウレイグモについて

すっかり形相がかわっていた。おんなは赤鬼みたいに怒っている。いまにもつかみかかり噛みつかんばかりに。赤いくちびるがこまかくふるえていた。「熟れたグミ」のようなくちびるだった、とさとくんは話した。じぶんが怒られているのに、「グミ」にみとれてしまっていたのだ。あたしの想像では、憤怒、軽べつ、憎悪、もしかしたら殺意だっておりかさなって沸騰していたのかもしれない。赤いおんなは発すべきことばが激情にもみくちゃにされてしゃべりこそしなかったが、ただならぬ気配はテーブルから十数歩はなれたカウンターのなかでコーヒーを淹れている神経質な店主にもつたわったはずだ。かのじょの視線からして、とつぜんの怒りがさとくんにだけむけられているのはあきらかだった。ところが、なぜここまで怒気をむきだしにしているのか、じぶんはなにを責められているのか、さとくんは察することができなかった。どんな落ち度があったというのか。

かれは左から右へとパンしていた視軸のさきに〈たまたま〉小さなひとをとらえた

だけだった。カフェにふさわしからぬ音の発生源をなんの気なしにみきわめようとしたら、〈たまたま〉そこに小さなひとがいただけ。それだけであった。かれはかれをみた。かれはかれによってみられた。それだけ。他意はなかった。蔑《さげす》みなんかもちろん。といういみのことをかれはいった。それなのに、おんながだしぬけに色をなした。ふるいいかたをすれば、とつぜん、怒り心頭にはっした、というやつである。怒りの焔《ほむら》が目からふきでていた。

おんなは、ななめむかいのさとくんの目をじっとみていたのだ。かれの目のなかの溝か小川を。かれの目のなかの小さな鏡を。鏡にただよう夜を。他人の目に映るじぶんの子どもの顔を。そのさらに奥の、わが子の目。その目の奥の、ゴマ粒ほどの黒点を。しげしげとのぞきこんでいた。それらのうかびかた、かさなりかた、にじみかた、ながれかたを。それらの暗みかたと、かすみかた、ゆがみかた、にごりかた。それらのただよいかたと、ゆらゆらと沈殿するゴミのようななにかをみていた。いいかえれば、子どものみられかたをみていた。かのじょは子どものみられかたをつねづね気にしていた。で、ひどく癪にさわった。癇にさわった。むしょうに腹がたった。

おんなは、なぜこれほど腹がたつのか、じぶんでよくわかっているようで、わからないところもあった。うまくひとことでいうことはできない。みくだし？　さとくんの目のなかのあざけり？　そのようなものに似たなにかではあったかもしれないけれども、そのようなものだけでもなかったろう。おんなは、子どものみられかたをみているじぶんをも、うとましくおもえてきたのかもしれなかった。そしてだんだんに、わが子が他人の目のなかにあることじたい、うけいれがたくかんじられてきた。のではないか。うがちすぎだろうか。三者の存在のしかたは、ことばをこえていたのだ。ことばという次元を。それでもなお、ことばは三人の黒い波間を木くずのようにさびしくたゆたっていた。

　でも、さとくんはこのシーンにそんなにこだわっていたわけではなさそうであった。情景の説明のしかたからして、わりあいあっさりしていた。赤いおんなの変化は、かれにとって怪訝ではあったが、怒りのわけをどうしても知りたいということでもなさそうだった。かれはたんに、あっけにとられたのだった。小さなひとの母であるだろうおんなの目の色のばくはつ——と、さとくんがいったわけではない。あたしの推量である。それをみて、さとくんはたしかにキョトンとした。だが、だからといって、なにかが起きたわけではない。カフェ「ティシナ」は、おんなの目の焔から引火してめらめら燃えだしてなんかいない。とうぜんながら、ばくはつもしていない。うっ屈した店主は、こめかみに神経性のイトミミズを三匹ほど這わせたまま、うつむいておしだまりコーヒーを淹れている。気配に気づいたなんにんかの客も知らぬふりをきめこんでいる。

さとくんはといえば、ことの次第とむかんけいに、おんなのくちびるにみとれていた。どこからか、客のかるい咳ばらい。コンコン。聞きようによってはわざとらしい。コンコン。わざとではないかもしれない。コンコン。なにも出来《しゅったい》してはいない。「ティシナ」はモカマタリのにおいと加齢臭にみたされている。いつもどおりだ。朝鮮半島で戦争があるかもしれないといううわさはある。戦争前夜だともいう。そうでもないともいう。水面下で話しあいもすすんでいる。そんな情報もある。報道では、韓国軍は特殊任務旅団＝「斬首作戦部隊」を創設したとか。斬首。首斬り。ユニークでアルカイックな名称。さとくんは名前に昂奮した。餓死者と脱北者がたくさんでている。木造船が幾隻も日本海沿岸にながれついている。漂流死体もつぎからつぎに。本格的戦争になれば北朝鮮は十日ともたないだろう。そんな話もある。ほんとうのところはだれもしらない。「ティシナ」に脱北者がおしよせてきているわけではない。ここでは斬首作戦はおこなわれていない。なにもない。ほとんど、なにもない……。

かったるい。おんなはさとくんの目のなかをのぞいている。さとくんの目のなかには、形のはっきりしない朝靄《あさもや》や夕靄、それらにつつまれたわが子がいて、たわんだりふくらんだりちぢんだりうるんだりしていた。ふしぎな海綿体のように。かれの目のなかのその子は、どうしてもわが子にはみえなかった。似てさえいない。とおんなはいらだった。このおとこのみかたがよくないからだ。と、かのじょは、〈みかた〉とはなにかについてあまり吟味もせずに、一気に結論づけた。なにか異変が生じたのではない。なにもない。ほとんど、なにもなかったのだ。そこだよ、そこ、そこなのよ。なにが、そこなのか、ピンポイントでいいあてることができないのに、あたしはベッドにゴロンところがったままなにかをかってに合点した気になり、想像をめぐらせた。スノーノイズはまだおさまっている。しずかだ。ときおりどこかから奇声（存在の叫び）がきこえてくるけれど、いちおうしずかだ。あたしは落ち着いている。

さてと……この場面におけるほんとうの〝主役〟はだれだろうか。だれだったろうか。さとくんはそれをとりちがえていた。と、あたしはおもう。主役というのは登場回数や台詞の長さできまるのではない。美男か美女かでもなかろう。主役とは、芝居ぜんたいの通奏低音を、かなしく、おもおもとかなでるものだ。とすれば、いちばん目だちはするけれども、赤いおんなが主役であるはずがない。さとくんも主役ではない。その器量ではないし。かれらはせいぜい助演だ。さとくんなんか端役だったといってもよい（もっとも、どうということのない端役が、もともと台本にないとっぴょうしもない筋書きを演じはじめ主役の座をかすめとるケースだって昨今、なくはないが……）。しかし、カフェ「ティシナ」におけるこのシーンで、だれが主役でだれが脇役ときめたところで、舞台のツボをおさえたことにはならない。主役なんかいなくてもいいのだ。しかし、行方もしらないこの話では、もろもろの存在の浮標《ブイ》のようなもの……そんなものがあってもいい。

いろいろな見方やこのみもあるだろうけれども、あたしにいわせれば、一幕か二幕かのこのちょっとした芝居のかくれた主役（または浮標）は、〈すごく小さなおじいさん〉である。カップを両手にもってコーヒーを音たてておいしそうにすすった、たぶんコーヒーずきの、ものいわぬひと。かれの屈《くぐ》まりかた、存在のしかた、存在のさせられかた、からだの輪郭のブレかたに、こころしずかに注目しないのでは、せっかくの情景にたちあったことにならないではないか。では芝居の主たるテーマはなにか。テーマなんかなにもなかった、ともいえば、いえる。日常のありふれた光景のいちいちに、新聞の見だしふうの麗々しい主題などありはしない。けれども、なんでもない日常がひそやかにそだてている、とてつもない破たんの因子に新聞やテレビほど鈍感なものはない。凝視すれば、テーマはあらゆるささいなシーンにみえてくる。カフェ「ティシナ」にあっては、さしあたりそれは、〈やくそくごと〉ではなかったか。もっといえば、暗黙の〈やくそくごと〉をめぐるひとびとの身ぶりとことばについて、ではなかったか。どんなひとびとも、たとえあまり意識せずとも、〈やくそくごと〉の網の目にからまれ、大なり小なり、おのずからしばられ、他をしばりもして生きている。法規というほど大げさではない。ルールというほどめいかくではない。〈やくそくごと〉は、これこれこうと明示されないところにミソがある。

暗黙の〈やくそくごと〉の第一条は、〈やくそくごと〉など端《はな》からないかのように、自由闊達（なよう）にふるまうこと。すなわち、〈やくそくごと〉の、じつはあやうい実質についてヤボな議論をしないこと……それが第二条だ。どうせボロがでるにきまっているのだから。第三条、小さなひとはそこにいたのだが、透明人間よろしく、そこにいないかのようにふるまうこと。かれまたはかのじょを、むろん、じろじろみないこと、または、たくみにみてみぬふりをすること。第四条、小さなひとについて、ずけずけとかたらないこと。もっといえば、小さなひとについて、あれこれかんがえすぎないこと。第五条、これらを上手に、なめらかに、スマートに、とぎれなく、やりとげること。かんたんではない。けれども、日ごろみんなが、うちあわせるわけでもなく、なんとなくやっていることだ。

赤いおんなは〈やくそくごと〉を、よかれあしかれ、知っていた。その〝善〟のそぶりと狡猾さと、さしあたりの有用（有効）性について。さとくんは〈やくそくごと〉について、よかれあしかれ、つうじてはいなかった。のではないか。小さなひとは、いうまでもなく、そこにいたのだが、さとくんは、いかにもそこにいないかのようにふるまうことができなかった。みてみぬふりをするのでなく、おもいきりジロリとみてしまった。むりにことばにするなら、そのときの目の遣りかた、そのときの瞳孔のちょっとしたうごきと翳りかたが、（小さなひとじしんはコーヒーをするのに夢中で気にもならなかったのだろうが）赤いおんなにはどうしても赦せなかった。のではないか。この子がコーヒーを音たててのんだからといって、なにがいけないのか。なにがわるいというのか。そのようなわかりやすく直截ないいぶんだけではなかった。とにかく気にくわなかった。侮蔑的だったか、みくだすような目つきだったか、小バカにするような顔をしたのか、それいじょうにいやな目をしたのか、とにかく〈やくそくごと〉がしごく無造作にやぶられたのだ。おんなはそう解した。それだけではなかったのだろうが、おおむね、そうみなした。で、怒りの導火線に火がついた。のであろう。おんなはさとくんをみすえた。こいつ、ただではおかないという気魄で。

さとくんはトイレにたった。おんなの視線からのがれたのではない。膠着状態をどうにかしたいという意図でもなく、たんじゅんに生理的欲求から席をはずした。おんなはいらだった。いるべき場所から青年が逃げたと感じ、目をつりあげた。店主や客たちはかれとかのじょの挙措を目のはしにいれながら、そしらぬ顔をきめこんでいる。これもいわば〈きまりごと〉だ。

トイレは店の奥の小型グランドピアノのかげにあり、男女共用である。一つめのドアをあけるとトイレにつづく小部屋があって、湿気とつよすぎる芳香剤のにおいのなかに古めかしい二槽式洗濯機がおいてある。洗濯機のとなりには塗りのはげた木の椅子一脚。あたしの想像では、うちすてられた、でも、がんこなおもいでのような、木組みがゆるんだ椅子。背もたれに、オポッサムだろうか、毛皮のえりまきのようなものがかけてある。フェイクか。毛に艶がない。そのモワモワしたものがほんとうはなにか、だれのものか、なぜそこにあるか、わからない。わかったってしょうがない。

木の椅子のうえに磨りガラスの小窓がひとつ。そこから、ぼんやりとした水あめ色の光が、もの憂くたれている。きっとそうだろう。小窓のちかくのペンキのはげた壁の上部に、うす茶色のオスの痩せたイエユウレイグモが一匹、息をころしてうずくまっている。が、逆光でよくみえない。イエユウレイグモのことをだれも知らない。あたしのことをだれも知らないように。クモがなにをかんがえているか、なにもかんがえていないか。だれも知らない。「ティシナ」のイエユウレイグモは、その存在も思惟の方法も思惟の有無も、永遠に知られることはないだろう。

椅子のよこには、青い、丸みのある鳥かごがひとつ。とまり木とエサ箱と水入れはあるが、鳥はいない。小鳥の影も、するどい囀りも、壁に吸われて消えている。鳥かごのわきには、骨が二本折れた黒い洋傘と木柄《もくえ》の十能がたてかけられている。左手に茶色の水錆びが付着したシンクと、これも旧式の無骨な、病んだ腸管をおもわせる手洗い用水道。そして、にごった沼の表面のような鏡。覗いたら、本人ではなく別人がうつっている、そんな鏡。さらに左に、二つめのドアがあり、開けると、段差のあるコンクリートの床に、骨とう品みたいな便器が鎮座している。それらのモノたちと配置は、そこにあるのがまるでかなりまえから権威あるものによってきめられていたかのように、さも必然的なよそおいで、そこにじつは、ただたんに散在している。

さとくんがその二つめのドアノブに手をかけたとき、一つめのドアがあいて、赤いおんながはいってきた。小さなひとを席にのこして追いかけてきたのだった。さとくんは口をはんびらきにしておどろき、立ちつくした。おんなはそこでもやはり潑剌としていた。わざとではない。そうみえるのだ。みえるというのは、どのみち、すべて偏見ではあるが、潑剌としてみえた。そうみられた。なにかのまちがいではないかと目をうたがうほど、過剰なほど生き生きとしていた。きびきびとしていた。そうみえた。かのじょが登場すると、ぎゃくに他のすべてが萎《しぼ》んでしまう。モノもヒトも、きゅうにすたれてみえてしまう。不用で無用なガラクタに。よけいな廃品同然にみえてくる。それだけではなく、すたれてみえるものは、なにか〝よからぬもの〟におもえてくる。さらには、どこかしら〝よからぬもの〟で〝まちがったもの〟だから、このようにすたれる、というたんじゅんきわまる感覚にとらわれてしまう。きっとあたしもそうかんじられているのだろう。

おんなはおもったよりずいぶん長身だった。おんなの顔がさっきよりさらにはげしくかわっていた。細く長い首のうえに、すげかえたかのようにべつの顔がのっていた。怖ろしい顔。中学の修学旅行で奈良のお寺にいったときにみた「悪魔の像」みたいだった、とさとくんはいった。ちがう。あたしはおもった。それは「悪魔の像」ではなく、きっと新薬師寺の伐《ば》折《ざ》羅《ら》大将《だいしょう》像だ。もともとは悪鬼であったが、仏法の真理によって善神になったとかいう薬師如来の十二神将のひとつだろう。バサラ。あれがいつのまにか赤いおんなの顔になっていたというのか。ふふふ。さとくんはおかしいことをいう。バサラ。あれは怖い。ああなると、こけおどしではない。髪が怒りでさかだっている。文字どおり、怒髪天をついている。眉間が怒りで縦にふかくえぐれている。顔が怒火をふきだしている。目玉をむきだし、口をかっとひらいて、前歯をギロチンの刃みたいにろしゅつしている。だんご鼻のしたと鼻唇溝が、激昂のあまりだろうか、めくれてもちあがっている。あれは、もうどうあってもひっこみのつかない怒りの顔だ。バサラをああまで怒らせたものって、なんだったのか。うつくしい赤い服のおんなが、バサラの顔になっていたというのか。さとくんっておかしい。

店内のウィンナワルツがドアごしに聞こえる。変だ。ウィンナワルツって、なんだかひどい。なんだかひどく安っぽい。チープだ。すべてがちぐはぐだ。旧式の二槽式洗濯機のある小部屋に、バサラ顔になったおんながとびこんでくる。奇妙。頓狂。キテレツ。唐突。なにがおきていたのだろう。おんなはあっけにとられているさとくんをにらみつけたまま、胸を反らすような姿勢でカツカツとパンプスの音をたててちかづき、長い右腕をやおらまっすぐにのばして、かれの首をしめにかかった、という。

片手で。おんなの動作にはどこにもためらいがなかった。自信にみちていて、れんしゅうをかさねてきたかのようにスムーズだった。予想もつかないてんかいだった。おんなはバサラのように大口をあけていた。赤い舌の先が反りかえっていた。のどの奥は底ぐらい洞窟であった。のどの奥に墓場はひらける、というやつだ。

　かのじょは低くなにかさけんでいたのかもしれないが、よく聞こえなかった。右の手のひらの親指と人差し指にちからをこめて、のど仏のあたりを絞めてきた。プロレスの「チョーク・クロー」なんだよ、反則技なんだよ。さとくんはいった。息がつまった。おんなはチョーク・クローで頸動脈をぐいぐいと圧迫し、そのまま、さとくんのからだを宙にもちあげるようにした。片手式のネック・ハンギング・ツリーだ。すごいちからだ。かれは爪先立ちになってもがいたが、つよい抵抗はしなかった。バサラ顔になったおんなに、さいしょから気魄でまけていたからだ。それだけではない。さとくんはおんなの行為に、たんじゅんな暴力とは異質の、たとえば羊膜のやわらぎとつつみこみのような、あるいはちょっと変わった愛撫のようなものを感じていたようだ。このように一方的に制圧されるのをかならずしもいやがっていないじぶんがいる。それがふしぎだった。

　とはいっても、呼吸が苦しい。おんなは右手いっぽんで、さとくんをさらにうえにもちあげ、喧嘩慣れしたおとこみたいな、しゃがれた声で「おまえ、おまえ、おまえなあ……」とくりかえした。そのままコンクリートの床にたたきつけられるのかとおもったら、首を絞めていた指のちからがいくらかゆるめられ、さとくんは七面鳥のように頸部をつかまれたまま小窓のしたまでひきずられ、ぐいぐいおされていった。人形つかいにあやつられる人形のように。そうしてやっとチョーク・クローをはずしてくれた。おんなは胸のあたりにミントのにおいをただよわせていた。おんながドスのきいた声で命じた。「椅子にのって、窓をあけろ……はやく！」。わけがわからずぼうっとたっていると、「バカ！」といわれ、あたまのてっぺんを平手でたたかれた。空のポリ容器みたいにポンと乾いた音がした。痛くはなかった。ミントの香りがきつくなる。そのとき気がついた。その色をいっぺんで気にいった。おんなの手の、ボルドーカラーのマニキュアを。かれはのろのろと椅子にのった。イエユウレイグモがうすい影といっしょにするすると天井に移動した。椅子がきしむ。ふりかえると、おんながもとのうつくしい顔にもどっていた。はやく窓をあけて……とおちついていった。声はもうしゃがれてはいなかった。かれは窓をあけた。熱気がはいってくる。ほこりが舞う。

　おんなが問うた。なにがみえる？　かれはみたままを答えた。「市営駐輪場と木です……」。そくざにおんながいいかえした。すこしあざけるように。「そんなわけがないでしょう」。声に、声いじょうか声いがいの、なにかがあった。弾性があり肉感的だ。というか、声の層理《そうり》とか偽層みたいなもの。単層ではない。もういちどしっかりみてみなさいよ。なにがみえるの？　茶色のひとみがやわらかく笑っている。「駐輪場とニレ……」。さとくんがくりかえす。ニレの木のしたを緑色のメッシュのベストを着た高齢の「市民巡回員」が、おぼつかないあしどりであるいている。ゆらゆられてあるいている。海底の藻のようだ。「ふざけないでよ……」。おんながちょっといらだつ。いらだったふりかもしれない。発声にとどこおりがない。「あなた、そんなものがみえるわけがないでしょう。いっかい目をつぶってから、もういちどしっかりみてみなさい！」。樹皮を剥いだ若木の、濡れた膚のような声。どこといってざらついたところのない声の肌理《きめ》。聞きほれる。景色なんかどうでもいいとおもう。けれども、かれはいわれたとおりに、いっかい長めに目をつぶり、二、三度まばたきをして、ふたたび小窓のそとをみる。

　市民巡回員は、黄色のよれよれの腕章をしていた。腕章には「巡回」と書かれている。その上にわざわざビニールのカバーがほどこされている。そんなもの、だれもみやしない。腕章に「巡回」ではなく、「死体」や「ゴミ」と書かれていたとしてもべつに気にもとめないだろう。老人は首をかしげながら、どこにいくつもりなのか、とぼとぼとあるいていた。首はたぶん、かしげているのではない。しぜんにかしぐのだろう。まっすぐにあるくことができずに、首のかしぐ方向にゆくさきがまがっていく。

みていてさとくんはおもったのだそうだ。市民巡回員は園の入所者とおなじように、きっと尿もれケアパンツをはいているだろう。もれない、目だたない、日本製尿もれケアパンツ。または、オシッコ一回分らくらく吸収の尿もれパッドか。

駐輪場の自転車は三十台ほど。皮肉もユーモアもありゃしない、貧相で硬直した影たち。影とスポークたちの交叉。キンモクセイのしげみに片目のただれた白ネコがうずくまっている。たぶん孕んでいる。白ネコの気分はどうなのか。ごきげんはいかがなのか。かんたんそうなことがさっぱりわからない。すぐちかくに「駐輪場利用規則・料金」を記した掲示板と軍隊の歩哨所みたいな受けつけのブースがある。駐輪場の雇員だろう、老人がふたり、ひそひそと話しこんでいる。もちろん、政府転覆だとか爆弾テロだとか銀行強盗だとか、そんな大それた計画なんかについてではないにきまっている。おそらく、胃や腸のポリープの話。白内障のこと。内視鏡によるポリープ切除のこと。野球の巨人軍《ジャイアンツ》のこと。脱肛のこと。検便のこと。尿潜血に便潜血。北朝鮮のＩＣＢＭのこと。腫瘍マーカーのこと。脱北者のこと。脱北者の腹部の寄生虫のこと。にょろにょろ何十匹もいたんだってよ。大腸とおなじような色でさ、なげえのは二十七センチもあったんだってよ……」。インジョコギのこと。インジョコギって「人造肉」だろ。眼科や耳鼻科の予約のこと。

駐輪場わきの草むらに、つまらないビニール紐がなんぼんも洟汁《はなじる》のようにまきついている。かつて梱包かなにかにつかわれたのであろう紐はいま、ちろりと光りもせず照りもしない。ただ意味もなく草にまつわっているだけ。かたるにも値しない。うんざりする。紐には少しの透明感も艶もない。みているだけでみじめになる。こんなモノでも「存在物」といえるのだろうか。紐。ヒモ。ありふれたセイタカアワダチソウやエノコログサにまきつき、へばりつく。コバノカモメヅルにもからみつく。こころのない、死んだ寄生虫のようなビニール紐。くだらない。なくていい。ないほうがいい。なぜあるのか。用ずみの、どうしようもないビニール紐。ちぎれたサナダムシ。それらが、みにくく風にはためいている。風がやむと、だらりと垂れる。そんなものが地球の一角に存在している。どうにもならない。どうしようもない風景……。「さあ、あなた、なにがみえるの？」。おんなが答えをさいそくする。なぜ、さいそくするのだろうか。どういうつもりなのか。しかし、そういぶかるほうがおかしい気がしてくる。おんなの声とものいいは、そう問うのとそれに答えるのは、万人にとって当然の義務だとでもいうように、えんりょもなければ、ためらいも、まったくひるむところもない。おんなの問いには、つよい、なにかいっかんした意思のようなひびきがあった。正当な裏打ちのある意思。多数の支持者のこころを代弁するまっとうな意思。そのつよい意思にふさわしい答え、あるいは、しっかりした中身のある答えをかえすための、それなりに誠実な努力をかのじょはもとめていた。

だとすれば、〈どうしようもないビニール紐がみえる〉といっても赦してはくれないだろう。なにかおかしい。けれども、それがちっとも不当にはおもえない。おんながとても生き生きとしているので、問うことも、いうこともなんだか正しい気がしてくる。おんなのうちがわにも弾性と張りがあり、活発で清潔な血がながれているようにおもわれた。答えられないほうに、ひどいまちがいか努力不足があるのではないか。濁った血がながれているのじゃないか。だんだんそうおもえてくる。暑さにぐったりとした駐輪場とニレの木、明日にも死にそうな老人たち、尿もれパッド、みにくいビニール紐、サナダムシ……では答えにならないのだ。たしかにそうだ。そんなもの、つまらない。なんにもならない。

おんながかれの背中にいう。声が鮮やかな蛍光ペイントのように背中にふりかけられる。あなた、どう、みえるでしょう？　光っているでしょう？　そこよ、そこ。背後でルージュとマニキュアがうごめいている。赤いデジタルタッチの線画のように。暗がりに濡れて光るボルドーカラー。唇と爪。「しょうがないわね。ほら、みえるでしょう、海が……」。声がうるんできた。「海よ、黄色い海。潮の香りがするでしょう。波がきているでしょう。橙色の波が、小窓のすぐしたまできてるでしょう？　あなた、みえないの、ばかねえ、すごいおばかさん……」。さとくんがふたたびまばたきする。自発的にまばたきしてみる。積極的に。小窓からまた、そとをながめる。答える。答えさせられる。「海……あっ、みえますね、やっぱりみえます……」。でしょう？　それならさいしょからすなおにそういえばいいのよ。沖の色は？　水平線はみえてる？　波は？　波の色は？　おんなの声が波になってつぎつぎにかぶさってくる。黄色い海が視界いっぱいにひろがっている。まぶしい。うねっている。津波だろうか。とおくでサイレンが鳴っている。音がうずまいている。あれはきっと「国民保護サイレン」だ。国民保護サイレンがだんだんちかづいてくる。何匹か犬も吠えている。肝がふるえる。なんだか悲しい。Jアラートがなにかをくりかえしつたえている。しかし声は切実ではない。ちかごろはなにをいっても切実には聞こえない。「これは演習ではありません。これは演習ではありません……北朝鮮からミサイルが発射されたもようです。ただちにがんじょうな建物のなか、または地下などに避難してください。これは演習ではありません……」

　市民巡回員や駐輪場の老人たちがハナミズキのしたを、けんめいにほふく前進している。オシッコ一回分らくらく吸収の尿もれパッドが股からずれている。なんにんかは海にあおむいてうかんでいる。黄色い海で溺れている。そうやって、えへえへとわらっている。気がついたら、もう夜なのだ。イエユウレイグモが天井を這いまわっている。英名 skull spider のイエユウレイグモが、ひとりで優雅に踊っている。からだが透けている。小窓から月光がななめにさしこんでいる。半月。橙色の波が小窓のしたにちゃぷちゃぷとうちよせてきている。さとくんが木の椅子のうえからふりかえる。赤いおんなはいない。〈小さなおじいさん〉もいない。さとくんは椅子にこしかける。木組みがギーッと鳴く。トイレでゆっくりと小便をする。おびただしい湯がでてくる。ぶるっとふるえる。小声でうたう。声がふるえる。

ロッカバイ　ロッカバイ
ロッカバイ　ロッカバイ
バイバイ　ロッカバイ

さとくんがサルスベリの並木をあるいている。白い花の粒が、ひとの歯になって、いくつもいくつも、ぽろぽろとふっている。

8　イメージ／ゲンジツ／顔／ことば／殺人／聖性／戯画……について

と、あたし（きーちゃん）はかんがえたのだ。あらまし、いじょうのようなことを、あたしはおもいうかべた。まったくの想像だけではない。さとくんの話に肉づけし、かれの話をあたし流にデフォルメしたところもある。だからといって、ありもしない作り話というわけではない。だいいち、作り話かじじつか、きょうび、どうやってくべつできるというのだろう。フェイクかピュアか。笑っちゃう。pure fake か genuine real か fake truth か。そんなものどちらでもいい。そういえば、「現実を覆っていたことばとイメージが、現実によって引き裂かれてしまい……」と書きしるした哲学者がいたっけ。おもしろい！　かれがだれか、どんな人物か、寝たきりのごろっとしたかたまりにすぎないあたしが、その哲学者の著作をなにゆえ引用できるのか——も、こうなると大した問題ではない。くだらないぎもん。その哲学者の理説の大事さにくらべれば、枝葉末節的でケチないいがかりみたいなものだ。「現実を覆っていたことばとイメージが、現実によって引き裂かれてしまい……」——まさにこんにちただいまがそうではないでしょうか。このセンテンスにはつづきがあったっけ。ええと、こうだ。「……現実がその裸形の冷酷さにおいて迫ってくることになる」。そうか。そうだ。そうですね。これまでかたられてきた〈ゲンジツ〉を指ししめす（とされてきた）〈ことば〉と〈イメージ〉が、ほかならぬ〈ゲンジツ〉じしんによってビリビリとやぶりさかれる。ぼろっちい〈ことば〉と〈イメージ〉を脱ぎすてた、名づけがたい、剝きだしの〈ゲンジツ〉が、あらゆる〈ことば〉と〈イメージ〉を蹴ちらして、ぐわっとたちあらわれる、というのだ。うん、ありそうだ。あったっておかしくない。ただし、「現実を覆っていたことばとイメージが、現実によって引き裂かれてしまい、現実がその裸形の冷酷さにおいて迫ってくることになる」には、ひとつのじゅうような時空上の条件がある。「戦争においては……」というのだ。ぜんたいのセンテンスはかくして「戦争においては、現実を覆っていたことばとイメージが、現実によって引き裂かれてしまい、現実がその裸形の冷酷さにおいて迫ってくることになる」*となる。そのようにかたったおとこは、たしか老いてから女形みたいな顔をしていた。その妻はやけに太い眉と大きな顔をしていた。カウナス出身のユダヤ人である、女形みたいな顔の哲学者は、しばしば〈顔〉についてかんがえ、かたった。

たとえばこんなことを書いている。「顔は、もののひとつでありながら、かたちをつらぬくが、それでも顔はかたちによって境界づけられている」。あたしはよくわからない。あたしにわかるのは、この哲学者のことばには、ふしぎな引力があるということだ。かれはつづった。「顔のかたちが有する輪郭は、その表出において不断に開示されているのだけれども、その不断の開示が、かたちを炸裂させる開示性そのものを戯画へと封じこめてしまう」。ここもよくわからない。「かたちを炸裂させる開示性」ってなんだろうか。けれども気になる。すごく気になる。「かたちを炸裂させる」ってなんかいい。ひっぱられる。すぐつづいて「聖性と戯画との境界上にある顔は、それゆえ、なおある意味では権能にゆだねられている」とくる。ギクリとするのは、顔というのが「聖性と戯画との境界上にある」というところだ。あたしは目がみえない。あたしはあたしをみたことがない。あたしはあたしのかたちがよくわからない。顔がわからない。両手両足がうごかない。しゃべることができない。じぶんには雑草にからみつく痰や捨てられたビニール紐ほども価値がない。とおもう。その価値のなさをめぐり、〈それでも生きる価値がある〉と、おためごかしをいわれるより、おまえは「聖性と戯画との境界上にある」といわれるほうが、なんだか救われる気がする。得心がいく。価値があろうがなかろうが、生きるものは生き、死ぬものは死ぬのだ。

　哲学者は顔をみるよう説いた。じかに対面するように。無防備な顔、あるがままの顔を、じっとみつめるようにもとめた。顔は人を殺すことを不可能にするという。顔は「汝、殺すなかれ」とことばを発している、という。わたしの顔はなにもかたらないが、多くのひとの顔は、そうかもしれない。哲学者はどうじに「殺人はありふれた現実であり、ひとは他人を殺すことができるし、倫理観は存在論的な必然ではない。殺人が禁じられたところで、現実的にそれを不可能にすることはできず、たとえ権力によって罰則が科されたところで、邪悪な悪意、卑劣な悪がなくなることはない」ともいう。それはそうだ。かれはおもしろい。顔はむきだされ、傷つきやすく、「まるで暴力を誘うかのようである」ともいう。矛盾している。顔はときに殺されたがる。だが、どうじに、顔によってにんげんは殺人を禁じられている、とも述べた。矛盾しているが、矛盾していない。それが顔だからだ。哲学者が矛盾しているのではなく、顔が矛盾しているのだ。

　また、さとくんをおもう。かれはいつだったかひとりごちた。冗談だか本気だかわからない。「木造の幽霊船」の副船長になるんだ、と。さとくんはいった。満月の夜に船出するんだ。木造の幽霊船には、顔のないものたちがのせられている。きーちゃん（あたし、わたし）も、ちーちゃんも、がーちゃんも、いーちゃんも乗っている。幽霊船はにぎやかだ。園のやくたたずたちがぜんいん船縁《ふなべり》で、なにがうれしいのか、キャーキャー奇声をあげている。市民巡回員や駐輪場の老人たちも乗っている。透明な月光が息をのむほどうつくしい。金色のあごひもつきの派手なキャプテンハットをかぶった赤いおんなが木造幽霊船の船長だ。赤いおんなの背中の曲線が夜目にもなめらかだ。かのじょの肩甲骨のあいだを、夜がさらさらの油みたいにながれてゆく。さとくんはうっとりとみとれる。

　船長の指示があれば、さとくんは敬礼して「アイアイサー！」「ロジャー！」と応える。きびきびと。〈小さなおじいさん〉も乗っている。あたしも、ちーちゃんも、がーちゃんも、いーちゃんも、〈小さなおじいさん〉も、尿もれパッドの老人たちも、沖合でドブンドブンと海になげこまれることになっている。なぜかみんながワッハッハと笑う。あたしはそれでもいい。海にすてられても。笑われても。でも、〈小さなおじいさん〉はどうなんだ。赤いおんながゆるさないだろうに。かのじょはからだをはって〈小さなおじいさん〉を守るはずだ。さとくんにはそれがわからないのか。キャプテンの唇と爪が月光にぬるっと赤く光る。海面のすぐちかくをカゲロウが飛んでいる。

＊レヴィナス『全体性と無限』熊野純彦＝訳

9

園はひきつづき未然／木造幽霊船にて／在るじゃなくて在られるじゃないのかな／ヘレナモルフォになりたいな

またフクロテナガザルどもが叫んでいる。感きわまったように。「ああーっ」「ほわーっ」「ひっひー」「うわーっ」「あっはぁ」——あちこちにフクロテナガザルのような声がきこえる。その声の雨のなかにあたしはいる。あたしの声もフクロテナガザルの叫びにまじる。声のような叫び。声ではない声。夜。夜なのだ。どこか、やや松ヤニくさい夜。

木造幽霊船の話はプツリとおわった。かれの話をきくものはたいてい不意に置いてけぼりにされる。いつもそうだ。波間にみえかくれする幽霊船に、あたしはひとりとりのこされたこころもちになる。どこでもない、どこでもある夢の海原。磯くさく、すこしオシッコくさくもある上甲板。木がくさりかけていて、ぬるっとした船縁《ふなべり》。そこにひとつのフジツボのようにあたしはいる。でも、なんどかくりかえされたこの話にはいまだに大団円がない。一貫性がない。のっぺらぼうみたいに顔のないものどもが、みなドブンドブンと海になげこまれ、藻屑になることになっているといっても、まだだれも夜の海になげこまれてはいない。まだ殺されてもいない。これまでのところは。まだ。すなわち未然である。いわば。ミゼン。まだそうならないこと。起きそうなことが、まだ起こらないこと。未然にふせぐ、というのはウソだね。まだそうはなっていないが、早晩そうなることの途上に、そうなるとうすうす感じつつも、そうなることをさっぱりふせごうとしないまま、あたしやおれやわたし（たち）はいる。森のフクロテナガザルのような声をだしながら。あたしやわたし（たち）は、在ることを未然にふせがれなかったけっかとして、たしかに在る。在りはする。そのような在りかたは、在るというのではなくてですね、どうでしょうか、在られるということではないのかしらん。あたしはといえば、じぶんが在られないこと、在られなくなることを、こころのどこかでまっている。望んでいるのかもしれない。まっていてもまっていなくても、望んでも望まなくても、そうなることはそうなるのだろうけれども。

また声がする。「ああーっ」「あはーっ」「あっちゃっちゃちゃちゃーっ」

さとくんによると、幽霊船には錨がないのだそうだ。だから、投錨も抜錨もしない。停泊も出航もない。羅針盤もない。潮流計もない。もちろん液晶GPS航法装置なんかない。だいいち、エンジンもスクリューもないのだから、ただ漂流するしかない。すてられた宇宙船のように、気圏のうちでもそとでも、ゆらりゆらりといつまでもさまよう。どこでもあり、どこでもない、夜とおぼしい海を。「ああーっ」「ほわーっ」「ひっひー」「うわーっ」……。夜の海のさけめに、声がいくえにもこだましている。そのどこかの襞か層にあたしの奇声が誘いだされていく。フクロテナガザル的（断末魔あるいはオルガスムスのような、あるいはそれらすべてをあざけり、声まねするような）ヴォイスにべつの声がとびいりする。声に声が交響する。それらはフクロテナガザルに似ているのではない。フクロテナガザルたちがにんげんの声に似ているのだ。

「うるせーっ。だまれ。だまっとれ、×××いども！」――「あーっ！」――「だまれってんだよ！」――「ああーっ！」――「あっ、あっ、あーはーっ！」――「あっちゃっちゃちゃーっ」

幽霊船のことは、気がむいたらまたいつかさとくんがはなしてくれるだろう。この話は、でも、いつもきまって尻切れトンボなのだ。似たようなストーリーがくりかえされるのに、毎回どこかしらヴァージョンがことなる。話のつなぎぶぶんがどこかもはっきりしない。どうかすると、やくたたずのにんげんのほかに、死にそうな象や、年老いてぐったりしたアミメニシキヘビや、発情していらいらしたアメリカアリゲーターたちも船にのっていたり、のっていなかったり。あたしたちが沖合でひとりずつアリゲーターの餌として食われたり、食われなかったり。上空をアサギマダラという青緑色の蝶が数万頭も川のようになって飛んでいたり、なにも飛んでいなかったり。月光をあびた蝶の鱗粉が海面にさわさわとふってきたり、ふってこなかったり、アサギマダラがいつのまにか真っ青なモルフォチョウに変わっていたり……。

情景はなんとなく不安といえばそうなのだけれど、さとくんのはなす木造幽霊船のいごこちは、あたしとしてはけっしてわるくはない。カゲロウや蝶が群飛する夜の海を、ボロ船でえいえんにさまよっていたい。蝶がみえるのだとしたら、アサギマダラよりも、モルフォチョウがいいな。ごうかな金属光沢の青。光る霧のような鱗粉。半貴石ラピスラズリの粉。モルフォチョウの群れを甲板に寝そべってみあげていたい。モルフォチョウの群れが何本もの長い帯になって、夜の海原を飛んでゆく。帯がぐるりと輪になったりする。月の光にさまざまの青になってきらめきながら。コバルトの青やセルリアンブルーやコバルトクロムの青やマンガンの青。燦爛《さんらん》たる青い粒子。はじめてみとれているうちに、あたしも蝶になる。飛ぶ。生まれてはじめて飛ぶ。はじめてだから不器用に飛ぶ。落ちそうになる。落ちない。いつしかあたしもその群れにまじり、鱗粉をすこしばかりまきながら海面ちかくを飛んでいる。あたしはだんだんにモルフォチョウのなかまの、青みの淡いヘレナモルフォに変身してゆく。未然。まだそうはなっていないだけで、いつかはそうなる。願えば、いつかはそうなる。いつか気がついたら、もうそうなっているのだ。蝶に。カゲロウより蝶がいいな。全身がヘレナモルフォに変わっていても、あたしはおどろきもしないだろう。ずっとずっと願っていたことなのだから。幽霊船はきっと、さとくんの胸のなかの海をただよっているのだろう。その海はきっと、どこかで、あたしの海にもつながっているのかもしれない。わたしとかれの夜の海を、ひらひらと蝶がわたってゆく。

10

さとくんの学習とちょっとした変化／こころざしについて／「ひととして生きている意味」をかんがえること

さとくんにびみょうな変化があるようだ。気のせいだろうか。かれはなにかだいじなことをぼんやりとかんがえているみたいだ。なにかにめざめたのだろうか。息づかいが以前とはちがう。なにかをさとったひとのように、息が妙に重くなった。声もまえとちょっとちがう。あたらしい語句をくちばしるようになった。にんげん……こころ……社会……未来といった、ばくぜんとした抽象名詞。あるいは「にんげんらしい……」とか「ひととして生きている意味」などという、たいそうなフレーズ。聞きちがいだろうか、「ニッポンジンとして……」というのもあった。ふふふふ。助詞のアクセントもちがってきたようだ。がぁ、はぁ、にぃ……みたいなイントネーション。あたらしい着想をえたというのだろうか。なにか、かれらしくない。そして、さとくんはかれらしくないひとになろうとしている気がする。あたしはなんとなくさびしくなる。さとくんはさとくんらしいほうがいい。だが、らしい／らしくない、っていいかげんな区分だ。ひとりのにんげんが、らしい／らしくないってことがあるだろうか。さとくんらしいことって、なんだろう。うふふ。だいたい、あたしはあたしらしいだろうか。あたしはあたしらしく、うごけないのだろうか。あたしはあたしらしい、ただのみにくい、まったくもってなんのやくにもたたない、垂れながしの、肉のかたまりなのだろうか。〈まったくもってなんのやくにもたたないもの〉ではないものとは、どんなものなのだろうか。

　にしても、おかしい。さとくんって、まえもこんなだったろうか。あたしのかんちがいならいいのだが、かれはときどき大げさなほど長くつよく深呼吸をしたりする。あまり笑わなくなった。からだがなにか変な「気」をはなっている。着たことのない派手な服を着て、ひとり悦に入っているみたいでもある。自意識過剰というのか。これはまだあたしのあてずっぽうでしかないのだけれど、さとくんはいままでのさとくんの殻をやぶって、ニュー・さとくんになろうとしているのではないだろうか。〈なにものか〉に……。

　あたしは感じる。ほのかに感じた。かれは、草むらにだらしなくまきついているビニール紐や洟汁や痰のようなつまらないおとこではなく、それらとはちがう、それらいじょうの〈なにものか〉になろう、ならなければならない、とおもいはじめているのではないか。アスファルトにはりついたひとの唾や酔っぱらいの乾きかけたゲロのようなものではない、いっぱしの〈なにものか〉をめざしているのではないか。耀《かがや》こうとでもしているのか。なんということだろう！　あたしは胸さわぎとともにそう感じる。ざわざわする。かれはひょっとしたら世のなかに、からだをぐいっとせりだそうとしているのではないだろうか。ここはいっちょう、うってでよう、と。道ばたの嘔吐《おうと》物のなかの、溶けかかった三つ葉やワカメのかけらや胡麻つぶのような〈なにものでもないもの〉から、ひとびとにひとしきり語られ、そして語られるにたる〈なにものか〉になろうとしているのではないのか。それは、ちょっときわどくはないか。

なんだかあぶなくはないか。でも、〈なにものか〉ってなんだろう? うーん、somebodyだ。サムバディ。ひとかどの人物。なにか、いみのある存在。「大もの」。あのさとくんが?

ロッカバイ　ロッカバイ
ロッカバイ　ロッカバイ
サムバディ　ケアズ
サムバディ　ニュー
サムバディ　キルズ
ロッカバイ　ロッカバイ
バイバイ　ロッカバイ

さとくんは鼻唄をうたいながらほかの部屋の見守りにいってしまった。たぶん幽霊船の各キャビンをあいさつまわりする副船長の気分で。サムバディの心意気で。あたしも、ちーちゃんも、がーちゃんも、いーちゃんも、だーちゃんも、いま、幽霊船ではなく園にいる。這ったり、ころがってわめいたり、うめいたり、液体や固形物をからだから垂れながしたり、それらを食べたり、すすったり、なにかにそれらをぺたぺた塗りたくったり、ヘッドギアをかきむしったり、みえない聴衆にむかってスピーチをしたり、ひくひくと痙れんしたり、なにかを吐いたり、目をかっとみひらいたり、目をみひらいたまま夢をみたり、過去を想起したり、起きなかったことを誤想起したり、しきりにまばたいたり、すやすやと眠ったり、眠ったふりをしたり……している。

　じぶんの手のひらを目の前にかざして日がな一日ながめているおんなもいるらしい。ときどきはっとした顔になるそうだ。これまで気づかなかったきわめてじゅうだいな発見をしたとでもいうように。とつぜん目が耀いたりする。じぶんの手のひらのくぼみにダイヤモンド鉱山でも発見したみたいに。あるいは指の股にうつくしいフィヨルドをみたかのように。

　それはたしかに大発見なのだ。そうではないとだれがいえるだろうか。それだけの発見であれば目が耀くのはとうぜんだ。指と指のあいだの、青い、はるかな峡湾。照りかえす氷と水。あたしにはなにもみえない。けれども、わかる。指の股にフィヨルドをみるのは、指の股にフィヨルドをみないより深刻なもんだいだとはちっともおもえない。指の股にたまさか氷食谷《ひょうしょくこく》をみるのは、みないよりも、よほどすてきなことではないだろうか。夜の遠くにさとくんの声がきこえる。サムバディ・ヒアズ……。

Somebody hears,

Every wish you make,
As you fall asleep in tears,
Somebody hears!

かれの声がペリー・コモの声になっている。紺色のベルベットのような深いヴォイス。だれかがきいているよ。だれかが殺すよ。だれかが知ってるよ……。おだやかで、やさしい声。おもいやる声。なだめる声。気づかう声。いやす声。ささえる声。すべてをゆるす声、まるでウソみたいな声。もっとうたってほしい。ああ、聞きちがいか。べつの声（音）がながれてくる。ペリー・コモがしだいにとおざかってゆく。跫。廊下の天井を一匹のアシダカグモが這っている。べつのアシダカグモがうずくまって秘密めいたなにかの影を食っている。ニューロンとニューロンのせまい接続部を、透明なイエグモがものすごく神経質になって、一歩一歩、注意ぶかくあるいている。這っている。声ー音。だれもきいちゃいない。だれかがきいている。だれかがしゃべっている。とても落ちついた声。ところどころに裏声のような、オカマのような声がまじる。ひとつの声が、べつの声にかぶさる。声が音を侵し、ひとつになって濁り、ぶれて反射し、肉の闇に吸収されてゆく。たたなわる声か音。そんなものだ。おんなかおとこかわからない。どちらでもよい。ナラティヴがわからない。かたり方、かたられ方がわからない。かたり手の位置がわからない。へっ、わかってどうするんだ。叙述のもくてきと方向がわからない。とかなんとか。んなこたあどうでもよくはないか。なぜわかろうとするのか。わからないことをわかろうとするから、おかしくなるのだ。なにか説得しているのだろうか。だれかにかたりかけているのか。じぶんじしんにかもしれない。ひとりかふたりかわからない。どんな母語のにんげんかもわからなくなる。そんなことはけっきょく、どうでもよいとおもえてくる。大したもんだいじゃない。ナニゴか。ナニジンか。ナンニンか。どうとでもおすきなように。語りらしきものを、もしもひまにあかして表記するとすれば、こうなるだろう。「……リダブ・ダミュルリラグ・ホッ＝リラグリラ・シュッ・オマエサン・オミャイサマ・ソベラミグス・ダネ。ウェル・ウェル……ベベッ・ベベー・ゲッション・ラ・グエッションン・イキスエ・ネ・イキスエ・ムズニュー・ムズニュー・ウント・メランベルジュ・ドゥ・パルトゥーザ……チョンマルロ・キネツト・フェイチャン・ユキドケミズトテ・ヨルダンガワガ・チン・プークウチ・ホレ＝ゾウズイスンネン・ソヤ・ソヤネ……ファイティン・ファイティン！」。吸気音も捲舌音も破裂音も唇音も舌尖音も舌根音も舌面音も、ちゃんと発音されているのだ。数カ国語を流ちょうに、しかもデタラメに話すおとこというのがボルヘスの掌篇にはでてくるけれども、園ではそのていどのことはなんの話題にもならない。夜は闌《た》けてゆく。叫び、すすり泣き、放屁の音、そしてたくさんの不詳音とともに、夜が闌けてゆく。

園ではやがて、ないしょの「罰ゲーム」がはじまる。あみだくじや将棋に負けた夜勤のいちぶ職員が、入所者さまの動作や奇声をまねする。ものまね、声色《こわいろ》だ。聴き手のいちぶ職員が笑う。笑えなくてもむりして笑う。これもあるしゅの〈やくそくごと〉なのかもしれない。入所者さまは笑ったり笑わなかったりする。「罰ゲーム」はまだ園の上のほうにはバレていない。あたしの奇声もよくまねされる。でも、下手だ。かれらはほんとうにあたしたちのまねがふしぎなほど下手だ。さとくんが以前あたしに、答えられないのを承知で、問うた。「あのさ、きーちゃん、ほんとうは正気のにんげんが狂ったふりをするのと、じっさいには狂ったやつが正気のふりをするのと、どちらがむずかしいとおもう?」。狂ったじゃなく、イカれただったかな……忘れた。あたしは答えられないで、奇声をあげ、ただあおむいていたっけ。あのとき、かれはまだなにも知らない非常勤職員だった。「サコウ」とはなにかさえ知らないしんまいだった。ずぶしろ。ふふふ。「サコウ」なんか知らなくたって、園のそとで生きていくのにとくに支障はない。内閣総理大臣も天皇陛下も、かれらじしんが「サコウ」でないとしたら、鎖肛のことはあまりくわしくは知らないだろう。だからといって無知といわれることもない。あたしは知ったほうがいいとおもうけれど、知ったところで、世界がすぐにどうにかなるものでもない。

鎖肛。辞書にも書いてある。生まれつき肛門あるいは直腸が閉じている状態。おしりにそもそも肛門がひらいていないものから、かろうじて小さな穴がみられるものや、肛門が「正常な位置」からずれているものまでさまざまだ。鎖肛というものを知ったとき、さとくんはかなりのショックをうけていた。まるでこの世からのじぶんの出口をなくしたかのように、めんくらっていた。ハトに豆鉄砲。からだにあるべきものがないこと。あるべき位置にないこと。からだにあってあたりまえのものが、じっさいには、ないことが、じつは少なからずあること。反対に、あってはならないとされるものが、じつは多くあること。そのことにすなおに当惑し、混乱していた。にんげんのあるべき開口部の、あるべき数とあるべき位置、あるべき形状、そのあるべき機能とは、ほんとうに〈あるべき〉なのかどうか……なんてかんがえはしなかった。にんげんとその他の生きものには、肛門がないかまたはその機能がない——という事態も、じゅうぶんにありうる、という、にんげんという「所与の条件」を、どうしてもうけいれることができないでいた。

　でも、園のだれが、にんげんという「所与の条件」をじゅうぶんに理解していただろうか。ほんきでそうしようとつとめていただろうか。理解しようとして、だれが多少なりとも苦しんでいただろうか。あたしは、おもう。おもうわ。さとくんはにんげんの「所与の条件」について理解があさく偏頗《へんぱ》だったかもしれないけれども、なにかを知ろうとはしていた。知りたがってはいた。にんげんとはどうであるべきか——なんて危ないこと（おそらく、この世でもっとも危険なこと）をかんがえるようになっていた。すべての失敗はここにはじまるといってもいい。にんげんという現象において、あらかじめ〈あるべきもの〉や〈なくてはならぬもの〉とはなにかしら。あたしはおもう。このさい遠慮なくいってもいいかな？　にんげんには「所与の条件」なんかない。前提もない。あるのは「所与の無条件」なのだ。ケツの穴（の有無または位置）は、にんげんの条件なんかではない。

　くりかえします。にんげんには「所与の条件」なんかない。あたしに視力だけでなく歩行能力も、ふふふ、なにをかくそう、じつは肛門もないように！　にんげんとは（という切りだしはいやだけれど）、ほとんどつねに、なにかがとても多すぎるか、なにかがとても少なすぎるか、もしくは、なにかにけっていてきに欠ける、一時的なくせに連続的にもみえてしまう現象であるにすぎない。にんげんとは、肛門のあるなしや肛門の位置、そのうつくしさとみにくさいかんにかかわらず、〈たんにそのときだけのじじつ〉でしかない。そして、にんげんとは、ときに、おしりを顔と、ぎゃくに、顔をおしりといいはり、いいつのり、バカな学者たちが動員されて「日本のうつくしい顔と臀部にかんする政府諮問委員会」がつくられ、閣議決定し、日本臀部史学会がよわよわしい反対声明をだし、中国外交部などがおこりだし、顔とおしりかんれん書籍がうられ、「うつくしいニッポンの伝統的菊花肛門」銅像がつくられて、除幕式が挙行され、各地でてんじされ、かこさまたちがご視察になり、これが大きく報じられ、顔とケツかんれんのデモと抗議集会がくりかえされ、もんだいがかくだいし、そのはてに戦争をおっぱじめて、核兵器や生物化学兵器をつかい、顔だかおしりだかわからなくなるほどグチャグチャになった死者をかぎりなく生みだす現象そのものでもある。にんげんとは最低限の前提も「所与の条件」もあるようで、じつはなんにもない、イエユウレイグモの生態よりもめずらしい、たんなる「怪奇現象」なのであります。いじょう演説おわり。

　これらのことどもとムシガレイのこととは、たしかに、なにもかんけいがないかもしれないな。だが、あたしにはムシガレイとさとくんのかんけいについて、どうしてもおもいをめぐらさないではいられないのだ。かれは飲み屋で酔客に殴り殺された父親のちょっとした能力について話してくれたことがあった。つまり、かれの父はまったく「大もの」ではなかった（というか、生真面目で小心な小ものだった）けれども、ムシガレイの食べ方だけはすばらしかったというのだ。焼いたムシガレイにせよ煮つけにせよ唐揚げにせよ、じつに器用に箸をつかい、胴部はもとより頭部、ヒレ部からも、わずかばかりの肉をていねいに、しかも上品につまみ、こそげて食べ、さいしゅうてきには、じつに端麗で完ぺきなるムシガレイの「骨の標本」を皿のうえに現出せしめたのだという。それは典雅でさえあった。ほとんどアートであった。もしくはムシガレイのX線写真のようだったという。あの右側にかたよった、とぼけたようなカレイの目玉も、ヒレ部の小骨も、なにひとつとして箸づかいによってそこなわれることはなかった。

さとくんは声をおとしていった。じぶんもカレイをきれいに食べる。ついついきれいに食べてしまう。そうした父の器用さとこまかさをじぶんはうけついだのかもしれない、と。あたしは百パーセントなっとくした。なぜって、かれは、あたしの〈存在しない肛門〉からみごとな手つきでとどこおった便をかきだし、少しの苦痛をあたえることもなく、それらをきれいにこそげとってくれたことがなんどかあるからだった。おしりとムシガレイは、いうまでもなく、まったくことなるふたつのものである。だが、さとくんの手がばいかいすれば、ふたつはひとつの文脈でかたるのが可能になる。かきだし、こそげとるというと、いかにもちからがくわわるようだが、かれの手指とあたしの内部のしめって傷つきやすい襞は、ただのいちども、こすれるということがなかった。どころか、魔法のようになめらかだったのだ。春のそよ風のようにやさしかった。かきだすまえに、かれはあたしのおしりと〈存在しない肛門〉のあたりを、じかんをかけてやさしくもんでくれた。マシュマロみたいにやわらかな指の腹。それは「恩寵」といいたくなるほどのやさしい感触であった。あたしはかんぜんに緊張をとかれ、あたしの奥にひねこびてとどこおったものを少しずつとりのぞいてもらいながら、しばしばまどろみ、青い蝶になってそよ風にのり空を飛ぶきぶんをあじわったものだ。あたしはヘレナモルフォになって海原を舞った。半覚半睡のなかで、ゆるくおだやかな絶頂感がつづいた。かれは口をよせてささやいた。そして、低くうたった。海をこえてくる、はるか遠くの声だった。「きーちゃーん、きーちゃーん、ごきぶんはいかがぁ？　痛くはないかーい？　だいじょうぶかーい？」

ロッカバイ　ロッカバイ
ロッカバイ　ロッカバイ
サムバディ　ケアズ
サムバディ　ニュー
ノーバディ　ケアズ
ロッカバイ　ロッカバイ
バイバイ　ロッカバイ
ロッカバイ　ロッカバイ
ロッカバイ　ロッカバイ
バイバイ　キーチャン

フェザータッチよりももっとやわらかくやさしい声と指。器用さをこえた次元の、あたしにいわせれば、たぐいまれな繊細さと〈他のからだの奥部〉への想像力がなさしめる、アートいじょうの、聖寵にひとしいなにかだった。あたしは奥の奥からきよらかにされ、きよめられ、悪意と猜疑の凝《こご》りがとりのぞかれて、こころまできよらかになった。それがどれほどうれしかったことか。なんということだろう！　あたしはさとくんへの愛と感謝の念で胸がいっぱいになり、フクロテナガザルのように吠えに吠えた。吠えまくった。

　さとくんがいいたかったのは、けれども、ムシガレイの食べ方の器用さでも他人の便をかきだす術のみごとさでもなかったのだ。かれは得意がったのではなかった。かれがさとったらしいこと——それは、ムシガレイをうつくしく食うにんげんや他者の便を闇の管からたんねんにかきだすことに長けたおとこ（そして、そうした手作業によろこびをおぼえ、そのような労働で精神的にも自足できるものたち）には、そうじて「大もの」はいないという、まったく得心できないというわけでもないけれども、そうとう独断的な、あるしゅの知見であった。それはちがうのではないの？　あたしはいってあげたかった。これは便処理の技法《テクニック》のもんだいじゃあない。労働の貴賤にもぜんぜんかんけいがない。さとくんには、れいがいてきにやさしい指とこころがある。

神のように、まったくれいがいてきな指とこころが。ほんとうだ。それだけで、あなたはじゅうぶん「大もの」なのだ、サムバディなのよ、と。あたしの声は、けれども、あせればあせるほど東山動植物園のフクロテナガザルのような吠え声にしかならなかったのだ。

さとくんは入所者の奇声や動作をまねする「罰ゲーム」にはくわわらなかった。賢明にも、といえるかどうかはわからない。じっさいにはいちどだけはさんかしたのだけれど、あまり興がのらなかったらしい。深夜にオランウータンのようにあるき、フクロテナガザルのように叫ぶのは、それがバカげたものまねであっても、かれにとってなにかが大きくずれていたのだ。「大もの」はぜったいにそうしたまねをしてあそんだりしない。だいいち、入所者はじっさいには、オランウータンのようにあるきはせず、フクロテナガザルのように叫びはしない。そうおもうようになっていた。それに、かれはかれなりに感じとり、まなんでいた。にんげん存在の表と裏の不規則性を。ムイシキの表の凹み、裏のたわみを。それから、ごくいちぶの職員が入所者さまのまねをするよりも、ごくいちぶの入所者さまが職員のまねをするほうが、圧倒的にうまいのだということを、さとくんは学習していた。

11

ある暗所にて／円筒形の巨大水槽をかこむ／みんなで〈カタアシヒゲシビレビト〉などをみること／すべて〈のようなもの〉ではないか

だれか(ひとか獣か魚かわからない)に、よく夢のなかからみられている気がする。じぶんがだれかとんでもないものの、とんでもない夢のなかにいるきぶん。だからか、どんなことも深刻にはおもえない。暗所がすきなのだ、わたしは。だから暗所にいる。走光性には「正の走光性」と「負の走光性」があるそうだ、ミミズは後者だ。わたしもミミズとにている。まちがいない。わたしはあかるい場所より暗所をこのむ。基調となっているマスカットグリーンのとばりは、あかるすぎるとおもう。目がみえないのだから、暗所も明所もあるまい。というのはちがう。暗黒も瞑色も、けはいでみえてくる。こちらがすでにからだになんらかの暗所をかかえているばあいは、話がいっそうかんたんだ。じぶんのうちがわに、じぶんからめりこんでいくようにすればいい。無心に、じょじょに、めりこんでいく。自己反転とでもいうのかな、アルマジロのようにまるまって、外部をしゃだんする。よけいな光線をいれない。ガイブトゼツ。ときどき世界からかくれたくなるというのは、ひとの普遍的な衝動かどうかはわからない。あたしにはある。暗所に消えたい衝迫。暗所に消えるというのは、じぶんもすなおに暗所になるということだ。暗所のいちぶではなく、暗所ぜんたいに漉《こ》し餡《あん》みたいにとろとろと溶けいるということです。

　暗がりは暗がりでも、わがままをいえば、青みがかったスチールグレイの暗所がいい。あたしは、わたしは、だから、そこにいる。青みがかったスチールグレイの暗所にいる。水のにおい。少しなまぐさい。ナマズくさい。巨大な水槽のようなものがある。透明な壁の、プールのような空間。それより容積のない、中小の水槽のようなものがいくつもある。青みがかったスチールグレイの暗所を、ナイルブルーのなにかがふちどりをしていたりする。そこを影のようなものがうごいている。人型の影のようなもの。いくつもゆっくりと、ゆらゆらと、うごいている。青いLEDライトのようなものが、水槽のようなものを、水のなかからぼんやりとてらしているようだ。これはだれかの夢なのだろうか。他人の夢なら、いくらでもむせきにんになれるというものでもない。わからない。わたしはわからないのだ。水槽のようなものを、水のようなもののそとがわから、なんとなくてらしていたりもする。意図がわかりかねる。意図があるのかどうかもわからない。水槽のようなもののなかになにがいるのか、なにがあるのか、よくみえない。あきらかに、なかになにもいない水槽のようなものもある。空《から》。それなのに、影のようなものたちは、なかになにもいない水槽のようなものを、ぐるりとかこむようにして、じっとのぞきこんでいるようだ。すべては、ことごとく〈……のようなもの〉でしかない。では、〈……のようなもの〉ではない、〈……でしかないもの〉ってあるのだろうか。

水槽のようなもののなかでノコギリザメのようなものが泳いでいるようだ。シビレエイのようなものもいるようだ。それらは元気があるようにはみえないが、だんていはできない。もともと生気に欠けるものかもしれないではないか。なにか赤い光のようなものがちらちらと点滅しているようだ。アカクラゲだろうか。ブラックシーネットルというやつか。耳の奥で音楽のようなしらべがきこえる気もするが、さっかくかもしれない。影たちがときどき、どよめいたり笑ったりしているのかもしれない。ここがすごくうるさいのか、すごくしずかなのか、よくわからない。トビエイのようなものが死んでしまったのか、たぶんうらがえしになって浮いたりしずんだりしているようだ。白い腹が表になっているようだ。ほかの魚のようなものも死んでプカプカと浮かんでいるようだ。水がドブくさいな、とおもう。わたしはそんなにいやではない。ここにいるのが。ドブでもいい。悪水でもいい。わたしは暗所そのものなのだから、暗所をいやがってもしょうがないと、おもうでもなくおもってる。わたしは薄闇じしんなのだから……。

暗所をただ外在するもののようにみなし、他人ごとのようにあれこれ評するべきではない。かたることができないのなら、おしだまっていればいい。そのほうがヘラヘラしゃべるのより、いくらか誠実といえるのではないか。ヒゲハギのようなものがおよいでいるみたいだ。タカアシガニのようなものがあるいているようだ。どうということはない。なまえはどうとでもつけられる。〈カタアシヒゲシビレビト〉というなまえの稀少種のヒトがいる。いないともいわれる。だが、それが存在しないのと存在するのとで、いったいどれほどの差があるというのだ。〈カタアシヒゲシビレビト〉のようなものが水槽のようなもののなかで、縦に浮かんでいるようだ。いや〈タカアシヒゲシビレビト〉のまちがいか。どちらにせよ、そのようにみたり、そう感じたり、かたったりするのは犯罪にあたるのだろうか。〈カタアシヒゲシビレビト〉か〈タカアシヒゲシビレビト〉をおもい、感じ、悲しみ、惜しみ、悔い、なつかしみ、詫び、あるいは恨み、それについてえんえんとグチのようにかたるのは適切ではないのだろうか。

そもそもわたしはあるけないはずだ。なのに、あるいているようである。あるけるようになっているようだ。みえないはずなのに、みている。暗いからか、そのことにおどろいてはいない。よろこんでもいない。足もとは通路だとおもうのだが、それとはっきりはみえない。暗くてみえない。どこにどうまがり、どこと、なぜ、どうつながるのかわからない。ただ、暗所のにおいが途中で変わったようでもある。なぜなのか、とおもうけれども、あまり本気でわかろうともしていない。ほんとうのところはどうせわからない。と、あきらめているふしもある。

なにかやわらかいものを踏んだような気がする。グニャッとした臓器のようなもの。少し弾力のようなものを感じた。わたしのおもみでこわれたかもしれない。なかから血か汁のようなものがでたかもしれない。まずいなとおもう。暗がりであっても、踏んではいけないものを踏むのはまずい。監視カメラが撮影したのではないか。どこだって監視カメラだらけだ。係員にほうこくすべきだろうか。踏んではいけないものを踏んだようなのです、と。それはどのようなものなのですか、と訊かれるだろう。係員というのは知っているくせにそういう訊きかたをするものだ。それがさっぱりわからないのです、というのは、自主的報告者としておかしい。なにかを踏んだらしいことは申告してもいいが、そのためにやわらかなものの表皮がやぶけてしまい、どうやら液か汁か血のようなものがでてきて、床にだらだらながれているかもしれない……とまで、ほうこくするひつようがあるだろうか。やぶ蛇か。大ごとになるかもしれないし。責任もんだいにはってんしかねない。他人に聞かれるような大声でほうこくするのも気がひける。それに、わざわざ〈ちゃんとした市民〉のふりをしている、というかそれを衒《てら》っているようで、どうも気がさす。

こうしたことは、すべからく、さいしょからないか、もともとないこと、なかったことにするほうがいい。だれだってめんどうはごめんだ。が、どうにもやっかいな感触と経験と記憶。踏んだのは、ひとの耳かもしれないな。そのいちぶかもしれない。だれのものかわからない。やや赤みのある肉片を想像する。耳ではなく、赤ん坊の手だろうか。ふっくらとした片手。だが、踏んづけたのはなにもじぶんだけではないだろう。きっと、暗所のみんながそれを踏んだのだ。踏んだのに、みんながだまっている。知らぬふりをきめこんでいる。そうだろう。そのはずだ。それでいいのだろう。そうおもう。おもおうとする。おもいなす。

なんとでもいえる。どうせわからないのだから。この暗がりだ、わかりっこないよ。ドナルド・トランプの左耳のいちぶ。耳たぶ。でないこともない。みんなで踏みつけちゃった。ふっ。笑える。いっそあくどい冗談にすればいい。やつのきたない指が、さんざ弄《いじ》くった大きな白人おんなの、股の、生ゴムのような、外陰部の、なにか、ボロッとした、焦げ茶色のもの。または、火事場だ。放火の、焼け跡の、ひとつの、ゴム片みたいなもの。人道主義者の、右の睾丸の、むくみ。ではないと、きみねえ、どうやってしょうめいできるのかね。ウサーマ・ビン・ムハンマド・ビン・アワド・ビン・ラーディンの脾臓。ニセの臓器。日本製シリコンの。なんとでもいえる。だれもかれもありゃしないさ。ブヨブヨしたもの。中絶胎児の顔。イエス、ザッツ・プロバブル！　蓋然性はたかい。医療廃棄物か死体か。十二週未満か十二週いじょうか。おい、本質的にそんなもんだいか。なんなら、殻をむいたホヤ貝。と、いいかえてもよい。それをいったらおしまいだよ。いうべきではない。だから、いっぱんにいわれない領野になる。だからいわない、たしかめられない、無数の〈……のようなもの〉たちの影。それらの濃淡。墓所。コブダイのようなものがおよいでいるよ。サケガシラのようなものの赤い背びれみたいなものがなみうっているよ。ダイオウホオズキイカだっておよいでいるよ。さっきだいじななにかを踏んづけた記憶が、ほぼじゅんちょうに、うすらいでいくよ。そういうことになっているんだよ。そんなこと先刻承知だったくせに、ふん、〈わたくしたちにんげんはこれでいいのだろうか……〉といった顔つきをとりあえずしてみせたりして。

ユキフリソデウオみたいなものが、たちおよぎをしている。巨きな円筒形の水槽のようなもののむこう、水と魚のようなもののむこうに、いくつかの影たちがたっている。影たちにたちまじり、さとくんが口をあけて笑っている。なんだかすごく晴ればれとした顔をしているようだ。なにかとくべつのことがあったのだろうか。なにがうれしいのだろうか。電動歯ブラシとデンタルフロスでていねいにみがかれた白い歯とピンク色の歯茎らしきものが水槽ごしにみえる。ピカピカだ。

銀色の魚のようなものがよこぎる。さとくんの顔のまえを、かれの顔を、よこざまにすぱっと斬るようにして、つぎからつぎによこぎってゆく。すぱっ、すぱっ、すぱっ。おっ、赤いおんながいる。なにをみているのだろう。目が濡れてひかっている。オルガスムス寸前みたいに。唇をこころもちひらいている。乳房がもりあがっている。乳首がエボダイとかに吸われちゃってさ、反って硬くなっている。ピケ帽をかぶった〈小さなおじいさん〉がいる。赤いおんなに手をつながれてたっている。笑っているようでもあり、泣きべそをかいているようでもある。かれ、ずいぶんしなびているようだが、そうするしかない、そうなるしかない、それでいいのだし、それがいい……とおもわせる、とくべつの貫禄と説得力のようなものがある。

カフェ「ティシナ」の主人らしきおとこもいる。黒い前掛けをして、いつものむずかしい顔で、水槽のようなもののなかをのぞいている。主体的にではなく、さもしかたなさそうにして、のぞいている。みること、みたことの行為そのものとそのけっかに、法的にも倫理的にも責任を問われないように、〈このもんだいに、じぶんは直接かかわってはいない〉〈かかわっていたとしても、やむをえずここにいただけ〉という予防線をはっているのであろうか。「ティシナ」の主人の妻らしい太ったおんなもいる。妻も主人ほどではないが、客とのよけいなかかわりあいを避けようとするけいこうがある。

主人と妻はベッドでも客の話をしない。ごくまれに、たがいにだまってふきげんに性交する。キスはしない。前戯なし。かれらの自由だ。法に反しているわけじゃない。

ウィンナワルツがながれている寝室で性交する。「わが人生は愛と喜び」みたいな曲。たがいにじぶんからしかけたのではないというそぶりで黙って性交する。であいがしらの事故《アクシデント》みたいに。目をみない。あまり大きく腰をふらない。少しだけふる。終わると、ああ、なんてひどいことをしてしまったのだろうという顔つきで、主人は深いためいきをつき、消毒石鹸で手をていねいに洗う。妻はうしろむきにしゃがみ、のろのろと股をぬぐい、記憶の条痕を消す。ふたりとも離婚はかんがえたこともない。

巨きな円筒形の水槽のようなもののむこうの暗所には、腕章をつけた市民巡回員もたっている。駐輪場の老人たちもいる。クサビフグらしいものが泳いでいく。タコクラゲらしいものがななめに泳ぐか喘ぐかしている。歯欠けオババがだれかにおぶわれている。そのとなりにたつ影が、わたしをじっとみつめているようだ。影とわたしのあいだを、マダラトビエイのような平たいものが飛んでいく。わたしをみているようなその影をみかえす。おかしいなとおもう。ちょっといやな気がする。わたしは目がみえないのに、影にわたしがみられているのを、わたしはみている。おかしい。だが、なにもおかしくはないともおもえる。じぶんのなかで、だまって処理すればいい。そうもおもう。むこうからの視線に、やめてくれということはできない。声をかけて制止したりできはしない。それではバレバレになってしまうかもしれない。わたしがじつは、あちらのあの影であることが。だれしも秘匿すべきことがある、とおもう。

むこうの暗所には、わたしであるきーちゃんいがいに、とうぜん、ちーちゃんも、がーちゃんも、いーちゃんも、だーちゃんも、ぱーちゃんも、ぷーちゃんも、りーちゃんも、んーちゃんも、ミズクラゲみたいに、ぼんやりといるらしい。それらの〝愛称〟は、なんとなくそうなったのであり、ちーちゃんは、がーちゃんといれかわったり、いーちゃんだったのが、ある日は、がーちゃんとよばれたり、忙しくて愛称をおもいだせないと、んーちゃんが、とつぜん、むーちゃんになったりする。そこになんらかの愛や親しみのようなものがまったくないわけでもない。それを愛や親しみといえるかどうかもわからない。いつも笑顔のたえない古参女性介護福祉士のうえださんもいるようだ。うえださんはとてもやさしい。笑いが膠《にかわ》のように、ビタッと顔に固着したままだ。ぜったいにらんぼうな怒声をあげない。あまり殴ったりしない。ときたま、笑顔で〈かるく〉こづくていどだ。あと、エルボーブロー。跡がのこらないていどに。あと、チョークスリーパー。ほほえみながら。うしろから、だきかかえてあげるように。「だめよ、だめなのよ……ね……」。ささやきながら、しめる。窒息しないていどに。そこにあるしゅの愛や親しみのようなものがまったくないわけでもない。うえださんはやさしい。わたしらを皮肉ではなく「にゅうしょしゃさま」といってくれる。影たちがゆらめいている。

水槽のようなもののむこうの暗所が乱れはじめた。影絵がざわめいてる。わりあいはっきりした、いくつかの声がきこえてくる。「だれかたおれている……」―「ウソだろ」―「警備員は……」―「ひとか?」―「馬だったりして……」―「マンタとか?」―「ウヘヘヘ……」―「懐中電灯ないですか」―「暗いよ」―「照明! 照明!」「なにやってんだよ!」―「スマホつかえよ、スマホ」―「いや、みえませんね」―「お医者さんいないですかぁ」―「はよ救急車よべよ」―「AEDないの?」―「ああ、それ、さわらないほうがいい……」―「ダメだよ、もうダメ……」―「現場保存……」―「犯人まだいるだろ。逃がすなよ」―「チョーセンジンかもしれない」―「キタだな、キタ……ダッポク……」―「なんでや、なんでチョーセンなんや」―「どちらがだよ……」―「こいつだろ、こいつ」―「息してるのか」―「密航者じゃないの」―「こいつがか?」―「どっちがチョーセンジンなんだ」―「やったのか、やられたのか」―「やばっ、やばすぎ」―「チョーセンだろ」―「うへ、血い、黒い。すごすぎ」―「えっ、ひどい……」―「ニッポンジンがやられたのか」―「チョーセンをやったの? チョーセンにやられたの?」―「首だ、首やられてる、ばっくりだ」―「兇器……」―「テロだな」―「うしろからだね」―「うしろから髪つかんで……ぐいとひっぱって、すぱっといったな、すぱっと」―「キタのプロだろ、プロ」―「こいつがか? こいつだろ」―「撮っとけ、撮っとけ……」―「スワットくるだろ、SWATだよ!」

巨きな円筒形の水槽のようなものがにわかに朱にそまっていくイメージを、わたしはうち消す。冷静にうち消す。悲惨なことはなにもない。悲惨なのは、なにごとにつけ悲惨とはおもえないことだ。いつからそうなったのか。なににつけ、切実には感じられないこと。じっさいに悲惨も切実もなくなってしまったのかもしれない。水槽のようなもののむこうの暗所を、舳先の長い木造の幽霊船が、眠りのようにゆっくりと航行していく。さとくんが船縁でぴしっと敬礼している。風呂からあがりたてみたいな顔。「あのバカ……」。わたしはきこえないように、ひとりごちる。悪口じゃない。あたしはかれがすきだ。あのバカがすきなんだ。さとくん、手の甲を反らせて、ほんきで敬礼している。なんて晴れがましい顔なのだろう！　どこからかひどく焦げくさいにおいがする。暗所に、青白い帯状の航跡がみえる。よわよわしい航跡が、長く……。

12

さとくんの発心〈世の中をよくするために貢献したい〉〈そのためにはどうすればいいか……〉

うわさが聞こえた。園にだれかがきたらしい。背広にネクタイの男たち。刑事だか保険会社の調査員だか私立探偵とその助手だか新聞記者だか、そうしたものの、いわゆる〈なりすまし〉だかが。はっきりしない。ふたりづれできたらしいというから、警察ではないだろうか。やまむらさんが応対した。目の下にハエのようなホクロのあるおとこに、さとくんのことを訊かれた。さとくんがだれかとても偉いひとに〈世の中をよくするために貢献したい〉という内容の手紙を書きおくったらしい。ハエボクロはあまりかんしんがなさそうだった。めんどうくさそうだった。耳のうえあたりに右手の人差し指をあてて「そのひと、ここだいじょうぶですかね?」。やまむらさんは、むっとした。〈なんてことをいうんだ。ここにここのだいじょうぶなひとなんかいるわけないだろう。いまどき、どこにここのだいじょうぶなひとがいるのかね……〉。だが、こう答えた。「いちおう、だいじょうぶなんじゃないですかね」。ふたりづれは、うなずき、だまってかえっていったという。

ちょっとしたできごとがあった。これはさとくんが夜の見守りのときに、じかにはなしてくれた。どんよりとした声だった。非番の日の朝、横浜にいくJRの電車の先頭車両にさとくんはのっていた。満員ではなかったが、混んでいた。ドア口ちかくにかれはたっていた。さとくんは早朝からめまいがしていた。どんなはずみか小さな青っぽい蝶が一頭、車内にまぎれこんでいた。ルリシジミかなとあたしはおもった。蝶は元気がなかった。蝶は床におちた。暑いのにダークスーツを着てバッグをさげた若いおとこたちが四、五人、やはりドア口ふきんにいた。蝶がかれらの靴に踏まれた。そのことにだれも気づいていないか、なにも気にしていないようすだった。四、五人はそれぞれがべつの方向をむいて、それぞれが〈みしらぬ他人〉のようにして立っていた。そうじてまじめそうな、ふつうのおとこたち。かれらはほんとうに〈みしらぬ他人〉であるのかもしれなかった。眉間に縦じわをこしらえたおとこ、顔がやや紅潮したおとこ、顔面をうわむきにして、じっと目をとじたラクダのような顔のおとこ、口もとがニマニマ笑っているおとこ、鼻のあたまに汗をかいたおとこ……たち。ただ、おとこたちの背中に他とはちがう熱がこもっているようにおもわれた。さとくんはめまいのせいで感覚がおかしくなっているのかとおもった。かれらの足首のあたりでルリシジミがまだ喘ぎながら飛んでいるのではないかとおもった。それはよくよく注意すれば気がつきそうな、〝変な空気〟だったのだが、混んだ電車ならどこにでもありそうな光景でもあったし、気づいているのに知らぬふりをきめこんでいる乗客も多かったようだ。さとくんは、やがて、おとこたちの背中がなにかを中心に円をかたちづくっているらしいことに気づき、ちょっとあわてた。

円の中心には、蝶ではなく、わかいおんながひとり、ほそい、いっぽんのたよりない杭のように立っていた。おとこたちの背中は円をじょじょにせばめていった。とくしゅな円形圧搾マシーンのように、機械的に円周を小さくしてゆき、中心に立つおんなを圧迫しつつあった。円のそとがわの顔たちは、円のうちがわの背中や手とまったくむかんけいな、統合性のない、バラバラの部品のようだった。おとこたちは、それぞれ、うしろむきになり片手をのばして、忙しくおんなのからだをまさぐっているのだった。上半身も下半身も。そうするのがかれらのしごとであるかのように、勤勉にさわり、もみ、懸命に指をこじいれていた。さとくんはいった。「べつにきれいなひとじゃないんだよ。びんぼうそうな、膚にも髪にも、つやのないおんなのひと。目を半びらきにして、しきりに首をふっていたよ」。そのひとは口をあけていたが、声がでないようすだった。さとくんは話のさきにいうべきことを、あとにいうのだった。おんなのひとは「白い杖」をもっていた、と。

そのおとこたちを、ね、さとくん、あなたはおもいきりぶん殴ってやったんでしょうね。家屋解体用の巨大ハンマーのようにつよいパンチを死ぬほどおみまいしたんでしょうね。チョークスリーパーでもエルボーブローでもヘッドバットでもパチキでもラリアットでも、なんならサミングでもきめて、そいつらをのしてやったんでしょうね。さんざんにやっつけて退散させたんでしょうね。それでこそ、あなたはサムバディなのよ、大ものなのよ。真の「戦士」なのよ。たったひとりの「ウォリアー」なのよ。あたしはそういいたかった。しかし、声はことばにはならなかった。あたしは口のなかで舌をふくらませ、たてつづけに恐竜のように吠えた。このできごとの結末は、

（まったく予想できないわけでもなかったが）かなり失望すべきものだった。かれは、ぎゃくに、のされたのだった。しごくかんたんに。

さとくんはラクダ顔のおとこに声をかけようとして一歩ちかづいたのだそうだ。

「あの……」。声がのどにひっかかった。と、ラクダ顔が厚ぼったいまぶたをひらき、さとくんをみかえして、にっと笑い、首を小さく縦にふって会釈のようなことをした。あんがい実直そうな顔だった。片手はうしろにやったままだ。さとくんも会釈をかえそうとしたとき、ラクダ顔が笑顔のまま、上半身をほとんどうごかさずに、前蹴りをいれてきた。ほんとうに速かったよ。蹴り足の引きもすばやかったし。ニーキックだったかもしれないな。視界がまっくらになった。急所をちょくげきされて、さとくんは昏倒しかかったが、スタンションポールにしがみつき、からだをくの字にして、なんとか痺れに耐えた。乗客たちはだれもたすけてはくれず、通報もしてくれなかった。

「そんなもんだよな……」とさとくんはいった。ふりかえったら、おとこたちも白杖のおんなもいなかった。蝶もきえていたという。

なぜなのだろうか。あたしにはどんなことも深刻にはおもえない。この世ではいかなることも深刻におもわれてはいないのじゃないか。ひとがなんにん殺されようと、犬が何十万匹殺されようと。どんなふうに殺されようと。のっぴきならないということは、なにもない。理不尽。リフジン。無残。ムザン。ことばだけはいくらでもある。

干からびたゲロのように。いつからそうなったのだろう。いちいち深刻にうけとるのは、なにごとにつけ、おかしいようにおもわれる。まるで筋ちがいのように。話しているさとくんじしんもあまり深刻そうではない。おきたできごとも、さっぱり深刻ではないようだ。深刻さがたちまち脱臼する。複雑骨折する。話すそばからそうなる。芯がどこにもない。髄もない。漫才だ。だれもが、なにごとにつけ、ほんとうは真剣ではないようにもおもわれる。真剣な声は、真剣なふりの声とまったくおなじだ。なんだか気味がわるい。まんべんなく気味がわるい。どこか戯《たわ》けていて、これいじょうはむりなほど徹底的にわるずれしているくせに、まったくそうではないように、ぜんいんがよそおうでもなくよそおう。ぜんいんが、さりげなく、できごととのかかわりあいを避けようとしている。あらゆる存在とことばが疲弊している。困憊《こんぱい》して、引きつけをおこしている。

さとくんは、それでも、ものごとにかかわろうとした。身びいきかな。あたしはそうおもう。かかわるって大変なことだ。さとくんは「境界」から一歩踏みだした。踏みだそうとした。そうじゃないのかな。不首尾ではあったが、とにかく踏みだした。かれはいった。あれはね、「集団痴漢」というやつなんだよ。おとこたちは電車のなかで期せずしてそうなったのではなく、ＳＮＳかなにかであらかじめ打ちあわせていたんじゃないかな。知らないものどうしでね。白杖のおんなが集団痴漢のほんとうの被害者かどうかもわからない。ほんとうだったかもしれないが、なりすましたのかもしれない。仲間だったかもしれない。あれはたぶんぜんぶ撮影されていたとおもう。ネットに投稿するつもりだったんだろう。どうせみんなグルさ……。

おどろいたのは、さとくんがはなしてくれたこと、つまり、電車のできごとの顚末ではなかった。さとくんはかならずしもナイーヴなのではなかった。ただ純朴なのではない。すなおすぎるバカでもない。そのことになぜだかはっとした。かれは「世の中をよくしたいんだ……」というようになった。「そのためにはどうすればいいか、かんがえはじめてるんだ」

あたしは瀕死の小さな蝶をおもった。ルリシジミではなく、翅の透明なスカシジャノメが一頭、あたしのなかを、おろおろと飛んでいた。電車の窓のそとは瑠璃紺の海だった。カゲロウが低く飛んでいた。

13

あたしの〝割れ〟と派生／さらされること／弄《いら》ふことなど

深くけわしい谷が、マスカットグリーンの闇のなかへゆっくりと沈みこんでいくのをみた。まうえから眺めたのである。いや、ひとつの街ほど大きな暗闇が、渓谷の底にずりおちていったのだったか……。とにかく、なにか大きなものが、あたしのからだの底のほうに、ごりごりずりずりとおちていった。じぶんの神経をじぶんの顎と歯で噛みしだくような痛みが、それまでながくつづき、谷だか闇だかがおちてゆくとともに、ようやく絶痛がやわらぎ、少しずつとおのいていった。完全解決ではないが、いくぶんからだが楽になる。ほんのちょっとだけれど。

いつもどおり、あたしは〈なにか〉に感謝したくなる。反射的にだ。でも、〈なにか〉とは、痛みがやわらいでいくことだけなのであって、神さまでもひとさまでもない。そんなの、わかりきっている。状況がこんぽんてきに変わったわけではない、といつもどおり気づく。あたしという物《ブツ》の価値はマイナス千だったのがマイナス九百九十くらいに一時的にかいぜんされただけだ。ふっ、なにがかいぜんだ、こんなもん。だいたい、価値ってなんだ？　商品価値ゼロ、使用価値ゼロ、交換価値ゼロですよ。あたしという物は、他の価値とその有用性を顕示するためにのみカチがあるという、いみのない皮肉のようなシロモノなのだ。そんなことをおもっていると、すてばちというのか、なんだかヤクザなきぶんになる。品のないおとこのようなこころもちになってくるじゃありませんか。不品行の衝動。するとだ、荒い息づかいがきこえてくる。声がする。おんなとおとこの声が、とおくからだんだんちかづいてきて、ついに耳もとまできた。おんなの声もおとこのそれも、わたしの声からの分流のようにひびいている。わたしの喉の沼でいやらしくひびいている。

（おんな）いろてんかあ、ねえ、あんたあ、ここや、ここや、いろてえ、いろてえな！

（おとこ）ほ、ほ、ほうかい、ほうかい、ほうかいな。ほれ、ほれ、ほれ、ほれ……。

いろて。とはなにか。〈弄《いら》ふ〉の変化か。ふん。ここ、いじくってくださいね。もてあそんでくださいね……かよ。たとえようもなく下卑たやりとりにおもわれた。ドブのようにていどの低い声。恥ずかしい。なんという下劣な会話であろうか！　声たちはおなじことを飽かずくりかえし、消えた。おんなの声にききおぼえがある。わたしか、あのおんなの睦み声だろう。そんな気がする。いやらしい。ひとかけらの品位もありはしない。とんでもない、わたしの声であってほしくない。じょうだんではない！　けれど、ここでただちにだれの声か、はっきりさせなくてもいいのではないか。さしあたり、だれかにもんだいを追及されているわけじゃないし、この件はいったんほかしておこう。だが、あたしはおもった。あるおとこがやってくる、かならずやってくる、と。〈ほ、ほ、ほうかい。ほれ、ほれ、ほれ、ほれ……〉の声のおとこがやってくる。そこまでかくす気はない。そうまでしてじぶんをとりつくろったってしかたがない。ここはしょうじきにいうしかない。そのおとこは、わたしが割れたことによる、わたしからのひとつの派生だ。わたしにだって、そのくらいの自由と、それにともなう不自由がある。

ご存じのように、わたしは鏡餅かなにかのようにベッドにべたっといるだけで、じぶんではこれっぽっちもうごけず、目がみえず、おもうように話せない。もともとそうなのだからしょうがない。しょうがないといえばしょうがない。けれども、おもう。おもってしまう。日ごと夜ごとに。なんでもおもうことができる。死者の目のなかの尖った小魚。青い。銀の。その、理由のなさ。なんでも。おもうのはふせぎようがない。予感もできる。とおくのこともちかくのことも。予感は外れることのほうが多く、あたることはあまりない。だからといって、的中することだってあるいじょう、予感のすべてをうち消すわけにはいかない。わたしは闇と谷の夢をみた。闇と谷はべつべつのものでありながら一如《いちにょ》でもあった。翌日、わたしから分派したあるおとこを午睡の夢にみた。わたしは、したがって、かれについても、いわばわたしのせきにん範囲のこととして、よぎなく物語らなければならない。

あるおとこには右耳がなかった。３Ｄプリンタでつくられたシリコンの模造耳というか「義耳」をつけていた。義耳は採型費と3Dデータ構築費をふくめ約三十万円もしただけあって、ほんものの耳と色がちょっとちがうだけで、ほとんどみわけがつかなかった。おとこは夜、義耳をはずし、水あらいしてから、枕もとにおいてねる。たかが耳だ、耳介だとおもっても、耳殻のない顔側面の黒い穴は、なんかいみても、みおぼえのない鍵穴のようにとうとつであった。にしても、不快なやりとりであった。わがこととしても。

——いろてんかあ、ねえ、あんたあ、ここや、ここや、いろてえ、いろてえな！
——ほ、ほ、ほうかい、ほうかい、ほうかいな。ほれ、ほれ、ほれ、ほれ……。

ひどい！ああ、やっぱりにくたらしい。なんて下品なのだろう。殺したくなる。とくにおんなのほうを。おとこにはこれといった特技などなかった。ただ、きまぐれに（というより、じぶんの願望でも意思でもなく、ひとりでに）赤の他人の夢のなかに入ってゆくことができた。いや、できたというのはおかしいな。かれは他人の夢に、いわば、かりそめにみられてしまうだけのことなのだから。むろん、そうした意図せぬ「闖入《ちんにゅう》」の物的証拠はなにもない。侵入の意思も証拠もないのだから、罪に問われることも、かれじしんせきにんを感じることもなかった。そういうことってよくある。

みしらぬひとの夢や意識にじぶんが知らずにはいっていってしまったり、じぶんの夢や意識にみしらぬひとがはいってきたり……。

あるおとこはいつか、知らぬ間に、あたしのなかにはいっていた。あたしの分派なのだから、はいるもなにもない。いたのだ。あたしの胸のなかを、みずぼらしい、あるおとこが、義耳をつけてあるいていた。病んだノラ犬のように。あるおとこは変なおとこで、変なことをいった。わたしはわたしの夢のなかのあるおとこに、そっと問うたことがある。あたしはけっきょく、だれなのでしょうか？　おとこは老木の洞《うろ》のなかに全身をすっぽりとかくし、声だけが答えた。木がしゃべるように。木質のよい声だった。「おっ、お、お、おまえは、きっ、ききき、きーちゃん。おっ、おれ。おれとおなじ、さらされ、さ……」。さらされ？　さらされ……てなんだろう？　とかんがえているうちに、あるおとこはいなくなった。さらされ？

14

あかぎあかえの登場／モグラ塚／被曝／あらゆる特徴が特徴たりえなくなった時代の道をあるくこと

あるおとこがひとりであるいている。あかぎあかえという、卑しいこころのおとこだった。おとこはあるきながら、そのようにこころのなかで、ゆっくりとなぞってみた。くちびるが少しうごいた。〈あっ、あ、あ、あるおとこがあるいている。あっ、あ、あかぎあかえという、いっ、い、卑しいこころのぉ、お、おとこだった〉——。なぞられたことばに、とくべつのいみはなかった。おとこはただちょっと、そういってみたくなっただけだった。あかぎあかえというおとこは、もうずいぶん老いていた。なにも大したことではない。それはつまり、こういうふうに、まわりくどくいうこともできるだけのことだ。——かれはあるいていた。卑しいのも老いているのも片耳も、もはや特定個人の（かれやかのじょやあなただけの）なまなましい固有の特徴であるとはいいがたい、あらゆる特徴が特徴たりえなくなった、わけのわからない（にもかかわらず、いっていの〝道理〟が、そんなものがどこにもないにもかかわらず、あるとされる、そういうことになんとなくなっている、かなりきもちのわるい）ニッポンの道を、あかぎあかえはあるいていた。モグラ塚のたくさんある道であった。おとこはモグラ塚をよけながらあるいた。

　そのおとこは、おのれを〈あるおとこ〉であるとおもっていた。じぶんをただの〈あるおとこ〉であり、そうであるにすぎない……と少しの感傷もいれずにおもうのは、かつてはひどくむずかしく、いまも、いっぱんに容易ではない。だが、そのおとこはおのれを〈あるおとこ〉いじょうの存在であるとみなすことを習慣的に禁じており、じっさい、〈……いじょうの存在〉であるとえらぶったことは近年いちどもなかった。謙虚とか傲慢とかいったもんだいではない。かれはじぶんを、とくべつの経歴も属性も、これといった個性ももたない、たんなる〈不特定物〉のようにおもうようにつとめ、そのようにふるまってきた。〈不特定物〉になるのはさほどむずかしくはない。ひとは、じっさい、〈不特定物〉でもあるのだし、そのおとこのような〈あるおとこ〉たちは、草むらにひっかかったままのビニール紐や干からびた痰、または犬の糞のように、どこにでも、はきすてるほどあるからだ。わたしの〝割れ〟であり分身であるかれは、他人の夢への闖入をまったく意識したことはなかった。で、存在するかぎりなんらかの〈被曝〉はまぬかれえない。あかぎあかえもあたしも、そうおもっている。存在は赤剝ける。存在はどのみちさらされ、剝きだされる……。

あかぎあかえは、かれにとって七回目の偽名であった。偽名は、本名や実名とさほどのちがいはない。だいじなのは本人よりも書類または電磁的記録なのだ。写真つきの申請書類または電磁的記録に瑕疵《かし》がなく、係官やコンピュータによっていったん有効とされてしまえば、本人の実在性に多少の疑義があっても、あかぎあかえの存在は公的にみとめられる。ネット上でもつうようするようになる。あかぎあかえが、たとえもうこの世に存在していないひとであっても、である。なぜだろうか？　なぜかと問いたくなるきもちは、そう問いかえすものがこの世からもうぜつつめつしかかっているだけに、わたしにはかえってよくわかる。それでは、答えてしんぜよう。あかぎあかえが（あるいは、あなたが）実在のじんぶつかどうかなど、だれも、そしてどんなコンピュータも、じつは、せつじつなかんしんをもっていないからである。ひとは、たんにデータなのである。それ以上でもそれ以下でもない。ましていわんや、かれが（あるいは、あなたが）幸福か不幸か、なにをかんがえ、なにをかんがえていないか……など、こちらの知ったことか……というあんばいだ。

「生活事情はすべてかねもうけを尺度としてはかられ、かねにならないことはくだらないことであり、非実際的で、観念的である」*とフリードリヒ・エンゲルスが十九世紀イングランドのブルジョア階級について、ぜひにも変革すべき状態として記したことは、二十一世紀げんざい、うごかしがたい普遍的〝真理〟となっていることは、みなさま周知のとおりである。「かねにならないことはくだらないこと」は、全的にくつがえされたのではなく、全的にうけいれられたのである。ひとびとはあまつさえ、かねもうけ主義を眉をひそめて否定するかのようなポーズで、かねもうけ主義をあらゆるばめんで貫徹するやりかたをおぼえた。「かねにならないこと」をいつまでもやりつづけるのは「くだらないこと」どころか、いまや精神の病をうたがわれるか、はなはだしくは〝暴力〟とみなされ、犯罪視されかねないことを知らなくてはならない。そのでんでいえば、あたし（きーちゃん）や、ちーちゃんや、がーちゃんや、いーちやん、だーちゃん、ぱーちゃんのことどうように、あかぎあかえについておもいをめぐらしても一円のたしにもならないだけでなく、なにがなし危うくもある。にもかかわらず、にもかかわらずだ、あかぎあかえというおとこは、元陸軍病院脇の、モグラ塚のたくさんある道をよろよろとあるいていた。モグラ塚にけつまずかないように、うつむいてあるいていた。あかぎあかえはモグラ塚をきらっていた。

とおくにも噴火口のようなモグラ塚があった。四方に枝をひろげるだけひろげたミズキの陰を、赤い服のおんながあるいていた。おんなはとても大きな輪形のイヤリングをつけ、ピケ帽をかぶった顔色のよくない子どもの手をひいていた。ふたりのすがたは木陰にうきしずみしていたが、赤だけが緑蔭のなかでいきおいよく点滅しているかのようにみえた。イヤリングは木洩れ陽に金色にきらめいてゆれた。ピケ帽の子どもは枯れ葉のように影のなかにうちしずんでいた。母子はミズキの洞からでてきたもののようにみえた。あかぎあかえの位置からはふたりがみえなかった。ふたりも、おとこのすがたに気がつかなかった。森になにかの声が二、三度するどくこだまして、声の尾だけをのこして、すうっと消えた。けもののようであったが、けものや鳥の声ではなかった。声は三人の耳に、それぞれことなった音として聞かれた。森の暗がりを、一頭の小さな青い蝶が園のほうに飛んでいった。

おとこは森の塒《ねぐら》にむかってあるいた。塒は、〝ワケあり物件〟の古いログハウス。

まえの持ち主は園のかんけいしゃで、一説に「笑い死に」したというが、服毒自殺のうわさもある。「笑い死に」という死因は医学的にはありえないのだそうだ。食いながら大笑いして窒息死するか、なんらかの原因で笑いがとまらなくなり、心拍数が四百～五百にもなって心不全で死ぬか、大笑いが収縮性器官の弛緩つまりアトニーをひきおこし、けっか、転倒して頭部などを強打して死ぬか……などであって、けっして安楽死とはいえない。そんなことより、このログハウスはなにかがにおった。あかぎあかえはおもう。雨の日の火事場……。燃えのこり。既往のくすぶり。スティグマの慚羞《ざんしゅう》……。

　おとこはかんがえかんがえあるいた。おもいだし、おもいだししてあるいた。かんがえも、おもいだしもしないということがなかった。なにもかんがえず、なにもおもいだしもしないということを、やりたくてもできないのだった。おとこはもうずいぶん疲れていた。疲れていても、なにかをかんがえてしまい、なにかをおもいだしてしまうのだった。だからといって、なにかをふかく了解したり、ながいあいだとけなかった謎がとけるというのではない。結論もでなかった。おもいだしても、おもいだしきるということはなかった。まいにちなにかをおもいだすとともに、まいにちなにかを忘れていた。想いでがからだのなかをせりあがってくるときには、のどもとがきまってむず痒くなった。だが、想いではいつも不完全だった。不完全な想いでのかけらをのどもとからとりだしては、いつも欠けたところを舐めているというぐあいだった。おとこは大むかしに、部品を買ってじぶんで組みたてた鉱石ラジオをまだもっていて、イヤフォンでたまにそれを聴いていた。鉱石ラジオからは「にっぽんのみなさま、こんにちは」「にっぽんのみなさま、さようなら」というあいさつや「きしのぶすけはんどうないかくは……」といった過去から消えのこった声のきれはしを、たくさんのノイズのなかに、かろうじて聴きとることができた。おとこはそれらの声を少しもなつかしまなかった。

おとこの塒には、バフバフとしか声がでない、やぶけた鞴《ふいご》のような雌の老犬がいる。森にすてられていたその犬には脚が三本しかなかった。犬はいつもおとこのベッドで寝ていた。庭には、黒い斑のヤギがいた。それも森でひろったのだった。ヤギは、横長で青灰色のビー玉のような目をしていた。あかぎあかえはしゃがんで、その目の奥を一時間でものぞきつづけることがあった。あかぎはヤギの乳がはると、それをしぼって、しゃがんだまま、ぐびぐびと飲んだ。少し青ぐさかった。森がざわめいた。おとこは、配合飼料、フスマ、大豆カス、やわらかな雑草をヤギにあたえた。ヤギはしずかであった。ヤギにはなんの表情もなかった。いつも笑っているようにみえたが、ほんとうは悲しいのか、さびしいのか、おかしいのか、たいくつなのか、気が狂っているのか、みわけがつかなかった。ヤギの瞳のなかではしきりになにかがうごいていた。おとこはヤギをすきにはなれなかった。なぜかはわからなかった。おとこは、さとくんを知らなかった。まだ。が、たがいに至近距離にいたことはあるのだ。美容整形医院の待合室のソファに、となりあわせてすわっていたことがある。

＊エンゲルス『イギリスにおける労働者階級の状態―19世紀のロンドンとマンチェスター』一條和生・杉山忠平＝訳

15

大津波／遁走／カラスの大量死／身ぶり顔つきは、すでにそうされたことの無意識の再演であること／あかぎあかえが赤いおんなと番うまでの話

おとこはあるいていた。どうでもよいことだが、あかぎあかえという名前はじぶんでつけたのだった。あかぎは連声型の吃音症であった。もともとそうではなかったのだが、吃音のふりをしているうちに、「あっ、あ、あ、あ、あり、ありがとうございました」などというようになっていた。ふざけて吃音のふりをするようになったのではない。もともとの特徴を消そうとしたのだった。そうしようとあれこれしてい

るうちに、もともとのじぶんの特徴や人品骨柄がどうだったのかを、じょじょに忘れていった。

おとこはなぜだかいつも全身の輪郭がぼやけてみえた。先天的多重輪郭とでもいうのか、死ぬほど飢えた画家がふるえながら描いたじんぶつの下絵《エスキス》のように、かたちがさだまらず、からだの線が空気にゆらゆらとにじんでいた。まるでムダな線が多い線描画である。あかぎというおとこの存在をあかす偽造カードの数の分だけ、からだの輪郭もあいまいになるようであった。もっとも、あかぎとしては、それはそれでよいとおもっていた。おとこはかつて猫背ではなかったが、いまは猫背であった。猫背でないものが猫背になるのはむずかしくはなかった。目はとてもおだやかであった。年老いたゴールデン・レトリーバーのように温和であった。もっとくわしくいえば、目はいっけんおだやかそうにみえるが、内心は、あまりおだやかではなかった。ながい期間おだやかであったためしがなかった。おとこは、うつむいて、右脚をひきずりひきずりあるいていた。

あちこちでカラスが死んでいた。ハシブトガラスであった。とくに若いカラスが多く死んでいた。げんいんはわからない。つかいふるしのウエスをまきちらかしたような、おびただしいカラスの死体をまたぎながら、おとこは〈希望の森〉の横道をあるいていた。ときどき死体をよけきれずに、右足で踏んづけることもあった。そのたびにからだがよろけた。たおれそうになると、クヌギやコナラに左手をつき、からだをささえてため息をついた。石炭のように硬い死体も、まだぬくもりのある、やわらかな死体もあった。目の前の死んだカラスは、黒紫色の羽がみるみるうるおいと艶をうしない、にこ毛はボサボサになり、干からびたダークグレイに変色していくのであった。うつぶせになったりよこだおしになったりした死体たちのなかには、目をあけておとこをみつめているカラスもいた。生きているときにはさぞかしつよく鋭かったであろう爪は、しなびた草のようにすぼまり、まだ死にきれないのか、ひらいたくちばしから細いピンク色の舌をのぞかせ、こきざみにふるわせているのもいた。

上空では、むすうのカラスがやかましく鳴きながらぐるぐると旋回していた。モグラをねらっているのではなかった。おとこは、これが〈カラスの葬式〉というやつか、とおもった。集団葬儀か。そうおもったことで、記憶の海がゆっくり大きくうねった。おとこは以前もカラスが群れとぶ風景を目にしたことがあるのだった。そのときは、冷たいみぞれが横なぐりにふっていた。海が黒くもりあがっていた。そうかとおもうと、海原が深い盆地のようにえぐれ、えぐられた分が巨大な水柱になって起ちあがったりした。水柱につっこむようにしてカラスたちがはげしく飛びまわっていた。その地方のカラスがぜんいんあつまったかのように、みぞれの空に黒い斑痕《はんこん》ができた。あれも喪だったのか。

カラスのほかに、たしかカモメもトビもスズメもいた。ひとも鳥も狂ったように泣きわめいていたが、音はなにものかにかき消された。無声《サイレント》映画のように。おとこは波をかぶった。顔の側面を流木か瓦礫にこすられ、手をあてると右耳がつけねからなくなっていた。大波の崖に、ひとの手がいくつかみえた。たぶん子どもの手のひら。すべてから音、声、色が、いともかんたんに、機械的なせいかくさで、ぬきとられていた。そのときまではみたこともない、あたらしい光景だったのに、まるでひどく古い、みなれた映像のように、ひとびとも、ものごとも、うごいた。みんな、おどろき、おそれ、あわてふためいていた。とおいむかしに、そのようにたんねんに役づくりされていたかのように、どこかわざとらしい動作で、あわてふためいた。なにか芝居じみてみえた。下手な芝居。

　ひとの身ぶり顔つきというのは、おおむね、すでにそうされたことの無意識の再演である。ト書きがないようで、意識下にはある。ひとびとは村人Bや市民Aとなり、声のでない口をパクパクさせ、両手をバンザイして沖に流されたり、丘にむかって（なんだか鈍くさく）逃げまどったりした。たくさん死んだ。なにかのにおいがしていた。よくおもいだせない。プロパンガスだったか。腐ったタマネギの臭気か、化学物質が焼けるようなにおいが、ひとかたまり、まだ頭蓋にとどこおっている。いや、遺体を重油で焼くにおいか……。

いままで聾者どうぜんだったのに、ときどき、防音壁がこわれたかのように、いっしゅんだけ音と声が断片になって、洪水のようにどっと耳にながれこんでくることもあった。

「あ――」「あ――」「はっ、はっ、はっ……」

身も世もない悲鳴が、無神経な哄笑のように変形していた。ああなることはわかりきっていたはずだ……と、片耳のおとこはおもった。ああなることは……。ああなることはわかりきっていたはずなのだ、としょうじきおもうのだけれど、なぜわかりきっていたのかは、よくわからないまま、これまで何万回もおもってきたことを、またもなぞった。またある。またくる。ダルマ落としのダルマになったような墜落感。くりかえす崩壊感。永遠の徒労。悔恨はなかった。そんな上等なものは。ぜんたい、地震と津波を後悔してもはじまらない。かれは失った耳殻を気にした。しばらく突堤のあたりをさがしたのだった。海星《ヒトデ》はあったが、おとこの右耳はなかった。海があんなにも荒れているのに、カモメが海星をくわえて飛んでいた。耳のかたちをした赤い海星だった。

片耳を捨て、すべてを捨てて、ひとりで逃げてきたことをおとこは悔いていない。みんな死んだのだし、じぶんも形式上は「行方不明」あつかいではあったが、だれもかれが生きているとはおもっていなかった。片耳のおとこは50ccの原付バイクで逃げた。「親もねえ……子どももねえ……だれもねえ……」とうたうようにさけびながらはしって逃げた。そうだ、「悪者は追うものもいないのに逃げる*」のだ。なにから？わからなかった。過去からげんざいへ、か。場所から場所へ、か。ただ逃げたかった。ヘドロと死体と汚水だまりの原、幻影と予言の原をはしった。なんどもたちどまった。ゴム風船のようにふくらんだ死体たち。さまざまなメタモルフォーゼ。奇抜な。腕や首。足首。死者のぶぶんたち。パーツ。死んでいるのか生きているのかわからない、身じろいだのか、そうではなく、ただ傾いだだけなのか、ひとか、あるいは、ひとのような黒いかたまり。夢中ではしった。あれはなんだったのか、いやにさっぱりした終了感か終焉感。奇妙にさばさばした解放感もあったな。おとこの口もとが少し笑っているようだった。笑ったのではなく、ただゆがんでいるだけかもしれなかった。どうにもならない。どこまでもやられる。抵抗なんかできやしない。泣いても、祈っても、うたっても、しゃべくっても、だきあっても、なんにもならない。またかならずくる。かならず、かならず、平気でやってくる。どこまでやられるか想像がつかない。あれらはてっていてきに斬新だ。斬新にころし、斬新に破壊する。そうなると、こちらも、なんだってできる気がする。なんだって。おとこはカラスの死体をよけながらあるいた。

　カラスがひとのような声で鳴いた。促音がない。だからか、いっそうふとどきにきこえる。ふらちに。「あ――」。また鳴いた。「あ――」。声がふしだらに尾をひいた。
「あ――」。みるまに、宙を舞っていたカラスのうちの数羽が、鉄のくちばしを下にして、黒い礫《つぶて》になり、すいちょくにふってくる。すいちょくな悪意のように。あたまに突きささってくるようないきおいだった。カラスの礫をよけながら、おとこはおもった。かれらは空中でふいにプツンと命の糸が切れて落ちてくるのだろうか。それとも、旋回中にじょじょに気を失って落下し、地面で絶命するのか。落下してくるカラスの目にはなにがみえているのか。かれらにも「末期《まつご》の目」があるのだろうか。おとこは気にした。少しだけ気にして、じきに忘れた。死にゆくカラスらの目に、じぶんはみられていただろうか。どのようにみられたのだろう……。死んで冷たくなったカラスの目に、じぶんの静止画像がいちまい映ったまま、消えていないのではないだろうか。おとこのあたまのなかで、昔の水滴の音がこだましていた。それはもちろん、あたし（きーちゃん）のあたまにもひびいた。とおい雨音、雨だれ……。頭蓋からなにかがもれていた。ずっともれつづけていた。ポタ・ポタ・ポタ……。

あかぎあかえは、これまでにたくさんの洞をみてきた。なかをいちいちのぞきこむようなことをしてきた。おとこは洞で生まれ、そこから逃げてきたのだった。そうおもった。カラスがハトを襲い、ころし、腹部をしつようについばみ、食いやぶってできた洞。竜骨突起はきれいに食われて、あらかたなくなっている。洞の奥は肉をはぎとられた白い肋骨の鉤状突起。あるいは浜にうちあげられたひとびとの、目玉のない、暗々《くらぐら》とした眼窩の洞。瓦礫のなかの首のない死体。奇妙な帽子みたいなミズダコをかぶったあたま。深あみ笠。かぶっているのではない。あたまはタコにくわれていた。タコは、しかし、髪を食わない。髪のかたまりを食いのこす。ひとのわき腹の空洞。ウジ虫たちの合唱。防空壕跡の洞窟。奥にねそべる生死不詳のなにものか。臓器をシャコエビや魚に食われた、犬の腹の洞。空耳……。ネズミの跫。木々の洞。空所。暗所。そこから這いでてきて、そこに這いもどるところ。

それらすべての洞は闇の管でつながっている。あかぎはそうおもっていた。あたしもそうおもい、そうおもうように、おとこに示唆する。いやもおうもない。おとこはおもう。都心の高層ビルにもたくさんの洞がある。無数の空所。穴。洞はかならず、におう。きょうれつに。しつこく。おいかけてくる。とりすがるように。からまりつくように。なんとしてもからだにのりうつろうとする臭気。湿気た火事場に似たにおい。ひとの皮膚、髪、目玉、肉、記憶が焼けただれ、ペイントが焦げ、溶け、配線カバーが燃えるにおい。銅線の焼ける、ただごとでないにおい。沸騰した汚水のにおい。いつまでもつづく過去の水のしたたり。水もれ。ポタ・ポタ・ポタ……。

ひとつのイメージがどうしても消えない。おとこは赤い服のおんなと、であうなり番《つが》ったのだ。であいがしらに。とわたしはおもう。あのログハウスで。やった。した。

森でも。おんなはすきものだった。やった。した。ツブラジイを背に立ったまま。あたまにくる。が、そんなこともありうる。なにもびっくりするようなことじゃあない。おんなはおとこに、「いろてんかあ、ねえ、あんたあ、ここや、ここや、いろてえ、いろてえな!」とせがみ、おとこは、「ほ、ほ、ほうかい、ほうかい、ほうかいな。ほれ、ほれ、ほれ、ほれ……」と応じた。くだらないなとおもう。そんなことしてもいいけれど、しなくたっていい。でも、ともあれ、おとこは義耳をべりっとはがして、おんなを弄《いろ》ふた。それでは「ほ、ほ、ほうかい、ほうかい、ほうかいな。ほれ、ほれ、ほれ、ほれ……」は、どのようなきょくめんでかたられたのだろうか。じぶんの分身のことだ。よういに想像がつく。

ふつうだれだって、かんがえつくことだ。かんがえついても、やるかやらないか。それだけのちがいだ。やったってやらなくたって大勢にえいきょうはない。おとこは約三十万円のオーダーメイドの義耳を、おんなの性器にいれてみた。装着させた。どうということはない。おんなのようせいにしたがったのか、「じこせきにん」でそうしたか。なんて、どうでもいい。おんなは股に義耳をはめて〈ああ、よく聞こえるわ〉と、むかしの小説のおんなならきっといいそうな(いわせそうな)、ありふれたことなどいいはしなかっただろう。だいたい、むかしのいちぶのものたちは、そこに義眼でも義手でも義足でも義歯でもいれてみて、なにやら〝前衛〟を気どったものだ。

ゼンエィ。へっ！　二十一世紀げんざい、〈希望の森〉のログハウスで、性器に義耳をはめ、あるいは、はめさせただんじょは前衛を気どるひつようも必然性もよっきゅうもまったくないはずです。いまはゼンエイもコウエイもありゃしない。と、あたしはおもう。おんなはハナまたはハンナというなまえだった。

ハナは「いろて、はよいろてえ……」につづき「いんかくほうひむいてんか、はよむいてえ、むいてえ……」などとおねだりし、いっぽう、あかぎあかえは義耳をはめたために、とてもまぎらわしくなったそこのどこが真のインカクホウヒか、メガネをはずし顔をよせてしらべたけれども、発見にいちじるしくてまどった。けっか、わかったことは、ハナにはどうやら、いんかくが二個（ほうひは二枚）あるらしいということであった。

一部始終を、ハナのむすこである〈小さなおじいさん〉が枕もと、あるいは樹の下にたちつくし、じっとみていた。賢者のような目で。その視界で、ハナは羞じなかった。ただ、ハナは急いだ。あかぎに急がせた。急《せ》かせた。その視界でハナはそうせざるをえなかったのだった。ハナのむすこはヤコブというなまえだった。あたしはねがった。ハナなんか、さっさところされてしまえばいいのに……。こんな衝動がわくことはめったにない。かれらの〝不品行〟に怒ったのではない。さとくんとのかんけいをおもいうかべたとき、ハナはこのさい、さとくんによって、ころされてもいたしかたがないのではないかと、童話のすじがきのように、かんがえた。ハナはわたしの〝割れ〟ではない。〝割れ〟だとしても、分身ではない。分身だとしても、わたしの意識はゆるさない。どんなイシキもすべて「病気」である……というではないか。童話の意識と無意識だってそうじゃないかしら。そうじゃねえのかな。

＊聖書（新改訳）「箴言」28章

16　陰ひなたのないさとくんの〈自己犠牲心〉について／紙芝居でがんばる／「食わず女房」に入れこむこと

まだなにもおきてはいない。なにも、まだ……。だれがいったのだっけ。「げんざいは存在にじゅうぞくしている」。げんざいは存在にかしずいている。あたしにはわからない。わからないが、このことは大変なことらしいとは感じる。存在とは「仮借ない」ことだそうだ。それはわかる。あたしがただ在るだけでも重荷なのだ。あたしじしんにとっても他人にとっても。あたしは眠りの底で、あたしが在ることをいっとき忘れることができる。けれども、在るかぎりにおいて、在って眠るかぎりにおいて、目ざめはさけられない。そして、他のものによってみられることもさけがたい。じつはどこまでもさらされている。仮借なさをうけいれざるをえない。そんな存在というものを回避するには、どうしたらいいのか。あたしはあたしから逃亡できないのだろうか。あたしという呪縛からの「逃げ」は可能だろうか。

あたしはふたたび、あるおとこをおもった。あたしの〝割れ〟である、あかぎあかえのことを。あかぎあかえはいつか、さとくんに会うだろう。あたしをみるだろう……。あかぎあかえはあるいていた。過去をおもいだしながらあるいていた。さとくんはまだ園ではたらいていた。さとくんはなにかを孕んでいた。孕みはじょじょにふくらんでいた。かれはまったく「かねにならないこと」をぼんやりとかんがえていた。さとくんがかりにこれはかねになるとおもっていたとしても、たいがい、かねにならないことばかりであった。そうした〈自己犠牲心〉はだれかにきっと支持されている、そのはずだ……とさとくんはおもっていた。

さとくんはあたしたちにやさしかった。からだをあらってくれた。ベッドにはこんでくれた。二時間おきの体位交換を、ときどきサボりながらも、とにかくやってくれた。よだれをぬぐってくれた。爪をきってくれた。耳垢をとってくれた。さとくんはひとにかくれてあたしたちをいじめたりしなかった。かれにはあまり陰ひなたがなかった。カゲヒナタが。だからか、かれは人気者だった。カゲヒナタがないのは長所か欠陥か、かんがえつめることはないようだった。

さとくんは絵本の朗読や紙芝居をやってくれた。目はみえないけれど、あたしもさとくんの朗読や紙芝居をきいて、「姫」や「王子」を想像するのがすきだった。かれは市販の紙芝居だけでなく、わざわざじぶんで絵をかいて自作の紙芝居もやってくれた。これだけはまちがいなくいえるだろう。さとくんはひとをよろこばせること、ひとによろこばれること、ひとをしあわせにさせること、ひとをビックリさせることがすきだった。そして、ひとを笑わせることもほんとうにだいすきだった。それらのためなら、かれは労をおしむということがなかった。

朗読や紙芝居の日は、さとくんがいきいきとしていた。しあわせそうだった。声がはずんでいた。目もきらきらとかがやいていただろう。さとくんは園のなかをハーモニカを吹き、うたいながらねりあるいた。東棟にも西棟にも、一階だけでなく二階にもいって、ふれまわった。さあ、みんな、これから集合室「つどい」でお噺がはじまるよ、イベントがはじまるよ、というわけだ。かれはくりかえしうたい、ハーモニカを吹いた。

でーてこい

でてこい　でてこい
ドンドコドン
おはなしでてこい
ドンドコドンドコ
でてこい、こい

職員のなんにんかは、ひんまがった笑顔のまま、舌うちをした。「あのバカ、またかよ……」。やはりゆがんだ笑顔のままひくくつぶやくものもいた。「いいかげんにしろ、幼稚園じゃないんだ」。朗読も紙芝居も、園の職務内容にはふくまれていない、無償の自発的労働だったし、けっきょくのところ、さとくんの善意と自発性に他の職員たちもまきこまれることになるからであった。しかし、入所者の多くは、よろこびをからだで表現できるものはかん高い声をあげたり、舌をべろりぺろりとだしたり、ベッドをころがったりしてよろこび、あたしのように喜怒哀楽をわかりやすく表明できないものは、無表情のまま奇声をはっしてよろこんだ。ちーちゃんも、がーちゃんも、いーちゃんもみんなうれしがった。

でーてこい
でてこい　でてこい
ドンドコドン
おはなしでてこい
ドンドコドンドコ
でてこい、こい

うたのつぎには「よいこたち、みんなげんきであそんでますかぁ？　さあ、お兄さんの〈おはなしでてこい〉のじかんですよ！」と大声でアナウンスする。よいこたちもなにも、中高年の入所者もたくさんいるし、ここでべつにあそんでいるわけではないのに、である。かれは朗読や紙芝居のセッションがとうぜん、みんなからかんげいされているとおもっていたようだ。いや、そんなことはかれにとってあたりまえすぎて、かんがえもしなかっただろう。かれはもりあがっていた。ひとりでもりあがっていた。もりあがることがすきだった。昂揚していた。つねに昂揚したがっているようでもあった。それでいいのかも、とあたしはおもっていた。もりあがったっていい。ひとは老いも若きも〈よいこたち〉なのだから。どのみち見すてられた〈よいこたち〉なのだから……。

さとくんは朗読がじょうずだった。ウケようとするあまりややオーバーな発声もありはしたけれど、一生懸命さはみんなにつたわった。「シンデレラ」「赤ずきん」「白雪姫」「長靴をはいた猫」「ヘンゼルとグレーテル」……あたりは、悪意にみち、ざんこくな裏のストーリーはいくらでもあるけれども、市販の絵本をそのまま読むだけなら、いちおう、ぶなんというのか、あまりこころにおもくひっかかるものはなかったのだ。けれども、日本昔ばなしとなると、わりあいたんじゅんな「花咲かじいさん」でも、なにかわけのわからないほの暗いものがどんよりみえかくれして、あたしはどうもきぶんがはれなかった。

たとえば、欲ばりじいさんが正直じいさんのまねをして、犬のシロをかりてきて、小判のうまっていそうなところを鍬でほると……。

> ほっても、ほってもでてくるものは、石ころやかわらのかけらばかりでした。それでもかまわず、どんどんほってゆきますと、ぷーんとくさいにおいがして、とってもきたないものが、うじゃうじゃとでてきました。欲ばりじいさんは、「くっさーい」とさけんで、鼻をつまみました。そうして、腹だちまぎれに、いきなり鍬をふりあげて、シロのあたまにガツンとうちおろしますと、かわいそうに、

シロはひと声「キャン」とないたきり、死んでしまいました。

ここがひっかかる。容赦がない。けっかをあらかじめ、うごかしがたいものとして決定している。固定している。逆転がない。「ぷーんとくさいにおい」「とってもきたないものが、うじゃうじゃと」というのも、あたしたちのことをいわれているようで気になる。それから、正直じいさんがシロの死骸をひきとり、庭に穴をほって、ていねいにうめてやり、お墓のかわりに松の木を一本、そのうえにうえるとその松が、みるみるそだって、やがてりっぱな大木になった……というてんかい。気にしすぎだろうか。「みるみるそだって、やがてりっぱな……になる」という、いわば〈正統〉なものにそなわった無条件の「いきおい」が、とうぜんのようにかたられ、なんなく肯定されることの不思議。そして、正直じいさんがその松でつくった臼で餅を「ぺったんこっこ、ぺったんこっこ」と、つきはじめると、いくらついても、ついても、あとからあとから、お米がふえて、みるみる臼にあふれて、そとにこぼれだし……というなりゆき。さとくんはしんそこうれしそうに声をはりあげた。「ぺったんこっこ、ぺったんこっこ……」。そのとき、さとくんはうたがいもなく正直じいさんの側にたっていた。

するとこんども、おとなりの欲ばりじいさんとおばあさんがそれを知ってうらやましがり、またずうずうしく臼をかりにきました。ひとのいいおじいさんとおばあさんは、こんどもうっかり臼をかしてやりました。欲ばりじいさんは、臼のなかにお米をいれて、「ぺったんこっこ、ぺったんこっこ」と、餅をつきはじめましたが、お米がわきだすどころか、こんどもぷーんといやなにおいがして、なかからうじゃうじゃ、ものすごくきたないものがでてきて、臼にあふれ、そとにこぼれだして、やがて、台所いっぱい、きたないものだらけになりました。

さとくんは欲ばりじいさん夫婦を本気で敵にまわしていた。「ぷーんといやなにおい」「なかからうじゃうじゃ、ものすごくきたないものがでてきて」「きたないものだらけになりました」……のくだりを朗読するときのさとくんの声音といったら、気のせいかしらん、あまりにもにくにくしげだったものだから、あたしはうろたえ、悲しくなった。でも「花咲かじいさん」は、たしかにさとくんが読んだとおりの噺なのだ。これこそ勧善懲悪物語の原型であり、その善悪、美醜のかくぜんとしたふりわけに異論をさしはさむものがおどろくほど少ない。「善」が富・福・美をもたらし、「悪」はひっきょう、不幸・貧・醜を生む……というこんきょのない図式は、「善」と「悪」、「美」と「醜」の中身をさっぱり吟味しないまま、共同の幻想もしくはこの世の「たてまえ」として、いまにれんめんとつづいている。でもですね、ロジックをぎゃくにしたらどうなるのでしょうか。①富・福・美こそが「善」なのであり②不幸・貧・醜は「悪」なのである……こちらのほうが勧善懲悪のフィクションよりリアルで、わかりやすいのはなぜなのでしょう。あたし（たち）は、つまり、②群にはいるということでしょうか。つけくわえるとしたら、①群には「強」②群には「弱」がふくまれるだろう。それじゃあ、どうだろうか。「狂」はどうか、あたし（たち）の「狂」は？いうまでもないでしょう。②群だ。なくすべき、ぜつめつすべき「悪」のなかまに「狂」もほうりこまれるにちがいない。さとくんはそこまで意識して「花咲かじいさん」を朗読していたのだろうか。まさか！

　もうひとつ。さとくんが演じたたくさんの紙芝居のうち「食わず女房」（または、「飯食わぬ嫁」）はほんとうに怖かった。語りもすごかったが、さとくんが水彩絵の具で描いた「食わず女房」の絵ときたら、あたしは目がみえないから、気配でさぐるしかなかったのだけれど、入所者からも職員からも「おお……」というおびえた声があがったほどだった。

　むかしむかし、あるところに、とってもけちな桶屋のおとこがいて、いつもこういっていました。「ああ、しごとはよくするが、ごはんを食べないお嫁さんがほしいなあ……」。あるとき、青い顔をしたひとりのうつくしいおんながたずねてきて、いうではありませんか。「わたしはごはんを食べずに、しごとばかりするおんなです。どうか、嫁にしてくださいませ」。おとこは大よろこびで、おんなを嫁にしました。おとこの嫁になったおんなは、とてもよくはたらき、ごはんをまったく食べようとしません。おとこはよろこんでいいました。「ごはんは食べないし、よくしごとはするし、ほんとうにいい嫁じゃ」

さとくんの絵には、赤いきものをきたうつくしい、しかし、青い顔のおんなが、丸まげをゆい、畑しごとをしているすがたが、ていねいに描かれていたようだ。さとくんがいう。「さあ、みんな、お嫁さんの顔が青いのはどうしてかな？　ごはんを食べないからかな。それとも……」。おもわせぶりにひと息ついて、つづけた。

ある日、おとこは家の米びつの中身が少なくなっているのに気がつきました。あんまり変なので、つぎの朝、おとこはしごとにゆくふりをして、家の天井うらにかくれてみはっていました。すると嫁は倉から米を一俵かついできて、大きな釜でいちどにご飯を炊きあげました。そしておにぎりをじゃんじゃんつくって山のように積みあげたのです。おとこが不思議そうにみおろしていると、嫁は丸まげをほぐしはじめ、あたまのてっぺんの髪の毛をかきわけました。じゃ、じゃーん。するとですね、あたまのてっぺんがザックリとザクロみたいにわれて、赤い大きな口が開いたのです。とてもぶ厚い唇です。あたまのてっぺんの口から、長くぬめぬめした舌がでてきて、べろべろと舌なめずり。な、なんと、嫁はその口に、おにぎりをポイポイポイ、ポイポイポイポイと投げこんで、米一俵分のおにぎりをぜーんぶたいらげてしまいました。「あわわわわ、おらの嫁は、やまんばだあ！」

　みんなが息をのんだ。だれだろうか、「ひっ」という声があがった。会場がざわめいた。絵がどぎつくて怖ろしかったのではないだろうか。「食わず女房」の教訓はせいぜい、あまりケチにするのはやめましょうね、ということくらいのようだ。でも、この噺のみえないメッセージはそんなことではおさまらない気がしてしょうがない。あたしのかんがえはあまりにもひねくれているだろうか。「食わず女房」の主人公の「おとこ」が、さとくんの紙芝居では「かんすけ」になるヴァージョンもあった。それから、おんなが「やまんば」ではなく、「化けグモ」または「鬼ばば」に変化するという筋立てもあったけれど、大筋はおなじである。

　正体がばれた「食わず女房」ならぬ化け物は、おとこに「大きな桶」をつくってくれとたのむ。化け物が怖くてしょうがないおとこは、よせばいいのに「大きな桶」をこしらえてやる。化け物は「大きな桶」におとこをいれてふたをして、化け物たちの根拠地にかついでいく。おとこをみんなで食べてしまうつもりだったのだ。だが、おとこはなかからふたをあけて、木の枝につかまって桶からぬけだし、命からがら家に逃げかえる。化け物がすごいスピードでおいかけてきてさけぶ。ヤマ場だ。ここで、さとくんが声を大げさにふるわせていう。「大みそかの夜、きっと、きっと、おまえをむかえにくるからなあ……」。会場はまたわいた。結末はこうだった。化け物は、そこいらに生えていた菖蒲の葉が刀にみえて、家にはいってこられなかった。ないしは、菖蒲の葉先で目を刺され退散。はたまた、化け物はやくそくどおり大みそかにおとこをたずねてきたけれども、囲炉裏におっこちて、火に焼かれて死んでしまう。めでたしめでたし。

あたしはこの噺も、なぞりようのないあやうさをひめているとおもう。よくかんがえると、このあやうさこそが噺の奥のメッセージになっている。吝嗇《りんしょく》のおとこのありようは、じつのところ否定されてはいない。勤勉で〈あまり食わない〉というローコストの生産性はあるしゅの徳目のまま生きている。やはり「かねにならないことはくだらないこと」なのだ。

たいするに、「悪」は食わないふりをして、じつは破滅的なまでによく食う。でたらめな消費をする。「悪」はそしらぬ顔をして日常にはいりこんでくる。青い顔をし痩せた「弱者」をよそおって日常につけいる。そして一転、「倉の米」を食いまくる。おそらく、「倉の米」は〈公共財〉という暗示かしつらえではないのかしら。公共財を化け物＝「悪」がポイポイ、ポイポイポイと食いつくしてしまう。「悪」には口がふたつある。口がふたつもついているのはまともなニンゲンじゃない。どこまでも醜い。「悪」はそれに、そとづらはいいけれど、ひと皮めくれば、おおむね畸形であり異形である。どこまでも醜悪。すなわち、畸形は「悪」である。「悪」には話がつうじない。「悪」には、こころがない。ないにきまっている。ないから、こころがつうじない。だから、はなしあえない。交渉のよちがない。うっかり気をゆるすと、こちらが食われてしまう……。

　どうでしょうか、かんがえすぎかしら。でも、あたしはこの噺のかもす底意がきらいなのに、嫁の化け物への変身がなぜだかだいすきだった。ぞくぞくした。ちーちゃんやがーちゃん、いーちゃんたち入所者の多くも「食わず女房」をあるしゅのホラーとしてたのしんでいた。でも、園の上層部や職員たちの多くは「食わず女房」の上演に神経をとがらせていた。内容にはむかんしんなくせに、「化け物」（の畸形性）をもんだい視していた。もんだい視といったって、保護者からつっこまれて（じっさいには保護者はそんなことにほとんどかんしんがなかったのだが）トラブルになるのをおそれていただけである。もんだいはなにかとかんがえるのでなく、なににしろ、「もんだい化」しかねない芽のすべてをきらっていた。畸形―醜―悪という閉ざされ、くぐもった無意識と、ほんきでむきあっているひとはごくまれであった。

　ちなみに、この紙芝居のセッションには、赤い服のおんなハナと息子のヤコブもきていた。あかぎあかえも義耳をつけ、後ろの壁に背をあずけて、たってみていた。あかぎは拍手した。さとくんはハナの存在をつよく意識した。いうまでもなく、ハナの拍手をきたいした。けれども、ハナもヤコブもまったく拍手をしてくれないのだった。さとくんは目をうたぐった。拍手どころではない。好色なハナはあかぎに流し目をつかっていた。しきりに。さとくんは傷ついた。それでも、いつもどおり「おはなしおしまい」の歌をうたった。

　ドンドコドン
　おはなしおしまい
　おはなしおしまい
　ドンドコドンドコ
　さーよーうーなーらー

あかぎあかえのとりとめのない回想／さまざまな焼身自殺のこと／
ベトナム・大津波・皇居前／みなれたものが「真実」なのであり、
みなれぬものは「奇」なのだ

17

わたしの〝割れ〟である、あかぎあかえが、あることにかんしんをいだいた。わたしとしては、なるたけ分身の想念にさからわないことにしているので、かれがおもうがままにほうっておいたら、はたしてひとつの想念は悩乱となってひろがり、回想をかきみだすのだった。

いつだったか、大手町の新聞社の二階にある男子トイレの個室が火事になった。大したことではない。じじつ、テロではないので大したことではないとみなされた。消防がすぐに消しとめたが、ひどくにおった。なかで初老のおとこが黒こげになり、便器のよこで「く」の字になってたおれていた。新聞によると、ガソリンを「かぶって」ライターで火をつけたらしい。おとこは病院にはんそうされたが、死亡した。焼身自殺。どういうわけか、トイレの蓋がふきとんでいたという。死んだのは元新聞販売店の店主だった。現場はなんにちもなんにちもにおった。あかぎあかえは以前、社員いがいも入ることのできるおなじ階のカフェで、コーヒーをのんだことがある。まずいコーヒー。トイレもつかった。だからかんしんがあった。洞などあるわけのない、ただ無機質なそこに、黒い洞ができたのだとおもった。事件の数日後に、森をでて、バスと電車をのりつぎ、そのビルのまえまでいってみた。黄色の標識テープがあった。ビルのそとでも、まだにおっていた。火はとっくに消されて消臭剤がまかれているのに、有機物と無機物が粒子になってとけあい、空中で依然はげしく反応しあっているのだった。においが目にしみ、のどがいがらっぽくなった。記憶がゆすぶられる。このにおい。鼻孔を刺してくる。大津波の痕《あと》……爆撃の痕……。

　焼身自殺は首つりとことなる。前者は光景が派手であり、後者よりも他者をよりつよく意識する。みるものたちを。他者の存在と視線を前提しているいじょう、トイレという密室での敢行は、あるいみで謎めいた〈自己矛盾〉である。焼身自殺は「火」と「死」を、観衆にみせつけることをもくてきのひとつとする。ただし、焔をかぶったひとの身体は、本人の事前のイメージとことなり、つうじょうはじっとしていないものだ。カトリック教徒優遇政策と仏教徒への苛烈な弾圧をすすめた南ベトナムのゴ・ディン・ジエム親米政権に抗議して、一九六三年、サイゴン市内の米国大使館前で衆人環視下、ガソリンをかぶって焼身自殺した僧侶ティック・クアン・ドックはたぶん、例外中の例外だった。あかぎあかえも僧侶ドックの映像をなんどかみたことがある。当時は世界のだれもが知る、最高のスペクタクルであり、「奇蹟」でもあった。

ベトナム戦争はあのときからもう帰趨がきまっていたといってもよい。

僧侶ドックは眉毛の濃い、意思的な面立ちをしていた。とてもハンサムだった。焼身自殺は予告ずみであった。かれはあざやかなコバルトブルーのオースチンにのって大使館前にやってきたのだった。まるで映画みたいだった。警官もいたが、なぜかだれも焼身自殺を制止しなかった。海のようなオースチンの青と紅蓮《ぐれん》の焔。いっせいに読経する群衆。カメラのシャッター音。群衆のなかに〈正義のジャーナリスト〉、ハーバード大学出のデイヴィッド・ハルバースタムもいて、焼身自殺をみつめた。そのころだってフェイク・ニュースはいくらでもあったのだが、「真実後《ポスト・トゥルース》」なんてことばもがいねんもまだ生まれてはいなかった。僧侶は大地に座し、全身をなめまわす火焔にもめげず背筋をのばし、合掌したまま、世界中にそのすがたをみせつけて死んでいった。悲鳴もうめき声もあげなかったらしい。あぐらをかき、左右のもものうえに、反対の足をおき、足の裏をうわむきにしてくむ「結跏趺坐《けっかふざ》」という仏教の坐法を最期までくずさなかった。周囲には人間の肉が焼けるにおいがたちこめていたとハルバースタムは書いている。僧侶ドックは「神さま」「仏さま」になったのだ。そうひとびとは信じた。

　よくできた話ではあった。ジエムの弟で大統領顧問をつとめたゴ・ディン・ヌーの妻「マダム・ヌー」が、新聞の大見だしになることを、あつらえたようにいいはなった。「あんなもん、たんなる人間バーベキューよ」。いやはや、みごとな悪玉ぶりだった。あのころ、そして、そのごもしばらく、世界の「善」と「悪」は、たやすくみわけがついたものだ。僧侶ドックが焼身自殺したときの米国の大統領はジョン・F・ケネディ。マリリン・モンローたちとさんざ浮き名をながし、いっぽうで、ベトナムへの米国の軍事介入を本格化させた張本人なのだが、ひとびとは、反共主義者ケネディのあの笑顔を愛し（民衆はまずもって〈顔〉で世界をはんだんしようとするものだ）、てっきり平和的リーダーと誤解して、ベトナム戦争反対のデモに参加し、ケネディが暗殺されるや、世界の終わりとばかりに、大泣きに泣いたものだった。ジョンは父親ジョセフ・ケネディのつよい影響下にあって「なるべく多くの女性と寝るようにしなさい」という（まことに信じがたい）父のアドヴァイスをまもったという説もあった。ジョン・F・ケネディはたくさんのおんなと番い、かのじょらを弄ふたけれども、ジョンへの幻想はふくらむばかりであった。

信じがたいというなら、ドナルド・トランプの大統領当選と、いうことやることだって、かつてだれが予想しえただろうか。悲惨なジョークはとっくのむかしからあったのだ。ただ、ひとびとはいまより涙腺がゆるく、声量もくらべものにならないほどあった。声が大きかった。喉頭腔の中間部の左右にある粘膜のひだ、すなわち声帯のかたちと質が、いまとちがっていたのだろう。ジョン・F・ケネディが殺されても世界は終わらなかった。ベトナム戦争は拡大に拡大をつづけ、ソンミ村虐殺事件をはじめあちこちでベトナム住民への殺りくがあり、大量の枯れ葉剤がまかれ、多重輪郭顔貌の赤ちゃんや一つ目の赤ちゃん、ひたいのまんなかから、にょきっといっぽんペニスがはえた胎児ができたりした。メタモルフォーゼ！　あかぎあかえは若いころ、サイゴンでそれらのホルマリン漬けをみたことがあった。たちつくした。ひたいにペニスをつけた胎児は、あかぎのおぼえちがいかもしれないが、老けた白人の牧師みたいな、変にませた顔だった。その後も戦争はいくらでもあり、数えきれないテロがあり、ひとつの派手な殺りくの記憶を、つぎのさらにど派手な殺りくが塗りかえていった。あっ、脱線してしまった。すみません！

もとい。ここでのテーマは、げんざいの東京における、ひとりのおとこのさびしい焼身自殺である。焼身自殺といったって、ふつうは僧侶ドックのようにはいかないのだ。中国政府の圧政に抗議して焼身自殺したチベットの僧侶の映像のようにキャプションも明快ではない。どころか写真はけいさいされない。げんざいの東京における、ひとりのおとこのうらさびしい焼身自殺は、映像が消されドラマが消される。いみというみが、においごとはぎとられる。テロでないかぎり精査されない。なぜこのようなことになったのか。目的はなにか……くわしく報じられることはない。ばしょが新聞社ならなおさらだ。元新聞販売店店主の焼身自殺は、いみがあっしゅくされ、ごういんに〝雑報〟あつかいとなる。新聞社と自殺者はなんのかんけいもなかったかのように処理される。かかわりがないと。

しかし、焼けただれた身体はたしかに新聞社のトイレにあったのだ。ひとのメタモルフォーゼとして。あかぎはおもう。覚悟の自殺でも、焔につつまれると、からだは反射的に焔の円筒のそとにでようとする。生体とはそういうものだ。意思にさからう。思想をうらぎる。で、焼身者は、立っていたならば、焔のなかでまるで泥酔者のようなステップを踏むだろう。つかのまのダンスをする。両手をかざし、たたらを踏む。踏みとどまろうとしつつも、火がからだをどうしても数歩あゆませてしまう。しかし、トイレのなかでは前進はできなかったろうな。うちがわからドアにたいあたりしたのか。縦にジャンプしたのだろうか。もしかしたら、あらかじめガソリンを酒のようにぐびぐびとのんでいたのか。まさか！ トイレでは「ボン」という破裂音がしたという。着火して、からだがうちがわから爆発し、すぐにたおれたのか。まさか。あかぎあかえは気にした。口のなかの真っ黒の舌をおもった。

ビルのセキュリティゲートから、社員たちが排泄物のようにでてくる。ビルの肛門から、つぎつぎにクソがひりだされてくる。IDカードに機械が反応する。ピッ、ピッ、ピッ……。無表情。うすら笑い。疲れ顔。首から値札のようなIDカードをぶらさげたものたち。もちろん、だれも喪章なんぞつけていない。あたりまえだ。つけるわけがない。目と鼻の先でさいきん、ひとがガソリンをかぶって焼け死んだというのに。目礼もしない。花もたむけない。じぶんたちはむかんけいだとおもっている。はなはだ迷惑だとおもっているのか。機械音がつづく。ピッ、ピッ、ピッ……。あかぎあかえはいぶかる。こいつら、なにもにおわないのだろうか。これだけの異臭なのに、みな鼻がおかしいのか。におわないふりをしているのか。だれも鼻や口を手でおおったりしていない。なにごともなかったかのようだ。なにごともなかったふりをするのがじつにうまい。みな、からだのどこかに、ひとにはみせられないブツブツ状のものをつけている。虫こぶ。虫癭《ちゅうえい》。没食子《もっしょくし》。でも、かくす。なにかあっても、なにごともなかったふりをする。それが癖になっているのか。「死体は皆親指に針金のついた札をぶら下げてゐた」*。そんな文章があったな。そういう、あるく死体たちをみるように、あかぎあかえは会社員たちをながめた。幅広の、真水のようにうすく青い剃刀に似たなにかが、スッとまなかいをよぎる。目が冷える。警官があかぎをみているようだ。

ビル街の死のかげの谷は、暮れなずんでいる。地下鉄駅にむかいあるいた。焼身自殺のにおいがひたひたとついてくる。まだ顔のあたりににおいがまとわっている。「腐敗した杏の匂に近い死体の臭気」*という形容をおもいだす。そんなんじゃない。もっとふくざつにいりくんだ、ふくざつにいりくむことによって、「死」をあらゆる形容があたわぬまでに消臭し変化させる、性根の曲がった、没義道のにおいだ。

身なりのよいひとびとが、姿勢よくあるいている。かれらも自殺者のにおいの粒子をすっているはずだ。それでも足どりにリズムがある。ホームレスふうの男女なんかひとりもいない。みんな、どこにも、なにもんだいがないという顔をしてあるいている。皇居ランナーたちとすれちがう。どうしてあんなにしんけんな顔をしてはしっているのだろう。皇居ランナーは年収七百万円いじょうだとかいう記事をどこかで読んだな。ほんとうだろうか。たしかに、貧乏人はジョギングなんかしない。わざわざ皇居前までできたりしない。地面がすこし傾いでいる気がする。それがじじつでも、だれもじぶんからは口にしないだろう。

あかぎあかえは右脚をひきずりながらあるいた。しばらくすると、においがかわった。もうれつな馬糞のにおい。皇居の厩舎からただよってくるのだ。有機質のもんわりした馬糞のにおいが、新聞社トイレ焼身自殺のにおいをうち消す。宮内庁車馬課主馬班のやんごとない馬たちのクソが、底ぐらい焼身自殺のにおいをすっかり塗りかえてしまう。これはどういうことなのか。通行人はここでも鼻をつまんだりしてはいない。顔をしかめもしない。すましてあるいている。皇居ランナーたちも馬糞臭を胸いっぱいすって、はしっている。馬糞臭でエネルギーをえたかのようにピッチをあげたりしている。におわないのだろうか。におわないふりをしているのだろうか。におってもにおわないふりをするのが、このあたりのマナーなのだろうか。それとも、馬糞臭をありがたいとでもおもっているのだろうか。

透きとおった月がひとつ、空にはりつけたようにういている。おどろきはしない。みなれたものが「真実」なのであり、みなれぬものは「奇」なのだ。あかぎあかえはおもった。みなれぬ「奇」だって、いつかみなれた「真実」になりうる。50ccの原付バイクで地震《なゐ》の地を脱出するとき、津波の水のひいた空き地に、手ぬぐいでほおかむりをしたおとこがいた。無人の乗用車のドアにそとがわから背をあずけて、泥のうえにあぐらをかいていた。いや、片脚をなげだしていた。うで組みをしていた。おとこは剛毅な笑顔で死んでいた。おとこの顔を、ぽそぽそと小雪がすべりおちていた。とおもう。透きとおった、貧寒とした月があった。とおもう。

どこかの野面では、つみかさねた遺体を重油で焼くけむりがあがった。毒性の濃霧のように、けむりはたなびいた。どこかのものかげでは、死体にまたがり、背広の内ポケットから財布をぬすむ黒い影があった。どこかでは死体から結婚指輪をぬきとろうとするシルエット。足の親指ほどに水ぶくれした左手の薬指から指輪がぬけるわけがない。どうしたのか。剪定ばさみでチョッキンチョッキンした。さとくんも紙芝居でうたっていたな。チョッキンチョッキンチョッキンなー。あのときも、透きとおった月がひとつ空にはりつけたようにういていた。とおもう。あかぎあかえは、死体に馬乗りになって、透きとおった月をみあげた気がしてならない。想起と誤想起にどれほどのちがいがあるだろうか。

＊芥川龍之介『或阿呆の一生』

18 無‐所（nowhere）をゆくきーちゃんの意外にすっきりした心象／ムカシトンボ・ミズカマキリ・アサギマダラなどをみること

それらはただの外形にすぎない。それらもこれらも。外形にすっぽりとつつまれたそれぞれの意識のもようは、本人いがい、だれも知らない。いや、本人だって自己の意識なるものをしっかりと掌握しているかどうかなんて、わかったものではない。意識があるかないかもまったく意識していない個体もいるだろうし、たぶん、あるにちがいない。意識。イシキ。外形につつまれたそれぞれの意識と無意識が、じつのところ、どれほど煩忙をきわめているか、どんなにはるかな宇宙をただよって、どんなにすばらしい風景を眺めているか、だれかとなにかのために、どんなに壮絶な格闘をくりひろげているか。それとも、どれほどひろくさびしい曠野にひとりたたずんでいるか。あるいは、ちぎれた綿雲のように宙にプカリとうかんでいるだけのものか。ちぎれた綿雲のように宙にプカリとうかんでいるという自己イメージさえもちえないか。だれも知らない。知ろうともしない。知ろうともされない。これまでも、これからもそうだろう。ただ外形とそのうごきで、あたし＝きーちゃんも、ちーちゃんも、がーちゃんも、いーちゃんも、いっかつして、ぱーちゃんと断じられてしまう。しごくぞんざいなものだ。

あたし（たち）は箱根の秘密箱やからくり箱ほどもふしぎがられないし、とくにめずらしがられもしない。そのような目ではみられはしない。つまり寄せ木細工以下だとみなされてしまうのがふつうだ。あたしの意識にうめられた象嵌《ぞうがん》のかがやきやその欠落と暗い穴のことはなにも想定されない。意識を、寄せ木や組み木の精妙さとこわれやすさになぞらえるものも、いやしない。秘密のひきだしがどこに、いくつあるか。ひきだしがなぜみえないのか。そんなこと考慮されない。想像もされない。気にもされない。十四回仕掛けの二重底なんて箱根の秘密箱にはざらにあるのに、そんな複雑さもからくりもあたし（たち）には想定されない。

いえ、あたしはいまさらもっとたかく複雑な存在にみつもられたいというのではない。あたしはサムバディじゃない。サムバディになろうともしていない。あたしはなくてもいい、ないほうがよいと内心おもわれている、ひとつのかたまりだ。セイタカアワダチソウにからまる、つまらないビニール紐やかわいた痰以下の存在だ。そんなことは知っている。きーちゃんとよばれ、ぱーちゃんと一括して総称されることに、もうとっくになれている。名は体をあらわす、だ。ふふふ。文句をいってもはじまらない。ただ、あたし（たち）には（にも）イシキかイシキのようなもの、そしてムイシキがある。だれにイシキがありだれにイシキがないか、そんなことはわからない。ビニール紐に十中八九イシキはないだろうけれど、セイタカアワダチソウがほんとうにムイシキかどうかなんて、きめつけることはできない。イシキが上等でムイシキが下等とだんていするのもおかしい。地球という巨大なムイシキは下等か上等か——くだらない設問だ。

あたし（たち）は、さしあたり、在る。当面、在る。なんのためかは知らねども、まず在る。ご迷惑かも知らねども、在るのです。在っちゃう。〈何事のおはしますをば知らねども　かたじけなさに涙こぼるる〉とまではおもわないけれども、とにもかくにも現前する。現前するあたしに、さとくんは幽霊船の話をしたわけだ。「花咲かじいさん」や「食わず女房」の噺もしてくれた。底意《そこい》はわからない。かれに底意といったものがあるかどうかもわからない。だが、よくよくおもえば、園だって沖合の幽霊船みたいなものではないか。古代エジプトの船のように舳《へ》先《さき》が象の鼻のように長い、半月形の木造幽霊船。クフ王の船。漕ぎ手のいない常夜の漂流船だ。たくさんのイシキたちをのせて、ムイシキの宇宙を彷徨する。

　これからなにが起きるのか。どのように起きるのか。これから起きることに、あたしはどうかかわるのか。かかわらないのか。〈なにか〉が、じつは、もうすでに起きてしまっているのか。いままさに起きつつあるのか。わからない。〈なにか〉は、わかるとかわからないとかいう範囲やていどや限度をはるかにこえているだろうから、それについて知ったかぶりや知らんぷりをしようがしまいが、〈なにか〉が、戦争のように起きる（起きてしまう）ことだけはたしかなのだ。と、あたしはおもう。そして、おもう、というのには、あたしのばあい、予感や畏れだけではなく、そこはかとない期待もある。脳だけではなく、脳いがいの、肉や血、骨や髄液が、〈なにか〉のおとずれをじっと待っている。

　からだというのは、ほんとうは、ことばをはねつける。ことばをどこか深い奥のところでこばむ。からだとことばが一体のものだとかんがえているひとがいるとしたら、よっぽどおめでたいひとだ。

　——いろてんかあ、ねえ、あんたあ、ここや、ここや、いろてえ、いろてえな！

　——ほ、ほ、ほうかい、ほうかい、ほうかいな。ほれ、ほれ、ほれ、ほれ……。

は、じっさいには、からだとはあまりかんけいのない戯れごとでもある。ハナはそのとき、たんにそういってみたかったのだろうし、あかえもそうおうじてみたかったにすぎまい。からだというのは、そのもちぬしのことばで表される主観とみつもりをこえる能力と無能力を、ふたつながら具有するものだ。ある意味でからだは偉大だ。たんに「在る」から偉大なのではない。「既知」と「未知」の記憶と予感を、ふたつともどろどろの脳漿の海……おそらくことば以前の海……にただよわせ、霧の夜のはるかな点滅灯のように、なにごとかを告げようとしているのだから。赤いおんなハナが、カフェ「ティシナ」の窓外に海、しかも黄色の海をおもい、それをさとくんにも〈おもう〉よう強要したのは、あたしにしてみれば、ふしぎでもなんでもない。それはありうる。「既知」と「未知」の同時的混在はありうるだけでなく、それらがぐるぐる渦巻いて「予知」にまでつながりかねないながれになることもありうべし、である。そのでんでいけば、カフェの小窓の下にうちよせる橙色の波は、ひとびとの酸化しはてた血ではないのか。

あたしはこれからなにをみようとしているのだろうか。わからない。が、脳裡にうかぶものがまったくないわけではない。おかしなイメージだが、それは nowhere だ。どこにもないところ。かつてどこにもあったためしのないところ。それは、どこまでも縹渺とひろがる「無-所《ノーホエア》」にちがいない。と、おもう。かすかな予感がある。錆浅《さびあさ》葱《ぎ》色の予感。シャドウブルーの空。たてないはずのあたしが、無-所にて、すっくとたちあがる。あるけないじぶんが nowhere をあるく。ちゃんとあるく。もんだいはない。足どりはそんなにかるくはないにしても、さほどにおもくもない。左足のつぎに右足が、いちいちかんがえもせずに、すっとまえにでる。地面はもちろんバリアフリーではないどころか凸凹だらけなのに、ちっともつまずかない。つんのめらない。そのことにかるくおどろく。重力がちがうのかもしれない。無-所にしいてことばをあてがうならば、「滅」の語感があうかもしれない。滅後か。滅前か。それは、しかし、ことばほど暗澹とはしていない。かならずしも重くもない。いっそさっぱりとしている。nowhere はそれに東洋的でもない。まったく日本的でもない。神社もお寺もない。祠《ほこら》もない。しめ縄なんかありゃしない。幣束《へいそく》。そんなものあるわけがない。祭具はいっさいない。祭るものも祭られるものもない。それで困るというわけじゃない。いつもニコニコわらっている猫背のコオトコもいない。あんなもの、いないとふべんというものでもない。いないとやっていけないなんてシロモノじゃない。

無-所には Wi-Fi も無線ＬＡＮもない。じゅうぶんな空気があるのかどうかもわからない。無-所は、それほど苦しくはない。無-所は、さして悲しくもない。もっといえば、ほんのかすかに悲しくなくもない。ほんのかすかに悲しくなくもないというのは、気持ちのありようとしては、うかれているよりだんぜんよい。無-所では、いつまでもどこまでもさまようことができる。つかれない。なんどそんな夢をみたことか。地平線はクリムゾンレッドの虹。天穹の帯である。そのてまえは、みわたすかぎり黒いごつごつとした岩ばかり。溶岩台地なのだろうか。岩をぬってあるく。この無-所にみおぼえはないのに、なぜだろうか、みおぼえがある気もする。そのようにおもいながらあるく。ときどきムカシトンボが、まつげをかすめるように、すぐ目のまえを飛んでゆく。ミズカマキリが水たまりを這っている。脈絡のない想いでのかけら。みようとおもえば、すごく大きなオニヤンマが、音もなく、クリムゾンレッドの虹にむかって、すべってゆくのがみえる。それに、みたいとねがえば、おびただしいアサギマダラもみえる。アサギマダラがきらいなら、モルフォチョウへの変更も可だ。翅の鮮やかな青みを、濃くしたり淡くしたりも、おこのみしだい。きれいとかうつくしいとかいうのではない。ふしぎとかリアルとかいうのでもない。あたしの感情はそのとき、しあわせでもふしあわせでもない。らくたんもしてはいない。うかれてもいない。「希望」とか「絶望」とかいう浅はかなことば（これほど浅はかながいねんはない！）とまったく無縁な、どうかすると、「非情」にちょっと似た感情なのです。

死を怖れていない。むしろ生におびえているかもしれない。無-所をあるくあたしは、きゅうくつではない。ことばにしばられていないから。どのようなことばにもがんじがらめになっていない。臓器をからだから抜くように、ことばということばをからだから抜きさると、ちょっぴり寒けがするけれども、それいじょうにサバサバする。そのサバサバ感がなかなかよい。善も悪も、それらのみかけだけの境界も、グレイゾーンもない。だから、わりあい、のびのびとしている。〈ひとりきりのものが笑いたくなるのはまれである〉。そうだれかがどこかで書いたけれど（ひとりきりのおとこだったっけ？）、あたしはなんだか笑ってみたくもある。どうせだれもみていないだろうし。泣けないあたしが泣く。あるきながら。ぽろぽろと涙をながしている。泣けるんだ！　あたしの涙のたまりを透明なミズカマキリがすべっている。

　地平線に銀色の流れ星がみえる。一閃また一閃と星が流れておちてゆく。あたしはどこも痛くない。快適とまではいえないまでも、すくなくともからだはいま、どこも痛くはない。痛くないというのはとても大切なことだ。もっともだいじなことかもしれない。左手の巨岩のそばに、これも岩かとおもったら、おっ、木造幽霊船が座礁しているではないか。船底を下にして、船首を凛々しく虹の地平線にむけている。溶岩台地を水もないのに平気で航海しているみたいだ。まったくかたむいてはいない。舳先にみおぼえがある。あたしたちがのっていた幽霊船ではないか。想起と誤想起にどれだけのちがいがあるというのか。おや、さとくんがキャプテンハットをかぶって笑っている。気力がみなぎっている。船長がかわったのだ。赤い服のおんなハナは降格だ。いわゆるヤリマンだからか。ヤコブはとても縮んでいる。さとくんがなにかをやる気になっている。ひとびとのために貢献しようとしている。本気だ。うすっぺらな月がいちまい、ぽかっとあがっている。

19 続・きーちゃんのとめどない心象／正気もヘチマもありゃしない／脱走者／森／深海

オオトカゲだろうか。鮮緑色の壮大な虹を背に、はるかとおくからゆっくりと爬行してくる長いものがある。宵か未明か、わからない。わかろうとしていない。わからなければならない、いわれもない。驕慢《きょうまん》もひかえめもない。そんなものどうでもいい。ただ、どこといって斑《むら》のない藍色の空。暗い青。よいもわるいもない。藍の天。それだけがじじつだ。その空に融けいり、ひとつになりたいとおもう。ところで、あれはトカゲではなかった。大きな岩やら、ひとやらを無造作につむだけつんだ幾両もの無蓋貨車だった。とうぜん、走行中の貨車から岩が落ちる。ゴロゴロゴロゴロ。遠雷か岩の音か、たいへんまぎらわしい。だが、はっきりさせなければならないということもない。裸のひとも貨車から落ちる。落っこちる。かまわない。気にしない。なにも気にしない。列車はそのまま、はてのない曠野をごうごうと爆走している。このぶんだと、ひとも動物もずいぶん死んでいることだろう。だからといって、だれもこだわらない。だれもといったって、スコーンとサバンナがあるだけ。だれもみえない。

こだわったって、どうしようもないということだ。そういうのって、わるくない。かなりよい。正気もヘチマもありゃしない。だから、狂《たぶ》るってことがない。〈狂る〉も〈狂れず〉もない。狂る-狂れよ-狂るれば……なんてない。なひ。道理も活用もありません。それでいいってことだ。ここはどこだろう？　どこでもよいのだ。が、アフリカとおもわれる。タンザニアではないのか。とくにタンザニアでなくてもよい。ウガンダでもルワンダでもよい。先頭は蒸気機関車だ。D51か。ゆくてになにもないのだから、そうするひつようもなかろうに、さかんに汽笛をならし、煙をふきあげている。あるしゅの見栄なのだろうか。さもなくば威嚇か。地平線にむかい、キリンが何頭もにげてゆく。

ハゲコウがあるいている。ボサボサの、きったねえあたま！　首から肉垂が陰嚢のように、ぶらんぶらんとゆれている。「嚢」とただしく手書きできますか。二十二画。んなことどうでもいい。サバンナの無人の観覧車のうえに、金色の三日月が薄膜のようにうかんでいる。あたしは高台からみおろしている。遠目に貨車は小さかったのだが、みるみる大きくなる。どうやらこちらにちかづいてきているらしい。「きわめてじょじょに、しかしきわめてかくじつに*……」。そうおもう。とたんに、はっとする。ことばにおどろく。大地に岩をゴロンゴロンとふり落としながら、貨車が驀進してくる。きわめてじょじょに、しかしきわめてかくじつに……。耳の下に冷たい線路がある。あたしはレールに耳をあてがっている。列車に轢かれたオオトカゲの肝のにおいがする。なまぐさい。にがい唾がわく。轟音がからだをつたう。地ひびき。なんてむちゃなことを……とおもった。ひどい雷雨だった。

空がやぶける音がする。やぶけたところから、おびただしい釘か鉄片がぶつかりあう音をたてて、雨がふるというのではなく、ぶちまけられている。あたしはじっとしている。たえるもたえないも、そうするしかできないのだ。雨音に人声がまじる。耳をそばだてる。若い入所者がふたり、園から脱走したらしい。うちつづく閃光と落雷と停電で、園ぜんたいが恐慌をきたし、とりわけ肝をつぶしたふたりがとつぜん部屋からとびだした。廊下をつっきり、正面玄関をでて森へとひたはしった。ものすごい速さだったという。なぜそとにでたか、まよわず森にむかったのか。わからない。ひとりは拘束衣を、もうひとりは黒いヘッドギアをつけたまま、なにかを叫びながらやみくもにはしり、追っ手をふりきって、濡れていとど黒みをました木の間の闇に吸われて消えた。

捜索は〈夜っぴて〉おこなわれたというのだが、ふたりはみつからなかった。捜索がどのくらい真剣だったか……それはそとむけには全力をあげたとか必死でおこなわれたとか報告されただろうけれど、あの雨と雷だもの、夜の森をくまなくさがすまではしていないはずだ。どころか、森のなかへははいらず、まわりを懐中電灯でかたちばかりてらしたていどだろう。園側が案じたのは、ふたりの安否よりも、失踪者をだした失態への責任追及だったろう。あたしにはわかる。追うものより逃げるものたちのほうが、よほど必死だったはずだ。はるかに。死にもの狂いだったろうな。なにから逃げて、なににむかいたかったのか。わからない。だれもわからない。

——雷雨がやんだら再開。

——だいじょうぶ。もどってくるだろう。

——夜があけたら再度捜索。

——暗闇の蔓に身をやつしているぞ……。

そんな声がきこえた。クラヤミノツルニミヲヤツシテイルゾ……は、そうきこえただけだ。他人ではなく、あたしがいったのかもしれない。たくさんの声のなかに、あたしはさとくんのそれをさがしたが、きこえなかった。きわめてじょじょに、しかしきわめてかくじつに……のことばが脳裡にきざまれている。

　森をおもう。森を。その深みを、光があまりとどかない深海にみたてる。みたてればよい。それだけの話だ。樹々の根方でスギゴケ、ミズゴケ、クロゴケ、マゴケ、ヒカリゴケ……それらの蘚類がそよいだり、そっと光ったりしている。海はとどろき、森をのみ、森もとどろき、海をのむ。不自由というのは、とりわけ完ぺきな不自由というのは、ときどき、とんでもなく自由だ。融通無礙。〈希望の森〉は、樹々の根っこごと深海の底にずりこんでいき、水中で枝葉をひろげているとおもうことも、そうおもわないこともできる。なんでもみえる自由、どこへもあるける自由、なんでも言える自由は、ときどき、とんでもなく不自由だろうな。みたもの、行ったところ、言ったことに、どうしたってしばられるだろうから。

深海の森の樹がいま、いっぽんいっぽん、丈のながい黒い喪の服をまとっている。喪期に入ったのだろうか。丘のうえの大観覧車が、どうしたものか、よこだおしになっている。いくつかの青ざめた死体をのせたゴンドラに、コンブやアマモやウミヒルモが、からみついている。それらすべてが、一個の泡の球に、いっしゅんだけ映って、すぐにゆがみ、ツルンとすべり、音もなくはれつして、あっさりとなくなる。もともとなかったもののように。水泡はそういうものだ。呼び声や跫を雷鳴のなかにきれぎれにききながら、あたしは海底にしずむ園や森のようすをみようとする。ちょっと胸さわぎがする。ラクウショウの気根かとおもったら、そうではなく、ワカメ、コンブ、ヒジキ、ヒバマタ、ホンダワラ、モズク、ラッパモク……がゆらゆらとうごいている。全景にずれやブレがしょうじている。やむをえないとおもう。岩壁が棚状になり頭上にかぶさる。急峻な側壁が、闇になってせまってくる。森でもあり、暗い海溝でもあるそこは、ふだんはしずかなのに、海面を射る雷光にしげきされて怒気をあらわにし、流れが激している。側壁からなにか巨きな鉄の輪がよこだおしになって、ごりごりと岩をけずり、ずり落ちてくる。砂塵や藻屑、岩と貝のかけらがゆっくりとまいあがり、あたりが白っぽくにごる。たおれた大観覧車だった。ゴンドラにはまだいくにんかのひとがいるようだが、よくみえない。

ゆらめくコンブの林のむこうを脱走者ふたりがあるいている。立ち泳ぎのようにして、あるいている。うちひとりは口のまわりに白ウサギの毛をひとかたまりと浅緋色の血をつけている。ウサギの血の色はこんなにうすかっただろうか。腹がすき、園で飼っていたウサギをつかまえて、生でむしゃむしゃと食ってしまったのだろうか。耳はどうしたのだ、ウサギの耳は？　まだしゃぶっているのか。ガムみたいに。そんなはずはないのに……などといぶかり、それでもそんなことがあるのだろうか、と少しおどろく。ひどいな、なんておもわない。

＊中島敦「牛人」……「極めて徐々に、しかし極めて確実に、それは少しずつ降りてくる」

20

雷雨の夜、〈キョウジュ〉の勤行をみる／バケモノども／際限のない存在と際限のある存在そして殺意／さとくんはひとを信じていたこと／逆転

また閃光が窓をかすめたようだ。みえない目が刹那の光線を感じようとする。感じようとすることは、あたしにとって、感じるという閾内に想念のちからでわりこむことだ。眼窩を雷光が金色に染めたのを、あたしは感じようとして、けっか、わずかに感じた。じぶんの目玉のくぼみをはしる光を、水滴に映る光と影とを〈他者〉がのぞきこむようにして、これはどういえばよいのか、客観的に知覚したのだ。音はわずかに間《ま》遠《どお》になっている。

さとくんが無言で部屋にはいってきた。おかしい。ノックがなかった。鼻唄もなかった。げんきがない。「きーちゃん、こんばんは！　だいじょうぶかい？」といってくれない。

それに、息が獣みたいにくさい。なまぐさい。息づかいが別人のように荒だっている。かれがさとくんであるのはたしかなのだが、なんだろう、赤の他人か〈敵対者〉の空気をまとっていた。このところ、そういうことがまったくないでもなかったのだ

が、この夜ほどあからさまな態度ははじめてではないだろうか。抑えてきた膜がついにやぶけたのだろうか。あたし（たち）へのはばかるところのない悪意をむきだしにしている。悪意だけではない。害意か怒りのようなものも。あたしはいつかこうなることを〈どうせこうなる……〉と、こころのどこかで予感し、怖れ、そして、矛盾するようだけれども、〝期待〟もしていた。さとくんはあたしのベッドの端にどすんと乱暴にすわり「あーあ……」とずいぶん投げやりな息をひとつ、つく。それから、「バケモノどもめ……」とつぶやいた。バケモノども……？　ども？　かれがはじめて口にすることばだ。どもに、あたしもふくまれるのだろうか。あたしはバケモノなのだろうか。そうかもしれない。だが、脱走事件以外にも、かれにとってなにか〝よくないこと〟があったようだ。それでも、あたしはベッドの端にすわってもらっただけで、さとくんとあたしには、まだとくべつのつながりがあり、それはまだ切れておらず、なにか一縷の〝望み〟のようなものがあるのではないかとおもった。どもにじぶんはふくまれていないことをねがった。

　でも、〈よくないこと〉といい〈望み〉といい、じぶんがおもったことにしても、ずいぶんおかしな話ではないか。この園はもともと〈よくないこと〉だらけなのであり、〈望み〉なんか、ほんとうはありはしない。じじつじょうそうであることによって、園はかえってなりたっている。どうじに、いもしない神のようなものを、じゅうにぶんにそうと知りつつ、いかにもいるかのように語ることによっても、園は〈たぶん園外の世界も〉なりたっている。ふたつの原理はたぶん、あまりちがわない。ほとんどおなじことだ。〈よくないことだらけ〉と〈神の不在〉と〈バケモノども〉を、字義どおりではないにせよ、さとくんはかれなりに嗅ぎつけたのではないかしら。そうだとしたら、ざんねんだけれども、かならずしもまちがってはいない。

　さとくんは脱走者の捜索にはくわわっていなかったのだった。西棟で高齢入所者の介助にあたっていたという。落雷で停電になった西棟はてんやわんやだった。入所者の多くが閃光と闇と轟音におびえ、浴場やトイレで転倒するものもでた。痙れんするもの、失禁するもの、叫喚がとまらないもの多数。廊下にでて、直立不動の姿勢でみんなに声かけする老人。どうしてそんなことをいうのだろう。「くうしゅう、くうしゅう！」「けいほうはつれい！　ただちにはつれい！」。さとくんは西棟をかけまわり、たすけおこし、なだめ、背中をさすり、からだを拭いてやり、オムツ交換をしてやった。「ココちゃん」という名のビーバーのぬいぐるみがないと泣きわめく老人には、それをさがして抱かせてやり、「ココちゃん」を「コッコちゃん」といいまちがえたことを指摘されれば、ていせいしてていねいにあやまり、しばらく手をにぎっていてほしいという老人には、ニワトリの指のように硬く筋ばったそれを暗がりでにぎりつづけた。「ありがとう……」と感謝するひともいたが、とつぜん、ふんぜんとして手をふりはらうひともいた。故意にそうしたのかどうかわからないけれども、いそがしくあるきまわっているさとくんの臑《すね》に、暗がりからひょいと足をだして蹴つまずかせるものもいた。さとくんがつんのめる。ククク……。雌鳥のような含み笑いがきこえた。雷雨におびえ、おそれおののく〈かれら〉と、雷鳴にいきおいづく〈かれら〉もいた。〈かれら〉にはきまった傾向や法則のようなものが、あるようでいて、ほとんどありはしなかったのだ。得体がしれない……さとくんは文字どおり得体とは口にしなかったが、そんなようなことをこの夜ははっきりと感じたようだ。

　また雷。闇の奥でまっ赤なルージュをぬりたくったくちびるを半びらきにし、つきだした舌先を反らせたりすぼめたりして、中世の娼婦のようにはげしく媚び、誘う視線をおくってくる（かにみえる）老婆。だれかれかまわず大声でいばりちらす、そのようにうけとられてしまう、首のうしろに大きな瘤のあるおとこ。「おらあ、おらおらおら、おらあ……！」。どうま声。声とともに瘤がふくらむ。発声された音声は、しかし、そのままかれの意思ということではない。叫ばされているようでもある。「おらあ、おらおらおら、おらあ……！」。音楽の発想標語でいえば、気分はそのときコンブラヴーラだったのか。〈華麗勇壮に〉か。もちぬしのいない声。ちぎれた、根なしの昆布のようにただよう声の帯たち。

　心臓はたしかにうごいているけれども、からだはうごかせない、まったくうごかない、意思も意識も外見ではさだかではない、けっきょく、なににも動じない（かにみえる）おとこ。マジックのように宙に水平にぽかんとうかんでみえる。その修験者《しゅげんじゃ》のような横顔。不可思議な品位。いっさいの慾をこそげおとした（かのような）威厳。それでもなお怒りをひそめたような、沈うつな目差し。のようなもの。ような、なんて、さっぱりいみをなさない。さりとて、助動詞〈ようだ〉にどんな説得力があるだろう。いったい、どこに、なにに由来するのかわからない生体。存在。そのあらわれ。では、あたし（たち）は、どこに、なにに由来する存在なのか、証明ずみだろうか。

名づければよいというものではない。「遷延性の昏睡状態」といわれ、家族は不得要領のまま、そんなものかとあいまいにうなずき、本人もおそらく（あくまで〝おそらく〟だ）なにも知らずに数年間寝たきりのもの。坊主どもは〈無明《むみょう》の眠り〉という。〈無明長夜の夢〉という。そうだろうか。ただのレトリックじゃないか。ことばはからだをせいかくに代弁しない。なんのこんきょもなく昏睡という。なにかをみているかもしれないのに。死にかけた星々を。それらのあえぎ……を聞きつづけているかもしれないのに。そうやって老けていく。落雷にも、たぶん核爆発にも反応しない。

いや、目玉は〈ひとりでに〉うごくのだ。反応ではない。でも、あんがいに反応なのかもしれない。善意でも悪意でもない、嫌悪でも好感でもない、本人の意思にもとづかない〈不合理な運動〉といわれるみうごき。眼球振盪《しんとう》。叫喚。奇声。まれに、じぶんの排泄物を職員にぶつけるものもいる。ナイスピッチング！　なぜ？　鼻、耳、腕にかみついてくるものもいる。なぜ？　それも、意思にも悪意にももとづかない不合理な運動なのだろうか。さとくんはそうしたかれらを〈かれら〉とみていた。あたしはかれらを〈かれら〉とはおもっていない。ひとりびとりが他と統合不能の気息と身体現象をていしているものだから、容易にはくくれないのだ。それに、あたしはせめてそうおもっていたかったのだ。かれらはたんなる〈かれら〉ではないと。〈われら〉でもないと。

　職員のほとんどが入所者たちを〈われら〉ではなく〈かれら〉とみなしていたし、さとくんもそうなのだが、さとくんのばあい、一点、あきらかに他の職員とことなるところがあった。これはあたしの持論であり、身びいきでもあるのだろうけれど、さとくんは、いってみれば、空っぽの虚無の虫をからだのなかにあまりたくさん飼ってはいなかった。かれは（そんなことばがまだのこっているか知らないが）他の職員ほど「ニヒル」ではなかった。そうおもう。それほどデスペレートでもなかった。信じてもいないのに信じているふりをしたり、障子の小さなやぶれめからじっとひとの内心をぬすみみるようなところもなかった。そんなところがあるとしても、まったく巧みではなかった。礼儀ただしく、ひたむきではないにしても、ほぼつねに、まえむきだった。湿瘡《しっそう》のような、じとじとした発想をせず、決断がはやかった。

なによりおどろくべきことに、かれはひとを信じていた！　ただし、〈ひととはなにか〉をつきつめてかんがえることはあまりなかった。と、おもう。だれだって〈ひととはなにか〉をつきつめてかんがえることはけっして多くはないのだから、かれをせめることはできないだろう。だが、さとくんは〈ひとはどうあるべきか〉を、〈ひととはなにか〉の自問ぬきでおもいつづけていたふしがある。

虚無の虫をよしんば飼っていたとしても、よかれあしかれ、虫は少なかっただろうな。じつに、よかれあしかれ、だ。あたしにいわせれば、虚無の虫は無臭なのだ。おそろしく小さく、白い。純白である。無垢にみえる。ほのかな透明感がある。それらが口や目や耳などの開口部から、ハミングをしながらぞろぞろと隊列をくんではいりこみ、血漿、リンパ液、唾液などにとけこんで、変色し、体内に羊羹《ようかん》色の暗がりをこしらえる。それはすでにある闇と一体化して、じわじわと版図をひろげてゆく。虚無の虫は、園にながくつとめればつとめるほど、増殖してゆく。きわめてじょじょに、しかしきわめてかくじつに……。虚無の虫は、がいけんは、雪虫に似ている。ふふふ。かわいらしいオオワタやシーラッコやシロコバに。でも、いっぴきいっぴきが無関心と無力感、善良な悪意をはこぶ。善なる悪を。悪なる善を。では、虚無の虫がいっぴきもいないとどうなるのか。たとえば、あそびのないハンドルのようになるのだろうか。だから、にんげんには虚無の虫のようなあそびがひつようである、とあたしはいいたいのではない。あたしはしょうじき、わからないのだ。

一階のある部屋で、ともあれ、さとくんはなにかをみたらしい。おそらく、園の有名入所者のひとりである〈キョウジュ〉をみてしまったのだろう。〈キョウジュ〉は、ほんとうかどうかわからないし、ほんとうかどうかを論じても詮ない気もするのだが、国立大学の地球総合工学方面の名誉教授だったという。そんなひとがなぜこの園にいるのか。経緯《いきさつ》も理由も経歴の真偽も、はっきりしない。めいかくなのは〈キョウジュ〉と呼ばれる、歩行のできない朽ち木のような老人がここにいる、ということである。かれがどれほど〝風変わり〟か、地球総合工学とはなにか……といったことは、園では論じられない。園は風変わりなひとびとのたまり場であり、ということは、ここでは風変わりでないものはいない、すなわち、風変わりなものなどない、ということにもなる。園外にあっても、きほんてきに、じじょうはおなじとおもう。

さとくんは〈キョウジュ〉につよく、あまりにもつよく反応した。声が、眼球にふつふつとあふれる血のように滾《たぎ》り、「あのバケモノ」「汚いキョウジン」「ゴミ以下」など、いくつかの呪いのことばをたてつづけに発した。そして、あたしの知るかぎりはじめての、かつギクリとするセンテンスを口にしたのだった。「あんなものを、なんで生かしてやっているのか……」。アンナモノヲ、ナンデイカシテヤッテイルノカ……。いうまでもなく、かれはあたしに答えをもとめたのではない。かれはじぶんにいいきかせていた。述懐したのだ。敷衍すれば〈アノヨウナモノヲ、ナゼイカシテオクノカ……イヤ、イカシテオクベキデハナイ……〉という〈自己内問答〉として、さとくんの論法は完結していたのではないか。それは、おそらくかれの内面にとって、とりたてて〝激変〟ともいえない、じょじょに熟成されてきた変化なのではないだろうか。きわめてじょじょに、しかしきわめてかくじつに……。

かれは、狂おしい情景の断片を、唾でも吐くようにして話した。狂おしいといったって、それは園にあっては、ありふれているとまではいえないまでも、これまでだってまったくなくもなかった光景であった。少数の職員はその〈事例〉をすでに経験していたのだが、さとくんにとってははじめてだったのだ。経験がひとをつよくするのだとすれば、さとくんはあまりつよくはなかったといえる。耐性がなかったと。けれども、そんなありきたりの説教がなんのやくにたつだろう。さとくんは、そこにいた〈キョウジュ〉の身ぶりや顔つき、目つき、それらの意味すること（あるいは、なにも意味しないこと）を、じぶんとのかんけいにおいて、分析してみたわけではない。

かれは、みた。みてしまった。そして、みたものにはげしく反発した。みたものがここに存在する、存在していられるということに、呆れかえった。たしかに現前するということに、いきどおった。

いいかえれば、さとくんは〈対象化〉というやつをしなかった。むりもない。かれは闇のなかで皺だらけのその老人に遭遇し、あやしい身うごきをもくげきし、つまり、なんらかの、たいへん不運ともいえる経験をしはしたが、そのことによって、ここは、そして世界は、もはや〈廃墟〉なのかもしれないというひとつの仮説をたて、それについて、ひとしきりおもいをめぐらすこともなかった。そもそも、かれは世界といわれるものが〈廃墟〉だなんてこれっぽっちもおもってはいなかった。のではないのか。そして、あまり苦しんだりもせずに、長く曲折してしかるべき思考のプロセスからさっと離脱してしまった。といえるかもしれない。うーん、苦しまなかったとけつろんできるかどうかは再考の余地もあるかもしれないな。さとくんはさとくんなりに悩みはしたのだろう。悩まなかったとしても、あたしはそのことを批判しない。批判なんかできはしない。だいたい、苦しむってなんだろう。悩むとはなにか。苦しみ悩めばよいというものではない。だれがさとくんの反応を非難できるだろうか。

　さとくんは、もくげきしたその光景を「おぞましい」とか「あさましい」とかいう、さかしらなことばでは表現しなかった。そうした語彙を（たまたま）もちあわせなかったからかもしれないが、「あのバケモノ」「汚いキョウジン」のほうが、かれの感情をじかに代替しえたのだろう。使用語彙にもおのずとそれぞれの言語閾がかんけいし、階級とか格差とかがあらわれるものだとあたしはおもう。「おぞましい」や「あさましい」という形容詞は、れいがいはあまたあるが、いっぱんてき傾向をいえば、ひかくてきに上位の知的・経済的階級に所属するものにより下位の知的・経済的階級のものにたいし、もちいられるのではないかしらん。「ああ、なんてこった……」とも、さとくんは低い声でつぶやいた。あたしはこれがいちばんてきせつな情景描写だとおもう。「ああ、なんてこった……」。これでじゅうぶんだ。

闇に異臭がじゅうまんしていた。ふくざつではげしい、遠慮も会釈もない、どこまでも性悪の、内訌的でもあり、いくら否定してもどこか身におぼえのある異臭だった。それだけならば、園ではさほどにめずらしいことではない。異臭のむこうに、うごうごとうごめくものがあった。気配がそこだけちがっていた。ぬかるみのなかで、なにかが一心におこなわれていたのだ。さとくんはたちつくした。雷光が一閃、うごめくものを舐めた。フラッシュライト。壁と床に大きな影ができる。ひとらしい。さとくんが懐中電灯をあてる。そこに、床からわきだしてきたもののように、ひとつのふしぎな生き物がいた。イエユウレイグモに似ていた。骨と皮にやせていた。あばら骨が、凶作の畑の畝のようだ。骨が皮をつきやぶってきそうだ。さとくんは硬直した。赤く焼けた鉄棒をのまされたように。〈キョウジュ〉がベッドから落ちていた。素っ裸だった。死んではいない。ベッドを背にして、みずからが排泄した汚物のなかで、ひとりあぐらをかいていた。革を張ったうすっぺらな板のようなからだと古釘のような喉が、クククククと笑っているようだ。いや、泣いているのか。

さとくんがうごめくものを目で追う。〈キョウジュ〉の肩が上下している。股間にやった右手をしきりにうごかしている。そとは雷雨。光が爆《は》ぜる。間をおいてバリバリと爆撃のような音がする。窓ガラスがうなる。園がゆれる。園のひとびとの脳裡をひとつの電極として、天空とのあいだで青白い放電がおきている。それをうけて、にんげんたちが発光し明滅している。

〈キョウジュ〉が顔を天井にむかいあおむける。背中を反らせる。額と首すじ、胸もとまで汗が流れている。汗が光る。あえぐ。「ひひっ」と裏声をはっする。頂にたっしたらしい。ながく息をついてから、一拍おいてエヘエヘ笑うか泣くかしている。目もとが汗か涙で光る。これでやめてくれるのかとおもったら、やめない。勤行《ごんぎょう》は終わらない。また、体液にまみれた手をうごかしつづけている。眉間に縦じわができる。またぞろピークをもとめているのか。やめない。やめてくれない。すぐにたちさればよいものを、さとくんはすくんだまま踵をかえすことができず、〈キョウジュ〉と呼ばれる老人もそこに、そうやって、在りつづけていた。「ああ、なんてこった……」。さとくんがうめく。うめいてから、どうしたか、かれは憶えていない。老人のあたまをおもいきり蹴とばしたか、蹴ころしたのか、そうしようとつよくおもっただけで、じっさいには、そうはしなかったのか。さとくんは、はっきりとはいわなかった。

さとくんは〈キョウジュ〉の所業を目視し、〈キョウジュ〉はさとくんに正視された。それだけではない。さとくんによると、〈キョウジュ〉もひょいと首をひねり、手のほうはやすめることなく、さとくんをみかえしたというのだ。暗中、パチリと二者の目が合った。しゅんかん、さとくんは、「やつらのものすごさ」を知って、鳥肌がたったという。やつらのものすごさ……。さとくんはそれをくわしく説明してくれたわけではない。あたしは想像するしかない。〈キョウジュ〉の目。おそらく、闇の底から、さとくんをきつくみすえたのだ。冷然と、刺しつらぬくように、だろう。で、どちらが辱《はずかし》めをうけているのか、辱めをあたえているのか、主客がこんらんする。このばあい、いったい、どちらが恥じいるべきなのか。恐悚《きょうしょう》すべきはどちらか。〈キョウジュ〉はサルではないのだから。さとくんもゴリラではないのだから。わかりきっている。

もんだいは目だ。目差しである。〈キョウジュ〉は、たとえてみるなら、無辜のものが比類ないほど非道な虐待者にたいし、決死の覚悟をきめて、澄んだ目で、あたかも正当な抗議でもするように、さとくんをみたのではないのか。そんなことがありえないわけではない。そのとき〈キョウジュ〉の目は、少しも怯んではいなかった。むしろ品位と威厳と、いつくしみの（ような）色さえうかべていた。のではないか。いやいや、もっとそっちょくにいおう。〈キョウジュ〉側にたいべつされているあたしには、なんとはなしにわかるのだ。〈キョウジュ〉はさとくんを、ほんのつかのま、さげすむようにみたのではないのか。みくだすように。王がうすく笑い、魯鈍《ろどん》な臣下を玉座から一瞥するように。

　さとくんはおもわずくじけそうになった。みられた〈キョウジュ〉ではなく、みたさとくんのほうが恥じ、落ち度はこちらがわにあるのかもしれないと、罪悪感のような感情をいだきそうになった。そこにいっしゅんの逆転が生じた。みくだし、さげすむのが〈キョウジュ〉の意図であり真意だったかどうかはわからない。さとくんは、はげしく当惑した。〈キョウジュ〉に畏怖さえ感じたのかもしれない。が、汚物のただなかで自慰をつづけるバケモノが、まともであるわけがない。と、じぶんをせっとくした。畏怖は瞬時に反転し、〈キョウジュ〉とその〝なかまたち〟へのはっきりとした憎悪になった。軽べつになった。そして、園におけるあるべき〈支配〉と〈被支配〉のかんけいが逆転しているのではないかと感じとり、惑い、そうであってはならないと身がまえた。そのとき、とつじょ、ぬっとからだをつきあげてくるように殺意がわいた。真っ黒な棍棒がからだをつらぬいた。ひとがみつめあうというのは、ときに危険なことだ。

　その場をあかぎもみていた。あたしの〝割れ〟であるあかぎあかえが、雨に濡れながら、一部始終を窓のそとにたって覗いていたらしい。あかぎは〈キョウジュ〉よりも、さとくんのほうに目を凝らした。とくに、さとくんの目のなかに。あかぎは、ごくひくい音量で、からだから音楽をながしていた。情景にあわせ楽曲をえらんだのだった。弦の音。バーバーか。あかぎじしんの脳裡と〈キョウジュ〉の脳裡にそれはながれた。ゆるやかに。アンダンテとラルゴとの中間。上質のサラダ油をながすように、少しずつ、しずかに。しかし、さとくんのなかにはどうしてもアダージョがはいっていかなかった。あかぎはさとくんの目がみているものをとらえようとした。さとくんの目は、〈あってはならないもの〉〈なくてもいいもの〉〈ないほうがいいもの〉として〈キョウジュ〉をながめていた。じぶんと同類の、〈たんにあるもの〉〈あってしまうもの〉とはみていなかった。じぶんのなれのはて、いきつくはてとは老人をみなさなかった。いいかえよう。かれは〈キョウジュ〉を、この世の絶やすべき〈悪〉と、毫もためらわず断じてしまった。あかぎはそう察した。

　さとくんの瞳には、ほどなくくるだろう〈未明の像〉が幻灯のように赤く血に潤んでたちのぼっていた。森の奥に、いくつもの赤い提灯が灯っているようでもあった。あかぎはひるんだ。まだもうろうとしているとばかりおもったその像は、あんがいにはっきりとしているのだった。具象的といってもよいほどだったのだ。それだけではない。〈未明の像〉には、どのようなことばもあてがうことができない。あてがってみたとて、はねかえされてしまう。あかぎはそうおもい、たじろぐほかなかった。しかし、さとくんはべつに〈残忍〉な目をしてはいなかった。それがふしぎといえばふしぎだった。〈残忍〉というなら、他の職員や入所者のほうが、そんな表情をみせることがあったのだ。さとくんは〈キョウジュ〉をみて、あざけるように口をゆがめるということもなかった。さとくんは、世界という名の悪意の沼に根を生やした余人とは、やはりずいぶんちがってみえた。

　あかぎはアダージョをききながら、雷雨のなかをとぼとぼと塒にもどっていった。あたしも雨と雷の音のはざまにアダージョをきいた。黒い森は濡れていた。重くなった葉叢《はむら》をぬって、たてつづけにするどい叫び声がきこえた。幻聴かもしれない。あかぎのゆくてを、炭のように真っ黒なウサギが四羽、肩に棺おけをかついで、だまってよこぎってゆく。わたしはそうおもう。さとくんは『ピノッキオの冒険』も朗読してくれたっけ。さとくんはいい子だ。ピノッキオみたいに。

　アダージョがぷつんととだえた。なぜだろうか。あたしはふいに巨大な自動肉挽き器をおもいうかべた。暗闇のなかでごりごりと回転する電動ミートミンサーを。骨までくだくミートチョッパー。そこに〈キョウジュ〉も、さとくんも、あたしも、ちーちゃんもがーちゃんもいーちゃんも、いっしょくたにいれられて、ゴリゴリゴリゴリ、ゴリゴリゴリゴリ……だれの肉か、だれの骨か、だれの筋《すじ》か、だれの善意か悪意か、狂気か正気か、愛か殺意か、怠惰か勤勉か、狂熱か懈怠か、敬意か侮蔑か、それらのふりか、誠意か、努力か、落ち度か、おせっかいか、使命か、たんなるお遊びか、密度か空隙かもわからない、ひとかたまりのミンチにされる。どうせ、すべてはむだな情熱にすぎない。空費だ。世界なんて、せいぜいそんなもんじゃないの。なのに、あたしはどうして世界なんてことをおもうのだろうか。世界なるものが、これまでいちどだって罪をつぐなったことがあるだろうか……。森の巨人になったあかぎが中天の闇のむこうから、巨大肉挽き器をじっとみおろしている。と、あたしはいっしゅんおもう。

もちろん〈キョウジュ〉に悪意などなかっただろう。あたりまえだ。さとくんは、しかし、全裸の老人とその所作、そのしつこい持続と反復に、底しれない悪意を感じたのではないだろうか。だけではない。〈悪〉をみた、とおもったのではないか。〈キョウジュ〉の存在に、ぶざまでみにくいじぶんをかさねるのでなく、手淫する〈キョウジュ〉を、笑いとばすのでもなく、大まじめに、なくすべき〈悪〉とみたのではないか。と、あたしは想像する。それをみたものが、かりにさとくんでなくても、〈キョウジュ〉の存在に、みるものを容赦なく侮蔑する悪意か悪意に似たなにかを感じ、ほとんど反射的に〈キョウジュ〉を憎悪するということは大いにありうる。〈キョウジュ〉のからだと精神にやむをえない不具合や不調があることは、げんじつの存在とその輪郭のつよさの前に、あまり考慮されなくなる。だいいち、ひとはいっぱんに、ふいの光景を宗教画のようにはみないものだ。いちいち絵解きしようなどとおもわないだろう。

〈キョウジュ〉の顔……。顔は、そのもちぬしの〈痕跡〉だというではないか。とりかえしのつかない、あとかた。呆けた（かのような）目。賢者のそれでもあり狂者のそれでもあるだろう、いっしゅんの目見《まみ》。その変わり目。みるものを（あるいはじぶんじしんを）嘲弄するような、ゆがんだ口もと。存在には際限がない。存在には、反対に、際限がある。際限のないものに際限のあるものはいらだつ。それなりに際限のあるものが、いけどもいけども、やれどもやれども、際限のないものを相手にできるわけがない。

ひょっとしたら、際限のない存在というのは、際限のある存在から殺意をそびきだすのではないだろうか。にんげん存在というのは、究極的にはなにかとても〈たまらない〉もの、いたたまれないものなのではないのか。つきるところ、にんげんとは、どうにもたえがたいものではないのか。そして永遠の対面ができない生き物ではないか。むりに対座してたがいの目をいつまでもみつめあっていたら、ついに発狂するか、どちらかがどちらかを殺してしまうかするのではないだろうか。

さとくんはこのたび、「屈辱」ということばも口にしなかった。でも、あたしは、さとくんが遭遇した情景と屈辱ということには、なにかのつながりがあるのではないかとおもう。それから、屈辱ということと神にも、闇と光のようなかんけいがありはしないか。屈辱。クツジョク。辱め。それは、さとくんの屈辱だったのか。〈キョウジュ〉じしんの辱めか。〈キョウジュ〉によるさとくんへの侮蔑か。あたしもいわば屈辱的な存在なのか。あたしはみるものに嫌悪だけでなく、屈辱をあたえるのだろうか。ゴヤの絵「自慰する男を嘲る二人の女」の、どろりと濃い闇をおもいうかべた。あなた、さとくん、その老人はきっと〈神さま〉だったのよ。〈神さま〉が神なき園の暗黒で、たまたまオナニーをしていたのよ。そういうことにしようよ。いいじゃない、させたげなよ。あたしはそうおもう。ねえ、さとくん、そうとしかいいようがないではないの。ほかにどういえばいいの？　そのかたを殺したりしたら、あなた、〈神殺し〉になるのよ。あたしは必死でそういおうとして雷にまけないほど大きな奇声をあげた。さとくんは、ひとこといいすてて、でていった。「おまえらはバケモノだ……」。おまえら……。

21

忍び泣きから忍び笑いへ／「チドンはなにも犯罪じゃない」のいいぐさ／ありえないできごとは、なかったことにされる公算について

翌朝、雨があがり、脱走者のひとりがみつかった。かれの名前を知らない職員たち

は、かれを脱走者といっていた。職員がことわりもなく園をやめて消えてしまっても脱走とはいわない。脱走者というからには入所者にきまっている。囚われている場所や存在すべきところからぬけだして逃げることが脱走である。ということは、ここがひとつの〈閉域〉であるということだ。〈閉域〉でないところは、では、開けた〈自由域〉だろうか。わたしにはどうもそうはおもえない。たしかなのは、わたし（たち）が内面にも外面にも〈閉域〉をもっているということだ。〈自由域〉は内面にも外面にも、じつのところ、ありはしない。わたし（たち）は日ごとたわみつづけている。「世界」とは各人がいだく〈閉域〉のことではないだろうか。

　雨中、園から逃げだしたもののうちのひとりは、どうやってそれができたものか、拘束衣をぬぎ、〈希望の森〉の東端のクロマツの枝に首を吊って死んでいたらしい。熱かった汗が冷えきっていた。雨のしずくか体液か、なにかなかばにごったものが、からだをつたい、足の親指の先からしとしとと垂れていた。かれは、まーちゃんだった。もうひとりの、らーちゃんは依然行方不明だという。園には、入所者か職員のどちらかのあいだで、おさえにおさえた忍び泣きがあった。いや、忍び笑いだったかもしれない。ふたつに、はっきりとしたくべつがあるだろうか。忍び泣きから忍び笑いへ、忍び笑いから忍び泣きに移行することもありうるだろう。または忍び笑いでもあり、どうじに忍び泣きでもある、声帯の振動だってあるのかもしれない。明瞭なものはなにもない。「世界」と名づけられた強制的に共有させられた幻想空間から、役たたずがたかだかひとり減り、もうひとりは〝存否保留〟となっただけだ、とはだれもいいはしない。それが紛《まが》いもないじじつであっても、ぜったいにそうはいわない。おもっても、あからさまに口にしないのが、それだけが、いわゆる〝倫理〟であり〝道義〟というやつだ。自慰する老人は生きていた。存在をまだじぞくしていた。自慰をやめなかった。

園でまたちょっとしたできごとがあった。大したことではない。泊まりの職員のまむらさんが東棟の見回りちゅうに一時、行方不明になった。フクロウの鳴く、朔の夜だった。フクロウは「ホウ、ホッホー、ホウ、ホッホー」と鳴いた。ウシガエルも低く唸っていた。べつの当直がまむらさんの携帯電話にれんらくしても着信拒否になっていた。おおかた入所者とはなしこんでいるのだろうと楽観視され、捜索隊がそしきされることはなかった。まむらさんは既婚のクリスチャンで、評判のいい勤続七年のベテランである。足首に、ウソかほんとうかわからないが、子どものころ「カマイタチ」に切られたという、ひきつれたみたいな白っぽい傷痕がある。口癖は「チドンはなにも犯罪じゃない。ひとつの個性というべきだ」。はっきりいって、わたしはこのいいぐさがきらいだ。すごくきらいだ。

午前二時すぎになって、まむらさんが二階非常階段の踊り場でみつかった。うずくまってふるえていた。拘束衣を着せられていた。両腕を腹側にまわして、袋状に閉じられた左右の袖をむすび、さらに踊り場の鉄柵にロープでつながれていた。外傷はない。金品もぬすまれていない。園では特例をのぞき、つうじょうは拘束衣を使用しておらず、まむらさんがだれに、なぜ、拘束衣を着せられたかは不明だった。警察にはとどけられなかった。表沙汰になるのを園側がきらったのと、これが「じけん」なのかどうか判断がつかなかったからだ。まむらさんはひとがかわったように表情がかたくなり、だれにこのようなことをされたか、どうしても話そうとはしなかった。しかし、職員が職員に拘束衣を着せるなんてことがあるだろうか。外部からの侵入者がこのようなことをすることもかんがえにくい。すると、のこる可能性はひとつだ。

うわさをきいた。まむらさんは非常階段でたすけられたとき、口をはんびらきにし、奇妙なものをくわえていたという。「花をこそげた穂状花序」のようなもの、とだれかがいった。「細いゴムの棒」の端のようなものがみえた、とひそひそ声でいうものもいた。そのことを口にするとき、みながうちあわせたように「ここだけの話だけど……」とまえおきした。〈ここだけの話〉は、あちこちでかたられ、それぞれ外形や中身が微妙に、あるいは大きくちがっていた。それらをまとめてみると、こんな像がうきでてくる。――まむらさんはネズミを一匹くわえていた。いや、くわえさせられていた、というべきだろう。園で飼っていたハツカネズミのジージョくんを。「花をこそげた穂状花序」や「細いゴムの棒」にたとえられたものは、その尻尾にちがいなかろう。ハツカネズミが死んでいたか生きていたか、仮死状態だったかはわからない。まむらさんはジージョくんを噛むまいとして、口をけんめいにはんびらきにしていたのだろう。それとも、まむらさんは口をあけっぱなしにするのがかなわず、ハツカネズミのマシュマロのような腹を噛んでしまったのだろうか。

もうひとつのうわさがあった。こちらの伝聞は少数だったが、うたがいをさしはさむものはいなかった。信じるも信じないも、想像を絶していたからだろう。まむらさんの開口部には、園のもういっぴきのハツカネズミ、ロージーがあたまからおしこめられ窒息死していた。すなわち口だけでなく肛門にも、ねずみが挿入されていて、その状態のままズボンをはかされていたという。

これらのうわさには、しかし、〈だれが〉と〈なぜ〉がなかった。防犯カメラにはなにも映ってはいなかったという。ぼんやりとみえてくるのは、まむらさんが複数のものたちによって、いちじ監禁、拘束され、かれらになにごとかを告げられたあげく、拘束衣を着せられ、ジージョくんをあたまから口におしこまれた。どうやら尻の穴にももう一匹……という、計画的な行動のシークエンスである。もうひとつ、まむらさんはなぜかほとんど抵抗しなかったらしいということ。犯人たちの行動は（「おどろくべきことに」というものもいた）統制がとれていた、という。拘束役、異物挿入担当、見張り役、まむらさんへの重要事項告知役……などの役割分担もしっかりとできていた。と、おもわれるのだが、そんなことが、どだい、あるわけがない、あってはならない、前例がない……ということで、うわさは精査されず園の会議の議題にもならず、宙にういたままとなった。入所者のぜんぱんてき〝能力〟からして、そんなことはぜったいにありえないという断定は、いちおうのなっとくをえられはしたのだが、うわさは職員らのあいだで透明なクモの巣のようにむねにひっかかったままだ。あたしは、少数の入所者による園の一定空間・一時占拠事件はたしかにあったのだとおもっている。

かれらは、まむらさんの知られざる不正な行動や園の不作為に報復したか、まむらさんをみせしめにして、他の職員に警告をはっしたのではないだろうか。まむらさんには、おとなしい男性入所者にたいする性的行為のうわさがないではなかった。それが「強要」なのか入所者からの「懇願」によるものかは意見がわかれた。かれはハツカネズミ（被）挿入事件後、肩をおとし園をやめていった。まむらさんは自殺はこころみず、またべつの園で元気にはたらいているらしい。

22 さとくんとピノッキオの相似／あかぎの予感／その日はとおくない／〈のど笛に咲くポンポンダリア〉のイメージについて

黒いヘッドギアのおとこ、らーちゃんはたぶん、あかぎあかえに匿《かくま》われているだろう。あたたかなヤギの乳をのませてもらっているだろう。園の職員や警察官があかぎあかえのログハウスをおとずれ、ヘッドギアの若者をみなかったかたずねても、あかぎは「し、し、知らない……」と、どこまでもしらをきるだろう。森には監視カメラがない。調べるほうだってそれほど熱心ではないだろう。ドローンを飛ばしたりはしないだろう。施設脱走者がけんぜんな市民に危害をくわえないか。それだけだ。役たたずがこの地球からひとり減ろうがふえようが、どうでもいい。無用者はいらない。無用者は、どうにもならない貧困者や虚弱体質者、発狂者どうように、それじたいが罪だ。むしろ減ってくれたほうがいい。だれだってそうはっきりと主張しはしない。が、そういいはしなくても、そんなおもいがまったくないわけではない。ただし、あからさまなことは、胸をかすめても、ぜったいにいわないことになっている。社会はみな黙ってしめしあわせている。口にしたくても口にしてはならないことと、そらぞらしく揚言してもよいこと、そして、真っ黒の原始の混沌の沼をよりどころとし、それを養分とする、すさまじい悪意を、だしたりひっこめたりして、上手につかいわけている。さとくんは、そういう社会がこしらえたピノッキオではないか。

　ことばをしゃべるコオロギがピノッキオにいう。

「かわいそうに、おまえはバカなんだね。そんなことをしていたら、いずれ折り紙つきの大バカとして、みんなの笑い者になれるだろうよ……哀れなピノッキオ！　おまえさんがふびんでならないよ」

　ピノッキオがコオロギに問う。

「どうしてふびんなんだ」

　コオロギがいう。

「なぜかって？　そりゃ、おまえさんは木の人形で、おまけに脳みそまで木でできているからだよ」

　ピノッキオはかんかんになって怒り、小づちをコオロギに投げつけた。小づちはコオロギのあたまにまともにあたってしまった。コオロギはかすかに「クリッ、クリッ」と鳴いて壁にはりついたまま死んでしまった……さとくんは『ピノッキオの冒険』をこころをこめて朗読してくれたっけ。

らーちゃんはいまごろどうしているだろう。たぶん、あかぎのログハウスのメザニンで、三本脚の老犬の耳のつけ根をやさしくなでているだろう。死をまえにした老犬をあつかいなれた専門家のように。老犬は目を細めてまんぞくしているだろう。

あたしはこうもおもう。あかぎはまーちゃんの首つりを、しいてとめなかったのではないだろうか。手つだいはしないまでも、だまって拘束衣をぬがせてやるくらいのことはしたかもしれないな。だが、しきりに死にたがるものに〈死ぬな。生きろ〉とわざわざ説教したりはしないはずだ。あかぎがあたしの〝割れ〟であるいじょう、説諭はありえない。一回か二回くらいは〈やめとけよ……〉といったかもしれないが、三度までは諭していないだろう。あかぎは震えるらーちゃんをログハウスのなかに入れ、死にたがるまーちゃんを雷雨のなかにのこして、無言でドアをしめただろう。翻意したら入ってこられるように内鍵はかけずに。まーちゃんは、ほどよい枝ぶりの樹をさがした。ピノッキオが首をつられたようなカシの樹をさがしたけれども、手ごろなのがないのでクロマツにした。あかぎは〈キョウジュ〉に送ったのとおなじ弦楽のアダージョを、森ぜんたいにながした。たくさんの樹木たちと下草、土くれが奏でているように曲はあちこちからながれた。靄のように。

それはあたしにもきこえた。毛布によこたわる犬は薄目をあけただけで、バフバフと吠えはしなかっただろう。ドアをしめたそのとき、あかぎあかえの脳裡には、ニューヨークの五十数階建てのビルの屋上から、深夜、柵をのりこえて飛びおりる米国人の老人の視界が映っていたかもしれない。はげしく縦にうつろい、すべりおちる街の灯。砕けちるひかりと脳漿。虹彩の中央にある円形の穴――いくつかの瞳孔がかさなる。園のあの老人はいまも自慰をつづけているだろう。ありうる。なんだってありうる。かくたる理由だけがない。あかぎはそして、夜のやすらぎについてかんがえ「しかも夜は存在することをやめない」とかなんとかうそぶいたのではないか。

いっぽう、ちーちゃんの母のイトコは、じぶんがしあわせかふしあわせかかんがえようとするとき、いつも答えがまとまらなくなった。けっきょく、とくにしあわせとも、ひどくふしあわせとも感じることがなかった。かのじょは、短髪の、とても小さなひとだった。雷雨の夜の翌々日、イトコは青い制服を着て、八王子市内のマンションの七階非常階段に、鉄ベラを片手にうずくまっていた。各階の廊下と非常階段にへばりついたハトの糞をこそげとっていたのだった。あかぎあかえはイトコを八階廊下からみおろしていた。ドバトの糞は踏みつけなければ、そしてほんの少量ならば、白や黒や灰色の、子供服用のおしゃれな円いボタンにみえたりする。しかし大量だと地獄であった。糞はコンクリートや鉄の床、階段、手すりに幾層にもこびりつき、いっかな剝がれてはくれない。放置すると糞は盛り土のようになる。さらに、いつまでもほうっておくと、ガウディが設計したカサ・ミラのようになる。ほんとうだ。糞のカサ・ミラだ。イトコは若かったとき、バルセロナのグラシア通りでそれをみた。貧乏だけれど種馬のようにげんきなカタロニアのおとこと。ひとは肝心なことより、よけいなことをより多く憶えているものだ。種馬はスペイン語でたしか〈セメンタール〉とかいわなかったっけ。どうしてだろう。おしえてもらってからいちどもつかったことがないのに憶えてしまっている。ただしいかどうかもわからない。それに、カサ・ミラをみたとき、三十年後にハトの糞の山をまえにして、まるでカサ・ミラみたいだとおもうなんて、まるっきり想像もしなかったな。三十年後に時給九百五十五円のマンション清掃のパートをして、顔の大きな管理人にあれこれいばられ、ハトの糞をこそげているなんて……。

ハトはじぶんの糞のあとが少しでものこっていると、そこにまた糞をしにやってくる。だから痕跡がのこらないようにしっかりこそげて消毒しないといけない。糞が原因でクリプトコックス症やオウム病が発生するかもしれないし、ハトジラミにも注意が必要だ。入居者様の健康をまもるためにもしっかりと掃除をしないといけない……管理人はくどいおとこで、とても執ようだった。イトコは鉄ベラで絵の具のかたまりのような糞をこそげた。イトコはとくになにも待ってはいなかった。なにかを予感もしていなかった。

あかぎは近々、ちーちゃんたちが、さとくんによって皆殺しにされるのではないかと予感していた。そのことを眼下のイトコに告げるのはあまりにも唐突だし、証拠もほとんどないので、イトコの背をただじっとみおろすばかりだった。あかぎは、ちーちゃんたちを殺すというさとくんの視覚的イメージを、さとくんの目のなかに読みとっていた。それは、ある日の夜半すぎ、まだ明けきらぬころ、園のみんなののど笛に、とつぜん、まっ赤なポンポンダリアの花が咲く……という光景であった。

なに、ポンポンダリアの花が咲くだと？　ダリアはめっぽう陽気な花だ。ポンポンダリアとなると、語感がやけにあかるく、チアガールが手にするポンポンを連想させるので、いっそうにぎやかで景気のよい花におもわれる。禍事《まがごと》にはおよそふさわしくない。それなのに、園のひとびとののど笛に、まっ赤なポンポンダリアの花が咲く……とは、どんな情景を暗示しているのだろうか。のど笛とダリア。奇妙なとりあわせだ。しかし、あたしの〝割れ〟であるあかぎあかえがそのとき、ぐたいてきな画《え》として、〈のど笛に咲くポンポンダリア〉を想像しえていたわけではない。あかぎの予感力は並はずれてはいるが、そこまで超絶してはいない。かれはさとくんの目の奥の風景をみて、その日が遠くないことをばくぜんと感じとったのであり、さとくんが、どのようにしてひとびとののど頸にダリアを咲かせるのか……といっただんどりまでこまかに予知していたわけではない。さとくんにしても、ダリアが、そのだんかいでは、シンボルやアイコン以上の、身体的具体性をもっていたかどうか……。にしても、ポンポンダリアからはどうしたって暗くむごい情景はうかびにくい。そうなのだ。さとくんは遠からず自身がたちあげることになる光景を、陰惨なそれとはつゆほどもおもっていなかったのだろう。

害心ということばがある。他者に害をくわえるという、憎悪や怨恨をせおった意図や意思、感情のことだ。しかし、ここで注意しなければならないことがある。そもそもさとくんには〈害をくわえる〉というあからさまな意図があるのかどうか。かりにあったとして、それは害心や害意、犯意という熟語で表されるのがほんとうにてきとうかどうか。さとくんはどうして目の奥の近未来に陽気なポンポンダリアをみていたのだろうか。それはなぜ、たとえばコクチョウダリアではなかったのか。あの黒い蝶のように不気味に赤黒い、舌状花を、どうしておもいえがかなかったのか。闇にとびちる赤錆色の飛沫ではなく、いかにも楽しげなポンポンダリアを、どういうわけで目にうかべたのか。なぜ（たんなる想念だけにせよ）入所者たちののど笛にポンポンダリアの花輪《リース》をあてがってみたのだろうか。なんだかハワイのお祭りのレイのようではないか。それとも、あかぎあかえのみまちがいか。ではないだろう。とあたしはおもう。

さとくんは、ほんとうに目の奥の未来に、毒々しく大人びた暗紅色のコクチョウダリアではなく、ポンポンダリアのような鮮紅色のほとばしりをみているのだろう。まるで祝祭の宵の花火のように、景気のよい赤色の噴出を。でも、かれは、いままさに唾を吐きだすひとの舌のかたちどうように、いちまいいちまい、うちがわにすぼまっている花弁たちに、パーシアン・レッドの血漿をかさねてみるまではしていないのではないか。ペルシャの酸化鉄の赤。すなわち、リアルな人血の色としだいに黒ずんでいくその変化を想像してはいないだろう。のど頸が血を噴きだすときの、大きな赤い簓《ささら》のようなかたちをおもいうかべて、ひとしきり戦慄しただろうか。そうはおもえない。人血というものの、湿って錆びた鉄のにおいを脳裡で嗅ぐまではしていまい。それに、のど笛から闇にいきおいよく噴きあげるものがダリアの花びらの群れと陽気にイメージされてはいても、〝血の火花〟とは実感されていないだろう。なんということだろう！

いいかえれば、さとくんに害心があったとしても、いわゆる〈酸鼻のきわみ〉といったような常套的な地獄絵は心中にあらかじめ描かれていなかった可能性がある。かれの害心は、少しも陰湿ではなかった。もっといえば、そう、かれには〈害をくわえる〉という意図が、はたからみればふしぎなほどなかったのかもしれない。きっとそうだ。かれには加害という意識がなかったのではないか。あるいはこうかもしれない。〈かれら〉の血は〈われら〉の血とちがう。〈かれら〉の首は摘まれてもいい。もいでもいい。ポンポンダリアの花をひきちぎり、まき散らしたってなにもわるくはない。ポンポンダリアは摘まれようが、ちぎられようが、ちっとも痛がらないのだから……。

23

ちーちゃんの母イトコの生活と意見／ひたすらハトの糞をこそげること／どぼじようもない毎日の話

さっき蝶が背中をかすめるように飛んでいった。オオベニシジミだ。濃いオレンジ色の翅だからオスだろう。足もとにはトンボの死骸がおちている。いやちがう、トンボではない。カゲロウである。カゲロウが、オブラートのようにちぢれて死んでいた。あかぎあかえは義耳の穴を左の人差し指でほじくりながら、上階から十二階の踊り場をじっとみおろしていた。義耳じたいは汗をかきはしない。あたりまえだ。義耳と耳の穴の接着ぶぶんが汗ばみ、むずがゆくなるのだった。義耳を掻いたってかゆみはおさまらない。あかぎの視線の先に、ちーちゃんの母のイトコがいた。おとなしいダックスフントのような顔だった。小さな背をまるめて踊り場にうずくまっていた。きょうもマンションの階段でハトの糞とりをしていた。糞をこそげる鉄ベラが非常階段のコンクリートにこすれてだす音を気にしながら。顔の大きな管理人に前回、くどくどと注意されたからだ。

神経質な居住者様がジャリジャリという音を気にしているので、なるべく鉄ベラの音をたてずに糞とりをすること。仕事中は携帯電話をつかわないこと。私語をつつしむこと。ひとりごともやめてほしいね。居住者様が清掃スタッフの「精神」をうたがうかもしれない。居住者様をみかけたら、てみじかに会釈すること。おはようございます。こんにちは。お暑うございます。いってらっしゃいませ。おかえりなさいませ。あいさつはそのていどにすます。そっけなくないていどに。お召し物がすてきだとかなんとか、よけいなことをいわないこと。居住者様になれなれしくしないこと。もしも居住者様からご厚意で現金や菓子などをいただいたら、かならず管理人室に連絡すること。鼻唄をうたわないこと。いいね。遊びにきてるんじゃないんだから。

鉄ベラは使用後かならずきれいにあらうこと。かわいた糞の箇所が広範囲にわたるばあいには、濡らした古新聞をひろげてのせ、ぬるま湯をてきぎかけて、糞の固着ぐあいをゆるくしてから、ウエスでしっかりとふきとること。ウエスは使用後消毒洗剤で洗うこと。居住者様がいやがるので、箒はつかわないこと。ハトの糞が細かな粉末状になって空気中に飛散するからね。清掃後は、エタノール・スプレーと次亜塩素酸ナトリウム・スプレーで階段をしっかりと消毒すること。ハトの糞ってやつはほんとうにやっかいなんだ。だらしなくしていると、ニューカッスル病、ヒストプラズマ症、トキソプラズマ症、喘息をはじめアレルギー疾患の原因になりかねないからね。前回の指示ではクリプトコックス症とオウム病だけだったのに、病名がいきなりふえた。野球のホームベースほど顔の大きな管理人（このおとこもマンション管理会社の下請けの非正規社員だった）は黄色い歯をむきだして、さらにいった。けっきょく、ハトの糞てのは清掃スタッフが勤勉かどうかの目印なんだよ。ハトどもはいつもこちらをみている。じぶんの糞のかけらがちょっとでもあれば、かならずそこにもどってきてまた糞をするんだからね。なまけものの清掃スタッフはハトどもをよろこばすってわけだ。ハトは勤勉に、たくさん糞をする。やつらは掃除人よりもよほど勤勉なんだ。掃除人が清掃をなまけているマンションの共用部分を、ハトはいつも監視している。ねらっている。やつらはたいていカップルで空中からロケハンしている。そういうもんなんだよ。管理人はネチネチといいつのる。清掃スタッフなんかメール一本、電話一本でいつでもいくらでもほじゅうできるんだよ。はい、わかりました。はい、かしこまりました。はい、もうしわけございません。はい、こんご気をつけます。イトコはハトの糞でよごれた鉄ベラを右手ににぎり、管理人の口臭と体臭をさけるべく顔をうつむけて、ぺこぺことあやまった。なにもつらくなんかない。もうあやまりなれている。時給千円以下のハトのクソ掃除でここまでしつこくいわれるのは割にあわないけれども、あやまるなんてどうということはないわ。はい、すみません。そう詫びるとどうじに、上体を起こし、跳びあがるようにして鋭い鉄ベラをにぎった手をすーっとのばす。コンクリートからハトの糞をこそげればこそげるほど、鉄ベラは砥石でといだように鋭利になる。いばりくさったこのおとこの汗ばんだ首を、糞まみれのそれでスパッと払う。薙《な》ぐ。わけない。そんな衝動がまったくないでもなかったのだが、憶えていないほどじきに首払いの想念はきれいに消えた。上階でみていたあかぎはイトコのいっしゅんの衝迫を感じとった。オオベニシジミはもういない。カゲロウの死骸はますますちぢれて、もう原形をとどめていない。ドバトが二羽、空中をしきりに旋回している。ロケハンなのだろうか。

管理人の小言をききながし、イトコは性懲りもなくこころのなかで歌をうたっていた。先年、施設で死んだイトコの母が、こわれたレコードのようにくりかえしていた歌。終わりのない反復。そのうちにイトコのからだにもすりこまれた、空疎なことばのような、メロディのようなもの。うたう理由なんかわからない。意味もわからない。意味。理由。原因……そんな上等なものが世の中にあるのかしら。母が死ぬまでなんどもなんどもくりかえしていた、なんだかわからない歌のようなもの。聞きようによっては、ご詠歌みたいな。大声はださないのだ。声をはりあげたりしない。じぶんにぶつぶつはなしかけるように、小声で発声する。それがかえって気にさわった。イライラさせられた。

イトコは、なぜなのだろうとはおもわなかった。なぜイライラさせられるのかとあまりじぶんに問うたことはない。ひとなんてこんなものだろう、ともおもわなかった。眼前にへんな歌をうたっている、薄い背中の母がいた。それだけがじじつのすべてだった。いつもそうだった。母を、これやあれとおもった。これがいなかったらどんなにか楽だろう。なんどかそうおもった。母はうたった。

コレコンレ、イイシノ、ジゾオオサアアン、チャチャンチャン、ニシヘユークノオワア、ドオッチジャエ、チャチャンチャン、ダマアッテイイテワハ、ワッカラナイ、チャチャンチャン、ポッカリウカンダ、シロイクモ、ナーニヤラ、サーミシイイ、タビノソラーアアアン……トカクコノヨハ、ココロウチデ、ホリャ、クッモーニ、オッキキートオ、ホレホレホレ、ユウノーカアエー……

　どこでおぼえてきたのだろう。以前はこんな歌をうたったことはないのだった。いちどもうたったことはなかった。イトコは腹をたてた。「コレコンレ」の「コンレ」が、わざとらしく鼻にかかっていて、とくにいやだった。「ダマアッテイイテワハ」の「ワハ」にも、むかむかした。カッときた。家でも施設でも、ときどき母のあたまをげんこつでぶった。グーで。じぶんでもふしぎなほど、手がかってに自動的にすっとで、地肌のすけてみえる白髪あたまをぶっている。右手の有頭骨と舟状骨が痛くなるほどつよく。母のあたまはいやに硬かった。ポコンと音がした。母は両手であたまをかかえ「やだ、やだよ、痛いよ、痛いよ」と泣き声をだした。そしてすぐに、おなじのどで、さもイトコへのいやがらせのように「コレコンレ、イイシノ、ジゾオオサアアン、チャチャンチャン……」とうたいだすのだった。それがいやがらせではないという証拠はどうしてもみきわめがたかった。

　イトコの母は面会にいくと、いつも片手を眉のあたりにかざし、もういっぽうの手であたまをかかえて、ひどくまぶしそうな目でイトコをみた。はじめてひかりというものをみたひとのように。いや、まぶしいのではなく、なんでもすぐに忘れるくせに、殴られる予感と痛さの記憶が母にそんな動作をさせたのかもしれない。しかし、曠野にぽつんと立つみすぼらしい納屋みたいに、表情がひどくとぼしい。悲しいのか、さびしいのか、うれしいのか、怖いのか、いったい、なにがしたいのか、さっぱりわからない。母は単調な声でおなじことをはなした。あなたいつきたの。バスできたの。いつ帰るの。わたしもすぐ帰るからね。ちーちゃんはどぼじでるの？　きまってそうくりかえした。母は計ったように五分に一回、せわしなくトイレにいった。だから、粗相はごくすくなかった。それだけはたすかった。トイレの帰りは、廊下から声がきこえてくる。コレコンレ、イイシノ、ジゾオオサアアン、チャチャンチャン……。自室にもどると母はいった。まあ、あんたきてたのね。ここがよくわかったわね。いつきたの。バスできたの。いつ帰るの。ちーちゃんはどぼじでるの？　わたしもすぐ帰るからね……。五分後、またトイレに立つ。もどると、またいう。まあ、あなたきてたのね。れんらくくれればいいのに。わたしがここにいるってよくわかったわね。いつきたの。いつ帰るの。ちーちゃんはどぼじでるの？　イトコはそのたびにいう。うん、さっき、市営バスできたのよ。ママといっしょに帰るからね。ちーちゃんは、どぼじようもないよ。どぼじようもないのよ。母もいう。そうね、どぼじようもないわよね……。

五分後にはまたトイレにいく。五分前の記憶はきれいさっぱり消去されている。このひとは、空っぽの納屋だ。でも、たすかる。空っぽの納屋はぐずったりしないから。母がだだをこねることはめったにないから。たすかった。イトコは待つともなく待った。これがこの世から消えてくれるのを。いや、せいかくには待ってなんかいなかった。待たずに、目先のモノに反射的に対処した。目の前にハトの糞があればハトの糞を鉄ベラでこそげる。母のあたまがあれば、あの歌をやめさせようと、グーで母のあたまを殴った。じぶんでもびっくりするようなおとこみたいな声ですごんだ。「その歌、やめろ！　バカ、すぐやめろ！　クソババア！」。どうしてこんなに太い声がでるのだろう。ポコンと空の段ボール箱みたいな音がする。その音とじぶんの声が気に入らず、また殴る。空箱を殴る気分で。えーん、痛いよ、痛いよ……と母が泣く。子どものように。泣き声がじぶんに似ているとおもう。ああ、ママ、ごめんね。ぶってごめんね。痛かったの？　もうぶたないからね。あやまりながら、抑えがたくいらだち、また母をぶつ。「クソババア、死ね！　死にやがれ！」。手の甲の関節にタコができるほどぶった。ポコン、ポコン、ポコン。そうしているのを看護師にみつかったことがある。あかぎあかえもみていた。看護師はうすい笑顔のまま口角をなんだか残忍にゆがめながら、うまい食べものでもあじわうようにゆっくりという。「あらあら、暴力はいけませんよ、暴力は……ね」。母と相部屋の老婆がむこうのベッドでみじろぐ。すると腐った温泉卵のようなにおいがもわもわとくゆりだす。老婆がしわがれ声でうたいだす。コレコンレ、イイシノ、ジゾオオサアアン、チャチャンチャン……。

　母は死んだ。やっと死んでくれた。施設によれば、ほんとうかどうか知らないけれども、「イカの煮物」をのどに詰めて。ほんとうかどうかなんて、どうでもいい。のどに詰まったのが、リング状のイカの胴かえんぺらか。細かく切ってあったかどうか。そんなことはどうでもいい。母はだれかに屋上からエニシダの咲く地上になげおとされたわけじゃない。ラッキーだ。よかった。とにかくたすかった。母が消えてくれたのだから。母はイトコのからだに奇妙な歌だけをのこして逝った。ポコン、ポコンの音が耳朶にはりついている。まだ手の甲に母の頭蓋骨の感触がある。いなくなってみると、あっけないものだ。イトコはおもった。死ぬのと死なないのとでは、そんなに大きなちがいがあるかしら……。園のちーちゃんも、はやくいなくなればいいのに。イトコは非常階段のハトの糞をこそげながら、またカサ・ミラをおもった。カゲロウが重く飛んでいた。イトコの口がひとりでにうたっていた。「コレコンレ、イイシノ、ジゾオオサアアン、チャチャンチャン……」

24

きーちゃんの母の話/げんじつということが、しょうじきなところ、よくわからない/あたしはまもられるべき生き物だろうか/ともに生きよう!

あたしはきーちゃんだ。きーちゃんでーす! どうだ、どや、もんくがあっか? あ、あたし、わたすぃ、とってもかわいそうなきーちゃんなのですわ……。さっき、「まるで健康な人のように、完全な知覚をもって」夢からさめたのですわ。ふふふ、マジ。もとの狂人きーちゃんにもどらんがために、目ざめたのよ。にしても、さわやかなよい夢でしたわ。でも、あれは夢だったのかしら。母の声が耳もとに聞こえた。母がはじめて見舞いにきてくれたのかしらん。それとも、あたしがはじめて母の見舞いにいったのか。どちらかよくわからない。わかんない。どちらでもいいような気がする。どちらかがどちらかにやさしく話したっけ。現状報告だ、いわば。わたしたちは朗らかだった。でも、たかぶるということがなかった。たがいに、なんというのか、そう、いつくしみの気持ちをいだいていた。どちらかがどちらかにいった。一気に。つぎのように……。

　ここって崖でしょう。ほら、とてもきりたった。そりゃあとても逃げられはしないけど、ほらね、海が窓から一望できるわけ。ふわふわ柳絮《りゅうじょ》が飛んでますね。ゆらりゆらりカゲロウよね。それで、漁師たちが四、五人で、あんなに古い、とっても魚くさい木造船をあたまにかついで、えっちらおっちら横の坂道をのぼってくるのよ。まったく気が知れないけど、労働よ、ラオドンね。さいしょはアリンコみたいに小さいのよ。それがだんだん大きくなるの。あと、とっても大きなタチウオやヒラマサやメジナをてんでにぶらさげて、そりゃ、ぴかりますよ。とくにタチウオは。もう白銀色。やはりうれしいのよね、にんげんだもの。ウワッハッハ、ウワッハッハと大声で笑いながら崖をよじのぼってくるのよ。タチウオといってもスーパーの切り身とはちがうのよ。まだ活きてるらしいの。それも、二、三メートルもあるギラギラぴかるのが何尾も崖をぐんぐんのぼってくるのよ。すてきよね。ターコイズブルーの海と真っ青な空を背にして、タチウオが何本もニョロニョロと虹みたくたちのぼるんだから。お魚のお目め？　タチウオの目？　もちろんエメラルドグリーンにきまってるわよ。とりたてだもの。緑色にぴかるのよ。そりゃあ、怖いっちゃ怖い、楽しいっちゃ楽しいわよ。でもね、センセにいわれてるからね、漁師さんたちと目をあわせたりしないよ。わるいけど口もきかないわ。なにが起きるかわかったもんじゃないしね。でも、みんな親切なの。あかぎあかえさんもさとくんも……。なんにももつれないわよ。よれやしない。もつれなんかない。ひきつれない。上の唇と下の唇が、ほらね、ぴたりと合ってるひとたちばかりだもの。それがちょっとでもずれてごらんなさいな。目もあてられない。はい、はい。こちら、中華人民共和国北京市《チョンホアレンミンゴンフークオベイジンシー》　朝陽区《チャオヤンチユ》　建国門外大街《ジエンクオメンワイダージエ》外交公寓《ワイジャオコンユイ》・甲七B号《ジアチービーハオ》ですよ。ウェイ、ウェイ……。どなたさまですか？　ニンシー・ナーウェイヤ？　飛んでます、飛んでます。綿ね。ポカポカね。柳絮《りゅうじょ》ね……。あっ、ごめんなさいね。というわけで、よいしょよいしょと汗かいて崖をのぼっていくでしょう。すると、あらら、崖のてっぺんに、さとくんが仁王立ちになっているのがみえるの。腰に手をやって、胸をそらせて。歯医者でホワイトニングしてもらった歯をみせて、　ワハハハと笑ってるわ。金髪がまぶしいくらい光ってるのよ……。

　母がくるわけがない。とっくに死んだはずだし。あたしが会いにいくわけもない。歩けないのだし。園のちかくに海はない。森しかない。崖はみえない。漁師はいない。

タチウオもヒラマサもない。それでも、ありもしないひとときは在ったのだ。活きたタチウオは坂道でのたくり、ぎらぎらとかがやいたのだ。夢はさめないかぎり、げんじつだ。さめないかぎりは……。そのほとぼりが、まだ斑《まだら》にまならにのこっている。たくさんの鱗《うろこ》のようにぼうぼうと光る。ぴかる。

頭上にいまは鳩羽《はとば》色《いろ》の円蓋がある。一定しない変な色だ。灰紫色が濃くなったり淡くなったり、光線のかげんできらめいたりくすんだりしている。円蓋の低いところで、いま数匹の死にかかったカゲロウが飛びあぐみ、宙にバタバタととどこおったまま、いままさに落ちんとして半透明の翅から油性の光彩を垂らしている。カゲロウほど畸形を感じさせる生き物はない。あたまに三つの単眼と、一対の複眼があり、オスは上下二段になった複眼のうち、上の複眼が巨大な円柱型のものもある。口は退化して摂食機能はほとんどない。かれらは生きんがためにわいてくるのではなく、短時間で死なんがために産まれてくる。あるいは生が、ひたすら死のための生であることをひとびとにおしえるために、不気味に、不器用に、ときにおびただしく飛んでみせる。

　からだのちかくに峙《そばだ》つ岩壁を感じる。感じるからといって、それがかならずしも在るとはかぎらない。そこに在るからといって、感じられるともかぎらない。それでも、ことばをあまりうたぐっていなかったむかしの冒険小説のように、彷徨することしばし……とかいってみたくなる。なにしろ語調がよい。さまようことしばし……。つぎにはたいていなにかの大発見や遭遇が予定されている。巨樹だとか怪鳥だとか、怪鳥の卵だとか絶世の美女だとか。そうこうするうちに、あたしの動脈壁がズキンズキンと振動しはじめている。拍動がしだいに大きくなり耳をつんざく音響になる。ズッキンズッキン……。みあげる。みえないのに、みあげる。鳩羽色だった円蓋がマスカットグリーンに変わっている。あれは円蓋ではなく、葉の間から透けてみえる空なのかもしれない。

　夢か。へっ。夢でないことなんかありますかいな。榕樹《ガジュマル》が幹ごとざわざわと音をたてている。岩壁がみしみしと軋んでいる。耳の大きなコウモリが飛んでいる。暮色が水面のようにゆれる。地震なのだろうか。ふむ、地震けっこう、けだらけ。地震オッケー。ＯＫ牧場だ。よーし！　中途はんぱなのでなく、どでかいやつがいい。ドッカーンと一気にやったれ！　ゆすれ！　ゆさぶれ！　いっさいがっさい、こわれてしまえ！　クソッタレども！　たわけた衆生ども！　げに愚かな衆生ども！　ちゃらけた阿呆ども！　うたうな！　偽善者ども！　被害者面をするな！　祈るな！　いま在るものはことごとくなくなれ！　くつがえれ！　立っているものはすべからく倒されるべし！　深く、どこまでもどこまでも、ひたすら陥没せよ！　すべて沈め！　こなごなになれ！　裂けよ！　砕けよ！　隆起するな！　うたうな！　うたうなってんだ！　歌をやめろ！　合唱するな！　やめろ！　やめろってのに！

♭げに　たぐいなき　かちにて　ありき　夜の　まく　きえて　あさひ　ぞ
てらす　みふみ　は　しるす「きみ　は　死　に　よりて　死　を　ふくしぬ」
と　ハレルヤ！
♭夜目にも　さやけき　きみが　血　みては　ハレルヤ！[*1]

クソ！　やめろ！　うたうな！　バカヤロウ！　なにがハレルヤだ！　おれはきーちゃんだ。ハレルヤ！　どっこい、まだ滅してません。おれはいる。ゆれはおさまっている。終わるべきものは終わればいいのに、終わらない。終わりはしない。世界はつづいている。ジジイの小便のように。だらだらとつづいている。

　おっ、なんだかあわただしい。コウモリがふえている。空がいちめん黒くなるほどたくさん。あれはタウンゼンドオオミミオオコウモリじゃないか。あたしはなにかじぶんがまちがっているような気がしてくる。ちょっと殊勝になる。もっともらしく、かえりみてみる。あたしはあたしである根拠がわからない。コンキョ。空洞の音。コンキョ。よりどころがない。あたしがこうやって在ることじたい。あたいはいったい、なんなんだ。わたしは、おとこかおんなか。おとこでもありおんなでもあり、それらの中間でもあるのか。ケッ！　そんなことはどうでもいい。おれは在ることにいつからか飽いてきているんだ。もうけっこうだよ。もういい。もうたくさんだ。れんめんと在りつづけることじたい、こうしておもうことそのものが、なんだかとんでもないまちがいか、かんちがいなのではないかと感じられる。そうおもえば、どうかすると、すこしあわてるけれども、そうおもう。以前もそう反省したことがある。くるべきではないばしょに、ついついまよいこんでしまったようなおもい。それと、在ることじたいの疲れ。からだにしきつめた瀝青《れきせい》のような無感情と疲労、徒労。

　闇のながれにながされるままでよかったのだ。だれもみたことのない鏡の裏側で、ずっとクモの巣にからまり、闇のハンモックのなか、きっちり死ぬか、死んだようにねむっていればいいものを、もののはずみで、つるつるした鏡面につい飛びだしてしまった、そんな感じ。でてきてみれば、なんだか、おそろしくくだらない。連れこみ宿みたいな安っぽい鏡面。鏡裏と鏡面。よくものわかったやつはチャラチャラと鏡面なんかにでてきはしない。

「どの鏡の後ろにも／死んだ星が一つずつ／それから　眠っている／幼い虹が一つずつ」……だよ。それからなんだっけ。えーと、そうだ。「どの鏡の後ろにも／永遠の静けさが一つずつ／それから　飛び去らなかった／沈黙たちの巣が一つずつ」[*2]……だったな。鏡の表は「泉のミイラ、夜になると、／閉じる、／光の貝殻のように」……そのとおりじゃないか。へへへ。

さしあたりの居場所がもしもあるとして、どこだ？　そう、鏡の裏にこそ居場所がある。安息がある。げんじつがある。寝場所、死に場所が……。でも、げんじつということが、しょうじきなところ、よくわからない。あたしは、げんじつなのだろうか。このできそこないの、くずれた寒天のように原形のはっきりしないからだも、げんじつなのかしらん。そもそも原形なんてものがあったのか。二十億年か二十五億年前の、菌のようなものの輪郭と吐息とその音のつらなり。原形も変形もない。げんじつなんてあるのか。げんじつというものがかりにあるとして、それはなにによって統《す》べられているのだろう。愛？　お金？　法律？　理想？　魔術？　暴力？　夢？　まぼろし？

だれがいったのだっけ。にんげんの共同体の、どうしてもまぬかれがたい無限反復的な法則——暴力の回帰性——戦争——日常のなかにこまかに、じつにこまかに断片化し粉末化し、ついに内面化された、常態的戦争——ありもしない民族的、人種的、階級的、宗教的合一の幻想を求めてしまう集合的な無意識——原始への逆行——あんのじょう、壊死《えし》性の民主主義。変わらないのは暴力の反復と空虚なことばの散逸だけ。どの局面をとってみても、あたし（たち）はひつようとされてはいない。あたし（たち）という人体の存在とその再生産は、かつてもだが、いまはもっとも求められていない——合法的に、できれば平穏裡に消去されるべき影だ。

それじゃあ、お訊きします。あたしはまもられるべき生き物だろうか。冗談ぬきで、みなが多少の犠牲をはらってでもまもるべきなにかですか？　なんどもいいますが、〈絶滅危惧種〉のようにたいせつにされるべきだろうか。イヘヤトカゲモドキやクメトカゲモドキやミヤコカナヘビのように注意をはらわれているでしょうか。あたしはこわれやすい存在だろうか。羽をもがれた小鳥のように。目をえぐられたウサギのように。ひらたくいって、あたしはかわいそうだろうか。よしよしと愛護されるべきものだろうか。あたしは犬以上の存在だろうか。これから殺処分される犬猫以上に涙をさそっているだろうか。あたしは、とりあつかい注意か。あたしは真にまもられるべきなにものか、または、そのように考慮されるにたるなにものかであろうか。ウソをつけ！

ところで、あたしにはなぜ生殖機能がないのだろうか。なにゆえ子宮も精巣も卵巣もないのか。わたしはいつ、だれに〈加工〉されたのだろう。だれが、だれのゆるしをえて、おれからそれらをそっくりと剔抉したのか。ははは、おれっちは「民族衛生」の模範協力者じゃないですか。いわば陰の英雄じゃないか。たいしたもんだぜ。表彰してもらいたいもんだよ。幾万、幾十万、幾百万もの強制不妊・断種・堕胎手術を官民あげて、競うようにやりつづけてきたくせに、いまさらナチのT４作戦を非人道的と誹《そし》る資格があるのか。

いったい、あたしはフラジャイルだろうか。あたしは fragile とみなされたがっていはしないか。だから、とうぜんまもられるべきであるとおもいこんでいないか。それはとんでもない錯覚ではないのか。この社会はフラジャイルなものをまもっているだろうか。まもってきたか。そのようなかんがえは、うたがいないものとして、すでにしっかりとかくりつされているだろうか。それは、うたがうべからざる真理だろうか。たんに、〈うたがうべからざる真理であるべき〉である、そのようにおもってはいなくても、そのようにおもっているふりをしたほうがよい……とみなされてきただけではないのか。

　コウモリはいない。ああ、いまは宵ではない。朝なのだ。また朝がきたのだ。声がきこえる。園の朝礼で職員たちがとなえるシュプレヒコールのような誓いのことば（「ともに生きよう！」）だ。当番の職員がさいしょに「ひとつ。わたしたちは……」と音頭をとる。それをぜんいんで復唱する。なかなか声がひとつにそろわない。こわれて散らばった算盤珠《そろばんだま》のような声たち。入所者たちが聞くともなく聞いている。当番がいいまちがえると、笑い声があがる。入所者も笑う。「まじめにやれ！」と、ヤジがとんだりする。「ともに生きよう！」を、だれが本気で信じているだろう。だれが本気で発声しているだろうか。笑っちゃう。いや、笑えない。ぞっとする。

ひとつ。わたしたちは、あたたかいこころをもって、すべてのひとびとの生命とからだをたいせつにします。

ひとつ。わたしたちはだれもがそのひとらしく暮らすことのできる社会をじつげんします。

ひとつ。わたしたちは万人の社会への参加をさまたげるいかなる壁、あらゆる偏見と差別にも反対します。

ひとつ。わたしたちは、すべてのひとびとが生きるに値し、均しく生きるけんりをゆうすることを、ここにかくにんします。

ひとつ。わたしたちは、これらの理想じつげんのために、ともに努力することを誓います。


集合室からながれてくる、だらけた読経みたいな声。どうかすると、嘲謔《ちようぎやく》とまがうふざけたアクセント。どこからか含み笑いもきこえてくる。あたしはひねくれているのだろうか。何回、何千回これをきいただろう。きかされただろう。手が自由につかえたなら、あたしはただちに耳をふさぐにちがいない。なんなのだ、これは。いつのころからか、職員たちの声が、あたしたちへの脅しのようにきこえるようになった。おとこたちを中心にした、ふぞろいの声は、不潔な古井戸の底からはいのぼってくる呪詛にしかおもえなくなった。声の帯には、ガラス板をこすりあわせたみたいな女声低音《コントラルト》もある。男声と融けずに、粗悪な油のようにうきあがっている。それが他の声たちをおしのけて無神経で無遠慮で、ときに野蛮にひびく。「わたしたちは……をたいせつにしません」「……をじつげんしません」「……偏見と差別にも反対しません」「……を、ここにかくにんしません」「ともに努力することを誓いません」――ときこえてくる。あたしはどこにいるのだろう。あたしはどうしてここにいるのだろう……といぶかる。

あたし（たち）は〈割愛〉されるべきなにかではないのか。森はただ森であってよいのだろうか。ただ森のままでいられるのか。森はただ森のままで繁茂すればいいのか。繁茂できるのか。そんなわけがない。おろぬく。うろぬく。まびく。小声で、ひそやかに発音される、ことばたち。おろぬく。うろぬく。まびく……。伐られない杣《そま》なんてない。伐採されない森はない。あたしは、このままほうっておかれてよい枝か。草か。羊歯か。それとも、食べられないキノコか。毒キノコか。あたしは。おれさまは。

古語がうかぶ。なんとはなしに小粋でちょっと文学的な古語が。〈癲狂院《てんきょういん》〉。そうだ、あたしは〈癲狂院〉に囚われている。とおもう。おもわされる。惑う。それでは、だれがだれを看病しているのか。そんなこと、きまっている。看病するのはただしい医療者であり、看病されるのはあたまとからだのおかしい患者にきまっている。だろうか？　狂疾《きょうしつ》者を非狂疾者がいやし、かつ統御している。でしょうか？　「ともに生きよう！」のシュプレヒコールをきいていると、ふしぎだ。声が狂疾者たちのそれにきこえてくるのだ。世界とはぜんたいとして〈癲狂院〉なのではあるまいか。ホワイトハウスも首相官邸も国会も皇居もクレムリンも中南海も。だれが狂疾者でだれが非狂疾者か、なんてかんけいがない。支配され、支配にあらがうものは狂疾者か準狂疾者なのだ。

　あたしは声のなかにさとくんをさがす。以前はかれもコーラーをやっていたことがある。「ひとつ。わたしたちは、あたたかいこころをもって……」と、さとくんは叫んだ。声変わりしたてのおとこの子みたいな、少し舌たらずだけど、きまじめな声で。とおくにいてもあの声はすぐわかる。あたしは安心したものだ。さとくんの声には、手におえないほど悪擦れしたおとなのふてぶてしさとわざとらしさはなかった。文言と声、ことばとのどのあいだに大きなズレや割れ目はなかった。

　ふいにおもいだす。あずみさんというインテリの入所者が、さとくんを「若いモイセイカ」とあだ名して笑っていたのを。モイセイカは、かの有名な「六号病室」*3にでてくる年老いたユダヤ人の患者で、じぶんが経営していた帽子工場が火事になったために気が変になったのだった。あずみさんがいいたかったのは、モイセイカの「子どもらしい陽気さと生き生きとした性格」がさとくんに似ているということだった。いや逆か。さとくんの陽性の性格がモイセイカみたいだということか。モイセイカは気がよくて親切だった。症状のかるかったかれだけは病棟から街にでるのをゆるされたが、しばしば悪童どもや犬たちにかこまれてからかわれていた。モイセイカは有名な「街の道化」であり、そして、「静かな害のないバカ」だったという。

　あずみさんは、では、この園の「静かな害のないバカ」だろうか。以前さとくんが怒っていた。赤銅色の満月の夜だった。見回りであずみさんの部屋をたずねた。あずみさんは窓辺にたち、しずかに月をながめていた。さとくんがあずみさんの背中に声をかけた。あずみさんがふりむいた。さとくんは腰をぬかしそうになった。舌がふくらみ、声をあげることもできなかった。あずみさんの顔中に何百匹もの黄色いスズメバチがとまっていて、眉のうえといわず鼻といわず口のまわりといわず、ぞわぞわとうごめいているではないか。それは、いっしゅん、金紙をはりつけた「リオのカーニバルの仮面」にみえた。ハチの群れのすきまに、あずみさんのすずしげな目があった。愉快そうに笑っていた。スズメバチにみえたのは、かれじしんが捏《こ》ねて、ぬりつけた大便であった。

　声がきこえる。「ひとつ。わたしたちはだれもがそのひとらしく暮らすことのできる社会をじつげんします」……さとくんの声はいつのまにかなくなっていた。あたしは不安になる。さとくんは「静かな害のないバカ」だろうか。あたしはさとくんがすきだ。

＊1　「罪の世のため」（部分）聖歌165
＊2　ロルカ「綺想曲《カプリーチョ》」小海永二＝訳
＊3　チェーホフ「六号病室」湯浅芳子＝訳

25　さとくんが通販で鎌やハンマーなどを買うこと／ウマラちゃんのつぶらな瞳にひかれてユニセフ・マンスリーサポートに参加した話

できごとは水がながれるように準備される。そんないいかたが古くさいなら、サクサクと、とでもいおうか。オートマチックに、といってもいいだろう。ものごとはやはり、ときににんげんのおもいをはなれて、カウントダウンのように、カチカチカチと「きわめてじょじょに、しかしきわめてかくじつに……」たちあがってくる。「にんげんのおもいをはなれて」って、でも、ちがうかもしれないな。にんげんの、じぶんでも気づかぬほどひそやかな無意識にささえられて……というべきかもしれない。

物象化。物神崇拝。にんげんがみずからつくりだした商品や貨幣が、ぎゃくにひとを支配し、にんげんがそれらを〈神〉のようにあがめる時代。それは終わっているだろうか。とんでもない。いまがまっさかりじゃないか。ひとの意思と衝動、イメージと思考はきょうび、なべて市場と資本の運動を賦活し、ひるがえって、市場がひとの意思と衝動、イメージと思考を活性化する。たとえば「鎌」。たかが鎌。といえども、鎌はかつてあったメタファーをうしなっている。と、あかぎあかえはいった。農家の納屋の暗がりでひっそり息づいてきたそれはもはや、特有の妖しい光点とそれにまつわる古典的な固有性（物語）をうしない、一個のツールとして他のツールとともに平準化される。鎌も斧も、それらのもちぬしの情念をはなれ、それでなければならない、他ととりかえのきかない鎌、それでなければならない斧でなくともいい。使用価値、交換価値……商品価値をみたせば、それでいい。それでなければならない柄の黒ずんだ汗じみ、そうでなければならない刃の曲線、胸のすく切れ味でなくともいい。買い主もそうだ。お金さえはらえば、だれでもよい。すべては代替可能だ。辞書によると、鎌とは、「草・柴・稲などを刈るのに用いる道具。三日月形の刃に木の柄をつけたもの」だそうだが、鎌の定義はそれだけでいいものか……と、あかえはため息まじりに語ったものだ。

あかえの報告によると、さとくんが最大手のネット通販サイトをつうじ、鎌といくつかのツールを注文したらしい。そのものはもうすでにかれのもとにとどいているだろう。あかぎはあきれていた。「そんなものまでネット通販で買えるとは……」。あたしは、ほう、鎌か、なるほど、とおもった。鎌。sickle《スイクル》だ。そしてハンマー（槌《つち》）も注文したという。鎌と槌。そうくるなら、古い世代は旧ソ連国旗を想起するだろうが、さとくんはそんなことをおもいもしなかったにちがいない。鎌は農民、槌は労働者、そのうえの星印は、かつて共産主義の団結を象徴したのだった。

こころみに、あかぎがネット通販で「鎌」をしらべてみると、いやはや、あるわあるわ、とてもおぼえきれないほどの種類なのだった。「やわらかい草刈り用」「硬い草刈り用」「左利き用スペシャル」「替え刃付きステンレス鎌」「両刃厚鎌」「伝統の三日月鎌」「両刃中厚鎌鋼付き」「ステンレススーパー鋸鎌・雑草バスター！」など各種各様がある。「通常三〜七日以内におとどけします」は、あたりまえ。「即日発送」がざらなのだから。

商品説明は、たとえば、「やわらかい草刈り用」と「硬い草刈り用」の【特徴】として、「除草作業用」「効率よく土ごと除草できる」とあり、【注意事項】の欄に、おもいもよらぬことが記してあった。「本来の用途以外には使用しないで下さい」。鎌のほんらい的用途はいうまでもなく、草刈りだ。昔時は農民一揆のさいの武器になり、ロマンチックな話としては、農民詩人が畑で鉛筆をけずるのに鎌をもちいたりもしたという。ほんらいの用途以外の使用とは、たぶん、そういうことだろう。でも、ほんとうにそれだけだろうか。「刃の幅が狭く薄めなので切れ味バツグン！　また、刃が柄にたいして直角についているので、刈られたものは散らばらず、その場にストンと落ちる」。これを読んでも、ほんらい目的以外の光景をいっしゅんでもおもいえがかないひとがどれほどいるのだろう。商品説明にはさらに「本品ご使用前には本体あるいは部品にがたつき・弛みがないことをご確認くださいませ」のほかに「使用のさいには保護めがね・手袋などを着用してください」と、ていねいに記してあった。

さとくんもスマートフォンで各種の鎌の写真に目をとおし、説明文をくりかえし読んだはずだ。「本来の用途以外には使用しないで下さい」。さとくんは、これをどんなおもいでみたのだろうか。あかぎはそっといった。「かれは、まさに〝ほんらいの用途〟で使用するつもりで注文したのだろうな。〈除草〉だよ」。では、通販または売り手側は「本来の用途以外の使用」として、どんなことを想定したのだろうか。あかえはぶつぶつとひとりごちる。「植物ではなく動物または鉱物への使用じゃないかな……」。そしてことばを継いだ。「でも、さとくんは、鎌をほんらいもくてきの〝植物〟にもちいる気分で買ったのだろうよ。生えてはならない雑草刈りにつかう気で……」あたしはあたしで、なんとなく「蟷螂《とうろう》の斧」をおもった。カマキリがふりかざす前脚の鎌。あれは、おのれの弱さをかえりみず強敵にたちむかうことだ。はかない抵抗。さとくんにそんな意識か無意識はあっただろうか。まさか……。かれはカマキリではない。あたしたちは、ご覧のとおりの弱者も弱者、最弱者だ。「蟷螂が斧を以て隆車に向かう」の「隆車」ではない。あたしたちは大きくて立派な車なんかじゃない。でもほんとうにそうだろうか。さとくんはあんがいにドン・キホーテの気分になってもりあがっているのではないか。ひょっとしたら、あたしたちを〝誤った良識〟と惰性にささえられていたずらに繁茂する〝悪い草〟だとか強敵だとか難敵だとかとみなしているのではないのか。

ともあれ、かれは「やわらかい草刈り用」と「硬い草刈り用」および「左利き用スペシャル」鎌（計三丁）と強力ナイロン結束バンド（一ダース）、噴霧器散布兼除草機用ゴーグル・曇りどめレンズ付き（一つ）、指切りコットン手袋（一セット）、四ポンド両口ハンマー（一丁）、手術用マスクと同帽子（青色）を、いくつかのカスタマーレビューをしんちょうにみくらべ、代金ひきかえ・簡易包装で買った。ネット通販にないものはなかった。そこにないものは、他にはない、かんぜんにじぶんだけの、お金にかえられない、貸与・譲渡・交換・売却不能のモノとひとだけであった。あるいは、そこにないのは、〈ない〉か〈ぜったいに買えない〉という、かけがえのないがいねんだけであった。

商品がとどいてからすぐ、さとくんはネットでユニセフ・マンスリーサポートをチェックした。かねがね気になっていたのだ。ナイジェリアの避難民キャンプにいる生後七か月の男児ウマラのこと。下痢がつづいていて、体重は四・二キロ。「本来あるべき体重の約半分」「一刻の猶予もならない重度栄養不良」。腕まわりは、たった九センチ。去年からずっとつづいている公共ＣＭなので、ウマラちゃんはもう太っているかもしれないのだが、かまわなかった。ウマラちゃんは二重まぶたの愛らしい子だった。つぶらで大きなひとみ。うすいコーヒー色の膚。さとくんはその顔をみるたびに、なにかあらたまったこころもちになるのだった。「世界中すべての子どもに栄養を！　ユニセフ・マンスリーサポート・プログラムに参加する」をクリックした。それから、「月二千円のご支援が、たとえば毎月、重度の栄養不良の子どもを治療する高エネルギー食五十九袋、あるいは、脱水症に陥った子どもを回復させるＯＲＳ（経口補水塩）三百六袋に変わります」と、「月三千円のご支援が、たとえば毎月、三つの病気（ジフテリア、百日咳、破傷風）から子どもを守る予防接種用ワクチン百十一回分、あるいは、子どもの免疫力を高めて病気にかかりにくくするビタミンＡ三千錠に変わります」を読みくらべ、あまり迷わずに後者をえらび、「お支払い方法」をクレジットカードとした。「今回のお申し込みのきっかけをお知らせください」の欄では「インターネットの検索で」の項目をクリック。「よろしければ、具体的なきっかけをご記入ください」の空欄にはつぎのように文字入力し送信した。

「ウマラちゃんの瞳！　小さな決心！　一本の灯は小さくとも、たくさん集まれば未来を照らします。ウマラちゃんたちを救うために、ぼくも立ち上がります！」

鎌とマンスリーサポートに齟齬はなかった。ゴーグルとウマラちゃんは、なにも矛盾しなかった。すべては液晶画面上の写真でみたのだ。視界に入りきらないほど、どこまでも広く彎曲した闇の背中と恐竜のような背骨。それらを想定できなければ、ものごとの撞着も矛盾もみえてはこない。さとくんは鎌やゴーグルのはいった紙箱の包み紙をひらいた。落ちついていた。薄茶色の包み紙の折り目に、かわいた虫の死骸がはさまっていた。翅のやぶけたアミメカゲロウだった。

26

船尾のみえない船はあやしい／さとくんがいよいよ予行練習か／二丁鎌はむずかしいと感じたこと

さとくんの夢に、少しのあいだ、あかぎがはいった。維管束をつたって沁み入る水晶色のしずくのように、ちょっとだけ。夢にはいり、はいられたことを、ふたりとも感じてはいなかった。記憶してもいなかった。さとくんのなかには、みたところ、えたいのしれない毒饅頭のようにぶつぶつに腫れた憎しみや、茶渋のように堆積する意地の悪さや根っからの邪悪なものが、なさすぎるほどないのだった。そう、あまりにもなさすぎるほど！　かれの脳裡の海と空は、こういってよければ、あっけにとられるほど〝まっとう〟なのだった。ただ、さとくんの想念には、かさねられた何枚かのセロファン紙のように、おぼろに屈折した、いくつかの光と影がうきしずみしていた。みえかくれする影は、どうやら小船であった。一艘の黒い木造船が煙霧にかすんでういているらしい。それは、象の鼻のような舳先のあたりはまあまあはっきりとみえるのだけれど、艫《とも》のところが、闇と霧とに煮とろけて、どんよりと形をくずしているのだった。船尾のみえない船は、半身のない魚のように、なにかうけいれがたいものだ。ひとだってそうだ。夜の海原をすすむとき、じぶんの船首から、じぶんの船尾はみえない。そして、面舵《おもかじ》をとるにせよ取り舵にせよ、艫というのは、どこか怪しい。きまって闇に融けているから。ヘッドライトは波間をどんよりと鉛の谷のように照らす。けっきょく、探照灯をつけた艫のない船は、闇の先頭にあって、闇のぜんたいをずるずると曳航しているのだった。

　闇の正体は、光線のかげんで、おりかさなりあって相当の厚みさえおびた、おびただしいカゲロウの死体にもみえた。それは巨大な氷山のようになってゆっくりと夜をただよっていた。そのものには、この世のだれもが例外なく、眠ったふりや死んだふりや気づかぬふりをして、くわわっていた。岬の回転灯台の光が、漂流物をつかのま照らす。そのかたまりの一角に、なにかとてつもなくじゅうだいなものがさらされたようにおもったしゅんかんに、光線と漂流物ははなればなれになった。

朝、カゲロウが飛んでいた。夢とうつつや、次元Aと次元Bの接続部の、小さなズレや透き間やほつれ、ほころびから、羽化したオオシロカゲロウがもくもくとわきで、はいでてきて、園の周辺や〈希望の森〉の低空をよろよろと飛びまわっていた。いや、あれは「飛びまわっている」とはいえまい。カゲロウたちは息もたえだえにみえた。森の草地に点々と黄褐色や黄白色の翅をのばしきったカゲロウの死骸があった。死んでいたかにみえたカゲロウがまたぞろ急に痙攣するように翅をばたつかせて飛びたつこともあった。カゲロウたちは、どこか陰鬱な恣意のように、終わりのない裏があり、出口というものを感じさせないのだった。

青い手術帽をかぶりゴーグルをつけ手術用のマスクで顔のあらかたをかくしたおとこがひとり県道のほうからやってきた。雨でもないのに長靴をはいている。中腰になってかがみ、両の腕でなにかをしきりに手前にたぐるようにしながら、あるいてくる。やりなれているようにはみえない。かがんでいると息がきれるのだろうか、ときどき上体を起こし、背をのばして、両手の先の青光りするものを眺めている。おとこはまた中腰になり森蔭にはいってゆく。真新しい三日月鎌が左右の手ににぎられていた。

さとくんだった。さとくんはマスクの下でつぶやいた。じぶんにいいきかせていた。

「Do my best だ。ぜんりょくをつくさないと。がんばらないと……」

　ログハウスの二階の窓から、あかぎあかえが半裸体でさとくんをみていた。「きたよ……」とつぶやいた。その波動が、園のあたし（きーちゃん）にすぐつたわった。あたしは、あかえがさとくんとなにか話してみてはくれまいかとねがった。あかえはすぐにシャツをまとい、義耳をつけ、ログハウスに施錠して、右脚をひきずりひきずり、さとくんが消えた森蔭をめざした。三本脚の犬がドア口の内側でバフバフとふた声だけ吠えた。さとくんはカシの根方にかがみこんでなにかしていた。森の奥はしめっていて、鎮火したばかりの火事場のようなにおいが鼻をうった。樹々の梢をみあげると、白い靄のようなものが幹にそってゆっくりとおりてきていた。羽虫の群れかもしれなかった。幾筋かのクモの糸が光線のように樹陰に光った。あかえはさとくんの背中に声をかけた。おどろかさないように、ゆっくりと。「お、おはよう、さとくん！　その樹の名前知ってるかい？」

　ゴーグルとマスクのおとこが、しゃがんだ姿勢から機械仕掛けのようにたちあがって、ふりかえった。両手の鎌をだらりとぶらさげたまま。

「あっ、おはようございます。すみません、ぼく知りません。植物に詳しくなくて。でも、どうしてぼくの名前をご存じなのですか？」

「そ、その樹はシリブカガシ。き、きみは園のさとくん。シリブカガシは有名じゃないけど、こ、ここでさとくんは有名人だもの、知っていてあたりまえさ。と、ところで、ゴ、ゴーグルなんかつけて、ここでなにをしているの？」

「ごめんなさい。失礼いたしました。手がふさがっていてゴーグルとかはずせなくて……。ぼく、園は辞めたんです。あっ、これ練習です、練習……」

「な、なんの練習なの？」

「鎌です。鎌の練習です。下手です。これって、あんがいむずかしいものですね」

「か、鎌で刈る練習？　二丁鎌で？　そりゃ、す、すごいね」

「だめです。だめなんです。右手一丁がやっとってわかりました。なんだって、想像ほどかんたんじゃないですね。しろうとだし……」

「そ、そうだね。け、拳銃だって、なかなかあたるものじゃない。ま、まして二丁拳銃は映画の世界の話だね。に、二刀流や二丁鎌はもっとむずかしいだろうね。な、なにを刈っているの？」

「ツタです、いまは……ツタとか。つまらない草です。そうですよね。二丁鎌はむりかもしれませんね。やっぱり片手ですかね」

　マスクからややくぐもった声が聞こえた。ゴーグルの奥で、ひとなつっこい目が笑っている。さとくんの足もとにナツヅタの気根や花や実が散乱していた。チガヤも切られていた。セイタカアワダチソウも、ヤマゴボウも切られていた。茎の切り口が、うすみどりの青ぐさい液をしたたらせている。さとくんのマスクの顎のあたりでなにかが黄色に光っている。カゲロウの折れた翅であった。

27

カゲロウふえる／たくさん殺すのかと問われて、ええ、がんばりますと答えたさとくんの「ふつうさ」について

　さとくんは両手の鎌を草地におき、指切りコットン手袋からでているきゃしゃな指の先をくねくねとうごかして、ゴーグルとマスクをはずした。爪がきれいにととのえられていて、光沢のある色は人膚よりピンクがかっている。つけ爪かもしれない。

「すみません、先生。これ、ヒモタイプのサージカルマスクなもので……ああ、なんでこんなもの買っちゃったんだろうな、バカですよね……着脱にてまどるんです」。じぶんをかるくのしってから、深々とあたまをさげてわびた。

　顔から、やぶれた虫の翅が何枚か剝がれ、冬のうすら陽のように弱く光りながら、はらはらと落ちた。それらはトウカエデの種についたプロペラ状の翼に似ていた。翅はくるくると回転しながら足もとに落下した。トウカエデならば、ゆっくりと回りな

がらできるだけ遠くへ着地しようとする。みずからを伝播させようとするのだ。翅はトウカエデの種ではなく、オオシロカゲロウのものである。それらはさとくんのからだのなかで羽化し、目や耳や口から這いでてきたもののようにみえた。あかぎあかえは呆然としながら、なぜ呆然としてしまうのかかんがえていた。

さとくんが笑顔で口をひらいた。よく笑うおとこだ。笑うと顔が耳まで割れた。ずいぶん大きな口であった。口のなかに、ぬめった、奥ゆきのよくわからない洞窟がある。白すぎるほど白い歯と、持ち主からどくりつしてうねくるエネルギッシュな生き物のような桃色の舌がのぞいた。口角のうごきにつれて、目のまわりのゴーグルの跡が輪形をくずしてひしゃげる。

「カゲロウは秋口に羽化するものとおもっていましたが、ことしはちがうのですね」

マスクをはずしたら、甘ったれたような声になっていた。あいまいにうなずきながら、あかえは問いかえした。

「そ、そうね、きみはどうしてだとおもう？　どうして夏場に、か、か、カゲロウが飛ぶんだろうか……」

「さあ……こういうのを不時現象というと聞いたことがありますが。真冬にモンシロチョウが飛んだり、秋にサクラが咲いたりって、たまにありますよね。カラスの大量死もそうですかね？」

「そうかな……でも、な、なんでも不時現象といえば、か、かたが、つ、つくというものじゃない」

「はい、先生、そうですね。なにかむずかしいことばをあてがえば……命名すれば、かいけつしたようにおもうのは、おかしいですね」

あかえはさとくんがどんな顔をしているか、このさい、憶えておこうとおもった。顔からなにかをよみとれるものなら、そうしてみたかった。しかし、なかなか憶えられないのだ。なにかをよみとることもできない。なぜだろう。眼前のそれは、心慮をよみとるという気を、どういうわけかおこさせない顔なのだ。特筆すべきなにものもない、というのか。ごくふつう。いまどきの、どこにでもいそうな青年である。いや、そんなはずはなかろうとしげしげとみなおしてみても、なにも発見できない。身長は中背だが低めか。金色に染めた髪。口と鼻が大きく、切れ長のやや細い目。鼻筋はとおっている。が、ハンサムとはいいがたい。眉毛メイクというのか、いくぶん細く眉毛ぜんたいがそろえられている。アイブロウ・パウダーをつかっているのかもしれない。利発でも怜悧でも聡明でもあるまい。かといって、とくべつに愚鈍にもみえない。ひどく貧相というのでも、ずるそうでもない。じっさい、まったくもって狡猾にはみえない。邪悪、凶悪……というのとも縁どおいだろう。

困ってしまう。さとくんの顔の特質を憶えようとしても、これといった手がかりがない。耳朶がうすく小さい。鼻唇溝という鼻の両脇から唇の両端にのびる二本の線（いわゆるほうれい線）がくっきりとしているものの、けっして老け顔ではない。口もとがひきしまっていないのと、目がつねにうれしそうに笑っているためだろうか、意思的にはみえず、どちらかといえば、お人よしの印象。祭りで神輿《みこし》や山車にのり、ふんどし一丁で団扇をふっているおとこを連想する。

といったところで、この青年のなにがわかるだろう。内面のなにがよみとれるだろう。背中いちめんにタトゥーがあると聞いているが、そんなものがこのおとこを決定づけているともおもえない。あかえはかるくおどろく。ないことにおどろく。すこしひやりとする。さとくんに特徴というべき特徴がみあたらないことに。どこにでもある小石に、他とはぜったいてきにちがう特徴をさがすのはむずかしい。けっていてきな特徴がないのが、このおとこの特徴なのだろうか……。ひとの存在には、輪郭のびみょうなブレや掠《かす》れた影や撓みや澱《おり》のようなものが、大なり小なり、どうしたってみえかくれし、もの憂く沈殿しているものなのに、それらがよくみえない。

どんなに底意地わるい意図をもってながめても、かれはかならずしも〝特異〟にはみえない。だが、特異ってなんだ？　かれはあまたある心的タイプのなかの、ごくありふれた紋様のひとつではないのか。凶悪、危険、安全、善良、穏和……といった区分とことばは、きょうびあてにならない。かれはひとびとがたのみもしていないのに、たのまれたとさっかくし、早とちりしつつある、たんなる愚かものなのだろうか。

　こんな実験はどうか。かりに、さとくんをふくむ若いおとこを二十人ほどおなじばしょに立たせて、このなかから〈殺人者ではないもの〉ないしは〈殺人不可能者〉をさがすという実験。被験者たちはさとくんらにかんし表情、動作の観察のみをゆるされ、ほかにはなんの情報もあたえられていない。あかえはおもう。苦笑する。くく……。どうだろうか。おおかたの被験者は、はにかみ顔のさとくんを指さすのではないだろうか。それはあながちまちがいでもない気もしないではない。しかし、さとくんをしげしげとみることじたい、気がそそられない。動物園なら、さとくんの檻《おり》はだれだってパスするだろう。安逸なけだるいもの、ありふれたものをながめたところで、なににもならない。みためのかれはなにも励起しないのだから。

　あかぎあかえはちょっとかんがえてみる。もしも、ひとがだれしも〈社会的作品〉であるとしたら、さとくんはどんな作品なのか。それから、きーちゃんやちーちゃんやがーちゃんやいーちゃんやだーちゃんは、いったいどのような社会的製作物なのだろうか。どのような〈社会的作品〉としてとらえたらよいのだろう。〈社会的作品〉という発想じたいにまちがいはないか。

　あかぎの〝割れ〟のきーちゃんは、さとくんを好いている。おそらく、さとくんの手で消されたがっているのではないか。なにかをまっている。おそらく、ではない。

たしかに、だ。きーちゃんは消されるのをまっている。きーちゃんは、〈在る〉のと〈ない〉のとで、〈在る〉のが〈ない〉よりよいことだとはまったくおもっていない。在るじぶんをなくしてくれるかもしれないから、さとくんを好いているのかもしれない。

　入道雲がわいている。さっきはなかったのに。森からかこの青年のからだからか、かすかにジンのようなにおいがながれた。松ヤニだろうか。カケスが鳴いていた。シェー・ジェー・シェー……。老人のようなしわがれ声。カケスは遠くにいるのか近くなのか、わからない。シェー・ジェー・シェー……。あかえはそのときおもった。さとくんには膠でそうしたように、笑いが顔にはりついていて、どこにも翳りというものがみつからないのだった。陰気さがない。わけもなく陽気であった。陰鬱やねじれにねじれた荒みや疲れを皮裏にかくしているようすもない。白日の闇、陰鬱、荒み、疲れというなら、あかぎのほうがそうなのだ。

　あかぎはわざとぶっきらぼうにたずねた。これからきみは水泳にいくのかい？　そう問うような調子で、さりげなく。

「さ、さとくん、き、きみはこれからひとを、たたた、たくさん、こ、殺すのかね？」

　たちまちかき消えるかとおもった笑みはまったく消えずに、逆に顔が風呂あがりのようにぽっと赤くかがやいた。すかさずいう。

「ええ、やります。あれってほんとうにひとかどうかわかりませんけど、ぼく、がんばります。よくご存じですね……先生」

「ふーん、や、やっぱりやるのか……。ああ、ととと、ところで、おれは〝先生〟なんかじゃないぜ、さ、さとくん」

「すみません！　目上のひとにはつい〝先生〟っていってしまうのです」

さとくんはまたペコリとおじぎをした。よくおじぎをするおとこだ。おじぎした目が下をむいたまま楽しげに笑っている。ふせた目が笑う。あかえはその所作をきらう。いっしゅん殴りつけたくなる。おい、あんちゃんよ、うつむいて笑うんじゃないよ、うつむいて笑うのはよくねえよ……あかぎはおもう。口にはしない。さとくんの目の下にモグラ塚がひとつ、脱肛のようにもりあがっている。モグラ塚はいくどもみたが、モグラはみたことがない。あかぎはちょっとモグラをみたいとおもう。生きたモグラがヤマカガシに呑まれて、蛇腹が上から下へとうごいていく図が頭蓋のスクリーンに半秒だけ映って消えた。モグラのことをすぐに忘れる。また松ヤニのかおりがした。オーデコロンだろうか。雲がふくらんでいる。カゲロウが飛んでいる。

「……癖ですかね。でも、これからもまた、どこかでだれかを〝先生〟と呼んでしまいそうな気がします。これって予感ですかね」

「い、いってることが、ど、どうもよくわからないな……」

「よくそういわれます。そういわれました。いってることがよくわからない。バカだと。園でも大学でも」

28

あかぎのみた電車のなかの光景／半裸の母子の異様な動作／毛饅頭と赤茶けた陰阜の痛々しさにかんして

（脱線します。そうしたいとおもうので、ここで脱線します。……だいぶ以前のことであった。とろとろとおだやかで、しずやかな秋の夕まぐれ。やせ細り、ぜんしんの皮膚がどうしたわけか赤茶色にただれた母子が、ふたりともほとんど裸で、電車の席にだらりと股をひらいてあおむいていた。大久保か新大久保のあたりだったろう。赤茶色のものは皮膚を剝がされ腫れあがった肉なのかもしれなかった。上体は、顔も首も肩も、黒っぽく煮くずれたみたいにぼやけていて、よくみえない。母はあかぎの側のロングシートに、娘は対面するシートに、裸の脚を床になげだしてぐったりとしている。乗客はだれひとりかんしんをはらっていないか、れいによって、かんしんのないふりをしていた。そこのところはみわけがつかない。あかぎあかえがひょいと母子の顔をのぞくと、どちらもうつろな「無慾顔貌」をしているのであった。あかぎがちょっとおどろき、すぐさまきーちゃんに報告しなければならないとおもったのは、しかし、半裸の母子や無慾顔貌のことだけではなかった。皮膚の赤むけた母はよろりとたちあがり、娘のほうにつんのめるようにして近づいていった。だれも母をとめはしない。かといってからだをささえもしない。通報もしない。そういうものだ。そういうものなのだ。ひとはみてみぬふりをする。なにごともなかったような顔をする。母は娘のひらかれた股のあいだに、くずれおちるようにひざまずく。目の前に、娘の、俗にいう毛饅頭《けまんじゆう》がほっこりともりあがっている。それはいやでもあかぎあかえの目にはいった。ほかの乗客たちも窃みみたはずだ。そうしないはずがない。毛饅頭といったって、毛は焼き畑のようにまばらで、赤茶けた陰阜は痛々しい腫れもののように目だった。残照がすべての窓をいちまいのこさず荒血《あらち》を浴びせたようにそめていた。その赤がすこしばかり奇妙だった。油紙ごしのように黄色っぽいにごりがあるのだ。あかえは電車をおりようとドア口にむかう。とちゅう、無慾顔貌の母が無慾顔貌の娘の毛饅頭に、人さし指をさしこんで、ゆっくりとだしいれしているのを横目にみた。抽《ちゆう》送《そう》というやつではないか。どこかでスマートフォンのシャッター音がする。母の指が赤くぬらっと濡れている。しかし赤いのは光線のかげんでそうなったのかもしれず、たしかではない。なにごともたしかではなかった。母は娘のそこを、ただなでさすっていただけなのかもしれなかった。母子というのも、あかぎがそうおもっただけで証拠はない。たしかなことはなにもなかった。電車をおりた。あかえはホームから電車をみた。窓という窓に、何万、何十万というカゲロウたちがびったりとはりついているのだった。蛾とかんちがいしそうになったが、二本または三本の糸状の尾があり、翅が膜状なのだから、カゲロウにちがいなかろう。窓はおびただしいカゲロウによって封じられていた。ただ、その光景からは意味や理由というものがカゲロウのちぎれた翅のように剥落していた。あかぎはホームの端にたち、カゲロウの電車が隧道の赤黒い闇にしだいにすいこまれてゆくのを、だまってみおくった。これらのことはもちろん、きーちゃんにはつたえた。以心伝心だから、なにもくどくどということはない。きーちゃんはギャーッと奇声をあげた。さとくんにはいわなかった。面倒くさかったから。以上、脱線終わり）

29

ひとってなんですか……と、さとくんが問うたこと／森の生臭さにかんして

閑話休題。あかぎあかえは大儀そうにいう。

「ひ、ひとを殺すのはやっかいだろう。手間がかかるし。たた、たくさんなら、なお

のことたいへんだ。血がでるだろうし、た、体力がいる。それに、こ、殺すのはよくないとおもわないのかな……」

　やや間をおいて、さとくんがたずねる。

「あのう、ひとってなんですか？　先生……あっ、すみません」

「あ、あ、あかぎ。あかぎあかえだよ……。ひとってさ、き、きみと似たもの。お、おれと似たものかな」

　さとくんはゴーグルやマスク、帽子、左利き用スペシャル鎌をナップザックにおさめ、背負った。ガチャガチャと音がした。右手には刃に草の汁がついた右利き用の鎌一丁。どちらからともなく森の斜面をのぼりだした。あかぎがそこをのぼるのははじめてである。斜面はけわしくはない。ひとがあるいた跡であろうか、下草が禿げてうすくなり、ところどころ湿った粘土質の土が露出している。あたりには草いきれがこもっている。樹々の葉叢をぬってくる風にゆらぐそれは、濃厚にすぎ、野卑で、淫らで、猛々しくもおもわれた。腐った魚のはらわたのにおいが鼻をかすめた。話がとぎれた。あかぎが低くつぶやいた。

「なんだか、く、臭えな……」

「ええ、臭いですね、森って……」

　さとくんがこんどは間をおかず応じた。森を知っているのだな、とあかぎはおもった。森にはどちらかというと、植物というより動物のにおいがたちこめている、とあかえはおもっているのだが、口にはしなかった。森の臭気は、ひとの体臭や腐った臓腑のように、むせるほど濃いときと、すましかえったように淡いときがある。なぜかはわからない。

「杣径《そまみち》」ということばを、あかぎはおもいうかべた。ここは、けわしくはないが、やはり杣径といえるだろうか……。森の番人しか知らない杣径。「どの杣径も離れた別の経路を走るけれども、しかし、おなじ森のなかに消えてしまう。ある杣径はしばしば他の杣径と似ているようにみえる。けれども、似ているようにみえるだけである」。そのように書きのこした、顔の四角ばった人物の、とほうもない深みと、とんでもない浅みについて、二、三秒かんがえてみた。どうでもいいことだが、かれ、ハイデガーの、ナチス党員番号は３１２５８９４だった。〈サイニゴハクシ〉と、あかえは暗記してしまった。あるいは〈猜忍誤博士〉と当て字して、なんらひつようもないのに、その番号をおぼえてしまった。〈猜忍誤博士〉はそのむかし、いったのだった。「杣にはたくさんの径があるが、たいていは草木におおわれ、とつじょとして径なきところに杜絶する」。だからどうしたというのだ。たいそうなことのようだが、なんのことはない、ごくあたりまえでもある。賢者も愚者も凡人も、すこぶるつきの善人も、ナチになりうる。なりえた。カゲロウが鉛の影のように飛んでいる。会葬者。あかぎはみあげて、おもった。戒名。これから殺されるものたちに戒名はつけられるのだろうか……。朽ち葉色の小鳥がひと声ピッと鳴いて、ななめに森蔭を切っていった。ブカブカとゴム長の音をたてながら、あかぎの右側の斜面をさとくんはのぼった。上に赤いベンチがあるという。

30

さとくんがたたみかけたこと／一定の感情・理性・人格／「ぼくたちは、げんじつに、こういうものであり、ああいうものではありません」

「あのう、あかぎさん、パ……ってなんでしょうかね。よくわからないんです」

義耳がまた汗をもった。ニセの耳が痒くなる。汗が義耳からほんものの耳孔をつたってくる。この義耳は欠陥品ではないだろうかとあかえはおもう。さとくんはある英単語を発音しようとしていたのだった。変な発音だった。よく聞きとれず、あかぎは即座にはりかいできなかった。かれがそのようなことばを口にするはずがないと無意識におもいこんでいたために不意をつかれたこともある。あかぎはさとくんの右側に移動した。さとくんがくりかえした。

「パーソンフッドです。パーソンであること。そのひとらしさ。そのひとらしさってなんでしょうかね……。あかぎさんは、だれにでも人格があるとおもいますか。ジンカクってなんですかね……」

あかぎはちょっとたじろいだ。しかし、左手で義耳をごそごそと掻いて、平静をよそおった。指が汗に濡れた。義耳をべりべりと剝がしたくなったが、がまんした。さとくんをずいぶんみくびってきたようにおもう。その感情は前にもわいたものだ。が、どのように、なぜみくびってきたか。それを詰めてかんがえることはなかった。だれにでも人格があるかどうか……。ジンカクとはなにか……。そのような議論をことあらためてだれかとしたことはない。青年は返事をまたずに語った。

「にんげんとはなにか、あるとき辞書でしらべたことがあるんです。大辞林で。そうしたら、第一項目に『（機械・動植物・木石などにはない、一定の感情・理性・人格を有する）ひと。人類』とあるのですね。カッコ内のほうが長くてじゅうようにみえます。それで、第二項目には『（ある個人の）品位・人柄。人物』とありました。なるほどな……とぼくはおもいましたよ。へえ、そんなもんかよ、と。ああ、これを書いたひとは園のことなんかなにも知らないのだな、かんしんがないのだな、そのことでとくに苦しんでも悩んでもいないのだな……そう、ぼくは感じました。ご存じかもしれませんが、園には『一定の感情・理性・人格』をもつとはとてもおもえない入所者たちがたくさんいます。それでですね、入所者たちが『一定の感情・理性・人格』

かどうか、ぼくは、なんどもなんどもなんども、かんがえたことがあり
をもンブツをまぢかに注意深くみながら、すごく真剣に、です。だって、これは
もだいじなことですから……」
すでになんどもおもうか、だれかに話すかしたことのあることなのだろう。さとくんは息もきらさずに、ほとんどよどみなく話しつづけた。ときおり鎌を上下にふりながらしゃべり、あるいた。さとくんは外股で、ややがに股ぎみだった。どこかでサイレンがとぐろをまいて、風のまにまにながれてゆく。森は黒くしずもっている。
あかぎあかえはもう息がきれていた。返事をしなかった。右脚が石のように重くなっている。斜面の途中に水たまりがあり、銀色に光っている。鎌の刃と青く反射しあった。カゲロウが数匹、頭上すれすれをのろのろと飛んでいる。さとくんは鎌をふりあげ宙を縦に斬った。刃にカゲロウの胴がへばりついていた。胴の先の細い尾がふるえている。かれらは羽化したあとで、あらためて脱皮する。羽化したポイントとべつのばしょに脱皮殻を脱ぎすてる。翅がのびてから脱皮する昆虫はカゲロウのほかにないそうだ。あかぎは暗闇でカゲロウが脱皮する映像をみたことがある。よこたわったひとつの個体の影からべつの影がゆっくりと抜けだし、腹筋運動のようにおきあがってくるスローモーション映像だった。それは美しいというにはためらわれる、死体の内奥からぬらぬらとした生体が、理由もつげず、前置きもなしに、むっくりと登場し

てくるような不気味さがあった。新たな個体は闇のなかで密やかな光暈《こううん》をまとっているようにみえた。あるいは、生体と脱皮殻とのあいだに青白い燐光が燃えているかのようであった。はるか遠くから声が聞こえた。はっと気がつくと、となりの声であった。

「急がなければならないとおもうんです」

あかぎあかえはため息をついて、うなるようにいった。「えっ、急ぐ？　そ、そうかね……」

足もとで虫が飛んだ。草とおなじ色のツユムシだった。虫の目だけがオレンジ色にみえた。それは虫ではなく、薄緑色に移ろうふたしかな気配か、たった一回だけで時空間からかき消える透明な軌跡にすぎない。軌跡は、じっさいにあったともいえるし、なかったともおもえた。

「サクセンを予定どおりじっこうしたら、どうなるとおもいますか、あかぎさん」

「サ、サクセンって……。ひ、人殺し作戦かね？」

さとくんはそれには答えず、「あれです」といって指さした。森のなかの丘のいただきに置かれた木製の小さな赤いベンチだった。歩行のできる入所者たちをここにつきたことがある。ベンチは園の作業実習でこしらえ、塗装もペンキや刷毛を買っ、所者たちがやったのだという。ふたりは朝露に濡れたそこにすわった。カゲロウの死骸がベンチにもへばりついていた。ここからは下がみえるけれど、下からは樹林がじゃまして、ここはみえない。さとくんはカゲロウの死骸を指でつまんで捨て、いいつづけた。声域が広いのだろう。子どものような舌足らずの高い甘え声になるときと大人びた低音になったりするときがある。声のなかに、もうひとつ声がかくれている。

「死角っておもしろいですね……みるひとの位置や立場によって、ものがみえたりみえなくなったりする」

赤いベンチの位置からは、二階建ての園が西棟も東棟も一望できた。園の背後の崖も、そのうえの大観覧車も、〈希望の森〉の横の県道もみとおすことができる。あかぎのログハウスは木立にさえぎられてみえない。電車の駅は三、四キロほどはなれている。だれがそのようにくわだてたのか、園は崖と森によって市街地からへだてられ、たくみにかくされていた。ひとどおりのない県道を黄色のバスが一台、夢のなかの風景のように、ゆらゆらとはしっていた。キョウチクトウの咲いているバス停でとまった。バスが走りさると、キョウチクトウより鮮やかな赤い点がのこされた。あかぎあかえは目をこらした。赤い服のおんなだった。はっきりとはみえない。たぶん、ノースリーブの赤いワンピースを着ているのではないだろうか。ハナだ。ハナなら、ピケ帽をかぶった〈小さなおじいさん〉ヤコブの手をひいているはずだが、よくみえない。

さとくんが、遠目がきくのか、ささやいた。

「ハナさんとヤコブが、園にむかっています……デイサービスにいくのですね。こうやって時間はだらだらすぎてゆく……。このままなにもしなければ、なんにも起きない。なんにも変わらない」

眠い。とても眠い。あかぎあかえは気がとおくなりかけている。あかえはきーちゃんの意識の膜にやんわりと包摂されている。きーちゃんがあかぎのからだのなかでモモンガのように意識の飛膜をひろげ、耳を澄ましている。あかぎがだれにともなくいう。あかぎではなく、きーちゃんがつぶやいたのかもしれない。あるいは、きーちゃんがあかぎにいわせたのか。脈絡がない。

「し、し、〈死は、安らぎではないまでも、一つの解放ではあるべきものだ〉[*1]……といったひとがいる。し、死は、ではなく、死が、だったかな……」

「えっ？」

さとくんが怪訝そうにあかぎの顔をみる。

「だれの死が、ですか？」

あかぎがあくびをし、まえをみたまま応答する。

「だ、だ、だれの死でも、だよ、た、たぶん」

「解放ってなんですか？　健康のことでしょうか？」

「わ、わからん。おれがいったんじゃないから。ただね、に、にんげんの生は、健康であれ、ふ、不健康であれ、もともと安らぎでも解放でもない気がする。ざ、残念ながら。だ、だ、だからといって、や、安らぎでも解放でもないものを抹殺していいということにはならんだろう」

「そうでしょうか……。ああいうものをまぢかにみたことのないかたたち、さわったことのないひとたち、ガブリと嚙みつかれたことのないみなさん、毒もウンコもオシッコも唾も涎も痰も洟汁もあびたことのない、なすりつけられたことのないかたたち、ひっきりなしに耳のそばで絶叫を聞かされたことのないひとたち、ひとのかたちではないかたちや、声ではない声にせっしたことのないひとびとは、たいてい無責任です。おそろしくいいかげんで、いくらでもきれいごとをいいたがります」

「ああいうもの、かね……」

「そういうのと、そういわないのとで、どうちがいますか？　ぼくたちは、げんじつに、こういうものであり、ああいうものではありません。そうじゃないですか？」

　そうじゃないですか？……という、たたみかけてくるようないいかたはすきじゃない。あかぎはおっくうになってくる。すこしいらつく。凪のクルーズィングのような眠気がつづいている。だが、きーちゃんがあかぎのなかでじっと耳をかたむけている。きーちゃんの耳がいつのまにか、あかぎの胸からはみでてきている。ああいうものとこういうものの分類を気にしている。さとくんが小声でいう。

「カゲロウがふえてきたようにおもいませんか……」

「そ、そうかな、ふえたかな……」

「だんだんふえてますね。ほら、きーちゃんも、ちーちゃんも、がーちゃんも、いーちゃんも、だーちゃんも、ヤコブも飛んでるでしょ。カゲロウになって、ゆーらゆーら飛んでるでしょ。園のほうからいくらでも飛んでくるでしょ」

ひとびとが窶《やつ》れ朽ちてゆくにおいが園のほうからただよってきた。太陽は中天で爆発していた。カゲロウは逆光になってみえにくい。あかえの目のなかで、陽光が熱した黒蜜になり視界を融かしている。

「ほらほら、飛んでるでしょう？　水に溺れるように飛んでる。あいつら、ほんとうに器用なもんです。飛びながら、すきかってにウンチを漏らしたり、オシッコしたり、おならしたりしている。がまんなんかしやしない。だしたいときにだし、垂らしたいときに垂らす。そういう飛沫を、ぼくらが吸わされてるんです。やつらは安らかじゃないし、ぼくたちもおだやかではいられない」

「そ、そうかな……」

「あかぎさんも、ぼくはあたまがおかしいとおもってるんじゃないですか。そうでしょ？　フツウじゃないと。だとすると、つうか、であればですね……すべては解決がつくんです。とけない謎がとける……」

「そ、そ、そうかい？」

「そうじゃないですか。世界はいま、ふたつのことをもとめるともなくもとめています。こころのかたすみでそれとなくねがっています。ウソをつけ！　とんでもない！　そんなことはない！　口ではそういいながら、なにもねがわないふりをして、ねがっています。ねがっているとは自覚はせずに、じつはまちのぞんでいます」

「だ、だろうか……」

「ふたつのことって、なんだとおもいますか？」

あかぎは応じない。口をもぐもぐとうごかすが、声にならない。あかぎのなかに、いわば羽化にしっぱいしたきーちゃんが、二人羽織のようにして棲んでいる。きーちゃんの耳があかぎの胸にくっついている。

「残らず死んでゆく人たちに／黒い衣を着せなさい。／精一杯生きている人たちに／白い衣を着せなさい[*2]」……。

だれの詩か。きーちゃんがいったのか、あかぎがおもいだしたのか。どちらかが、かすかな声にした。あるいはいっしょに。ノコラズシンデユクヒトタチニ、クロイコロモヲキセナサイ……。

「はあ？」とさとくんがあかえの目をみる。

「いや……」と、あかえはお茶をにごす。電子チャイムの「トロイメライ」が風にのってやってくる。オスプレイだろうか、ヘリコプターが園の上空を飛んでいる。「トロイメライ」がヘリの回転翼に輪切りにされる。ややあって、さとくんの声がする。

「ひとつは、とんでもないことです。ありえないこと……。あってはならないとされてきたこと、です。かんがえられないとされてきたできごと……。それで、ふたつめは、それをひきおこし、それをひきうける、フツウではないにんげん。けっかてきには、フツウではないといわれることになるにんげん。あってはならないとされるできごとは、フツウではないにんげんによってひきおこされたことになる。これで原因と結果の説明がつきます。いちおう……」

「ひ、ひ、ひとつめをひきおこすのも、ふたつめをひきうけるのも、き、きみというわけか……」

ついさっきまで気づかなかったのだが、スズランが〈わたくしたったいま咲いたのですよ〉とでもいうように、あしもとにひとかぶ咲いていた。ベル形の白い花と花のあいだにカゲロウの抜け殻がからまっている。

「ショウドウノダイコウ……かな」と青年はいう。衝動の代行。くりかえす。

「かくれた衝動の代行です。かくされた、かな……」

「だ、だれの？　だれの衝動？」

「みんなの。世界の……です」

「み、みんなの？　せ、世界の？　な、なぜ、そういいきれるんだい？」

「あかぎさんはそんな衝動を感じたことが、まったくないのですか」

「ひ、人殺しのか……。うーん、たぶん、な、な、ないな。ただの人殺しじゃないしな。な、ないとおもうな……。おれは面倒くさがりだからな」

「あのう……〈イド〉ってやつですよ、イド。快をもとめて不快を避けたがる衝動かな……。ごじぶんでお気づきでないことかもしれませんね。うっすら気づいていても気づかなかったことにする。だれかがいつか実行にうつすと、『ひどいことをする』といいながら、こころの奥底では、やんわりなっとくしていたりする」

「あ、あ、あんたね……き、きーちゃんもやるのか。やる気なのかい？」

　さとくんは答えない。

「あかぎさん、これってスピード・スムーズ・アンド・リズムなんです。ＳＳＲですね……。あっ、あと、コンセントレーション。ＳＳＲＣです。ここはアメリカじゃないんです。フィンランドでもない。美しい国、ニッポンですからね。つまり、銃でバババというわけにはいかない。アナログでやるしかありません。手工業です。いってみりゃ、手仕事なんです。さっき、衝動ともうしあげましたが、じっさいもんだい、数秒間か数分間の衝動ですむはなしじゃありません。一時間、いやそれ以上かかるかもしれません。やってるとちゅうで気が変わりました……なんてまぬけな話はゆるされません。ですから、がんばらないといけない。ぜったいにがんばるという、つよい気持ちと持久力がいります。それと、なんといっても、ＳＳＲＣですよね。でないと、一晩でいくつもやりきれるものじゃない。ひとつひとつにこだわったり、いちいちとまどったり、かんがえこんだり、おじけづいたり、てまどったり、バテたりしていたら、夜が明けちゃう……」

「ほ、ほんきなのか……」

あかぎはまだほんきとはおもっていない。ほんきであるはずがない。とおもっている。じぶんの尺度で。さとくんはまた大きく口をあけて笑う。顔がハロウィンのカボチャになる。口に赤黒い洞穴ができる。奥のほうで無毛のぬるぬるした爬虫類のようなものがうごいている。

「ご存じかもしれませんが、ぼくはニホンコクの総理大臣にお手紙をだしました。コクミンが総理大臣に手紙をおだしするのはあたりまえなのに、みんなにすごくおどろかれました。衆議院議長さんにもお手紙をおわたししました。作戦実行のご指示をいただくためです。それがバレたために、園を辞めざるをえなくなったのです。あたまがイカれている。そういわれましたよ。で、精神科病院に措置入院もさせられました。すごくバカバカしい入院でした。精神科の医師たちはなにもわかっていません。この世で精神科の医者と臨床心理士くらいバカげたれんちゅうはいませんよね。かれらは思想と精神病理をごっちゃにしているのですから、さいしょから話になりません。ぼくはむりやり措置入院させられましたが、ははは、内心のなにもさぐりあてられず、重い病があるのかないのかも特定されませんでした」

医師らに、易怒《いど》性《せい》、思考奔逸《ほんいつ》、昂揚気分、マリファナによる「脱抑制」……などと診断されたことを、かれは苦笑まじりで説明した。

「まったく、こんなていどなんですよ。いったい、なにがわかったというのでしょうか。こんなことで危険視されるのでしたら、世界中の何千万人ものひとびとを拘束しなければならないことになりますよね……」

　これらが病症なら、だれもが精神病ということになる。易怒性、思考奔逸、昂揚気分は病症ではなく、にんげんの感情の「ごくありふれた状態」にすぎないではないか。さとくんはごく冷静に語った。あかぎあかえは無言でうなずく。さとくんは、措置入院先から退院するかんたんな「秘訣」をおしえてくれた。それによれば、だいいちに医者たちの思考パターンにじぶんをできるだけあわせること。入院初期は、いわゆる易怒性、思考奔逸、昂揚気分を派手に演技する。これでもかこれでもかとさわぎまくり、ドア、窓、壁を蹴り、たたきまくる。わめく。やりかたは園の入所者たちをみて、いやになるほど知っているのだから、ある意味でこちらのほうが筋金入りの「プロ」なのだ。演技にねっちゅうしていると、ふしぎなことに、ほんとうに「患者」になったような気になってくる。なったような気ではなく、狂人の境地にたっし、そこからぬけられなくなることもあるので要注意。医者たちの多くは、患者からウンコをぶっけられたこともない、唾を吐きかけられたこともない。あたまでっかちの、実践的には「素人」にちかいのです。

　金髪の青年はさらに「逆臨床的」という聞きなれないことばをもちいた。患者側からみたばあい、という意味らしかった。逆臨床的にいえば、医者どもというのは、かってにつくりあげた医学用語にごういんにげんじつをあわせ、ねじ曲げているだけの、「じぶんの狂気」にさえ気づいていない「子どもっぽいおとな」だという。ようするに、入院当初の易怒性、思考奔逸、昂揚気分とやらの演技を、カウンセリングのたびにじょじょにひかえめにし、あたかも症状が「寛解《かんかい》」したかのようにふるまえば、医者の大半は治療効果がでたとよろこんで、退院させてくれる、というわけだ。さとくんの声がかすれてきた。

＊1　金時鐘（キム・シジョン）『猪飼野詩集』「果てる在日（5）」（部分）

＊2　尹東柱（ユン・ドンジュ）『空と風と星と詩』「夜が明ける時まで」（部分）金時鐘＝編訳

31　佝僂男にかんするあかぎの回想とさとくんの重大な決意表明／「きっとぼくは有名人になります」

眼下に影法師がひとつうごいている。バスのすぎさった白い県道を黒っぽいなにものかが、腰をかがめるようにして、よろよろとひとりでよこぎってゆく。風景はそれとして外側にただあるのではない。おそらく目のなかで展《ひら》けるのだ。あかぎあかえは、影法師となったそのものがたぶん「疑いぶかくて怒りっぽい」、そして手のほどこしようもないほど孤独なおとこではないかとおもい、ほとんどそうかくしんし、そして、なつかしむ。胸がさわぐ。キョウチクトウがバス停のわきでじゅくじゅくと赤みをましている。よこぎっていったものは、ひとことではかたりえない影であった。「疑いぶかくて怒りっぽい」影を、あかぎはこのむ。なんとはなしに親しみがわく。疑りぶかくないふりをし、怒りっぽくないようにみせかけるより、このましい。ドストエフスキーは『地下生活者の手記』の「わたし」が「疑いぶかくて怒りっぽい」内面であるのを、ぐたいてきに強調したくてであろう、わざわざ「佝僂男か侏儒のように」と形容したのだった。「佝僂男か侏儒のように疑いぶかくて怒りっぽい」というのだ。これでは佝僂か侏儒へのこころないきめつけのようだが、あかぎはその形容にていこうがなかった。だいいち、ドストエフスキーが十九世紀にそう感じたのであって、そう感じられたことはしかたのないことである。それは、ひとというものの果てしない葛藤と内面の錯綜、撞着をしのばせているのであり、胸を衝く直喩だなとおもった。いま、「佝僂男か侏儒のように」といわなくなったのは世のなかがよくなったからではない。まったくちがう。佝僂や侏儒のひととイメージがむしろ無理無体に擯斥《ひんせき》されて、体内の暗がりにくぐもるしかなくなっているだけだ。

　あかえは子どものころの一時期、前歯のひどくつきでた、体形が「く」の字の佝僂おとこを気にした。濃霧の底をわたってゆくおぼろな影法師のように……。おとことおとこがひとりで棲む掘っ立て小屋にたいし、小学校の登下校時に、他の子どもたちといっしょに連日、しつこく線路の石をぶつけたことがある。おもうに、たったひとりではできなかっただろう。集団だからできた。子どもらは、そのおとこが「疑いぶかくて怒りっぽい」から投石したのではない。おとこがものいわぬ醜く貧しい、水飴のような涎を胸までたらした、「く」の字の生き物であったために、投石は期せずしてはじめられたのだった。そうするのにひとりの反対者もいなかった。扇動者も指揮者もいなかった。むかしだったからそのような野蛮なことがなされたのだろうか。いまならありえないことだろうか。いや、でもなかろう。

子どものあかぎも、ためらわず石をぶつけた。子どもらは線路でポケットがはちきれんばかりに石を用意しておき、竹やぶのむかいの掘っ立て小屋ちかくにくると、「乱射乱撃雨あられ」とばかりになげつけた。おとこは禽獣のような鋭い悲鳴を発して逃げまどい、めずらしいその声と黄色い牙をむきだした狂犬のような動作が、さらなるはげしい投石と憎しみをさそった。いくつかの石がドス、ドスとかれのからだと小屋に当たった。からだに当たった音と小屋にぶつかった音は、むろん容易に聞きわけられた。からだの音だけが耳にのこった。

なぜそうまでできたのかあかぎはわからないが、ほんとうはわかっている気もするのだ。ものいわぬ醜く貧しい、理解しがたいものを、子どもらは集団で敵視するものだ。おとなでもそうだろう。本性のわからないうらぶれた影法師におびえ、集団となれば、影法師を消そうとこころみたりする。影法師がじぶんのなかにも棲んでいるのをさとられまいとでもするように、先手をうって敵視し、石をぶつけることによって、じぶんらと影法師をしきりに区別しようとする。子どもは残酷で執ようだが、どうじに、「飽きる」ということを知っている。じっさい、投石は飽きるまでつづけられた。

わるいことだと知って、投石をやめたのではなかった。飽いたのだった。

あかぎはおもう。じぶんの石もたくさんの石とともに、おとこの背中にもりあがったまるい骨と肉の丘にドスンと鈍い音をたてて命中した記憶と、命中はせず、ずっとはずれつづけた記憶のりょうほうが、つごうよくある。命中した記憶をもちきれなければ、命中しなかった記憶をとりだせばいい。貧しく醜い「く」の字のおとこは小屋のそとのゴミの山にうつぶせになり、背中の瘤をさらして死んでいた……あかぎはひとづてにそう聞いた。その死が、投石のせいだったかどうかはわからない。「く」の字のおとこが、かん高い悲鳴をあげて這いまわり逃げまどっていたとき、ひょいとこちらをむいた目。黒く煤けた垢だらけの顔のなかの、青く澄んだ池。そのいっしゅんの清冷さに、子どものあかぎはちょっとたじろいだ。それはあのおとこが死んでからつくりあげた想い出の修正なのかもしれなかった。何十年もしてから、大地震と大津波がそのあたりを記憶の根っこごとこわし、きれいさっぱりと浚《さら》っていった。「く」の字のおとこと、かれのことのほか青い目は、かたりえない影でありつづけ、やがて、あかぎ固有の影にながれこみ、そのいちぶになった。それらのことはすべてきーちゃんにつたえてある。さとくんの声がする。

「あかぎさん、あなたはだれなのですか？」

あかえはいう。

「お、おれかい。お、お、おれは、お、想い出だけのおとこさ。想い出をとったら、な、なにもない」

　あかぎがまばたきをする。問う。

「じゃあ、さ、さとくん、き、きみはだれなんだい？」

　さとくんのスピーチがはじまる。

「ぼくは……ぼくはですね、やるときめたおとこです。ぼくは逃げません。かくれません。めそめそ泣きません。求めをひきうけて実行するんです。あってはならないといわれることをひきおこす、フツウじゃない、マトモじゃない役をやりとげます。ぼくは近々、テレビに映るでしょう。アホバカテレビに、まちがいなく。ぼくは本にも書かれるでしょうね。きっとぼくは有名人になります。新聞や多くのひとたちがぼくをボコボコに非難するでしょう。おなじみの精神科医や評論家たちがテレビで、いかにも憂い顔で、それでも得意げにへらへらとしゃべりだすでしょうね。番組のあいまにＣＭがながされるでしょう。『バイトデビューはａｎがあんじゃん』とか『はい、ひょっこりはん』とか、ジャパネットなんとかとか、ビールやお菓子や、しみ、そばかす防止の美容液や便秘の薬……なんかのＣＭね。お笑い番組だってバラエティだってなくなるわけじゃない。タケシもサンマもツルベもしゃべりつづけます。でも、ぼくの話はぜったいにしない。あまりにも暗すぎますから。まあ、なんというか、キモいですからね。だれだって知っているんですよ。直感で。本能で。これがどれほど暗く手におえないもんだいかを。下手したら、じぶんの愛人にお金をはらって堕胎を求めた過去の影だってからみかねないくらい、もんだいの根がひろく深いくらいのことは勘でわかります。それでも、つうか、だからですね……底のあさい特集番組がNHKをはじめ、いくつもつくられるでしょう。じっさい、ぜったいに底があさくなければならないのです。番組内容の底があさくて、どうじに、底のあさいペラペラの良心をちょっとばかり偽善的に満足させることのできる番組。番組をみるがわもそのほうがたすかる。だって、底の深いものだったら、視聴率がとれないし、内容しだいでは、ぼくの作戦を肯定することにもなりかねないですからね。ほじくりだしたら、きりがない。とてもじゃないが、収拾がつかない」

32

美しいニッポンと地球のために、かんぜんな〝心失者〟にはいったいなにができるか／さとくんの演説もりあがる

あかぎの胸できーちゃんの耳が、アネモネのように開く。花弁がゆれる。

「ぼくはたぶん……優生思想のもちぬしだとか糾弾されるんでしょうね。ナチスにむ

すびつけられたりして……ね。優生思想といえばいかにもわるいみたいになる。でも、いまって、優生思想が社会のすみずみまで合法的にゆきわたった時代じゃないですか。新聞記者もテレビのディレクターも国会前でデモやってるやつらも、なんのことはない、さいわいにして〈堕ろされなかった〉ものたち、つまり、かくれた優生思想の生きのこりでしょうが。ちがいますかね。〈優勝劣敗はこの世の常〉とかいうでしょう。優勝劣敗はもうわるいことじゃない。当然になったのです、あたりまえに。いや、あたりまえをとおりこして、優勝劣敗は社会の規準になりました。両親ともとても貧しくて、その子どもがおもいきりバカで、二目とみられないほど醜くて、意思の疎通もできない、おまけにからだにいくつも欠損のある、立ちも歩きもしゃべりもできない、自力で食えもしない、垂れながしの、ほうっておけば死ぬしかないやつは、あかぎさん、どうすればいいのでしょうか。とおくのほうからお気の毒に……というのはかんたんです。かんたんすぎます。社会がよろこんでたすけてくれますかね。〝間引き〟なんかしないで、みえないところ、奇声が聞こえないところに死ぬまで監禁したりしないで、共生してくれますかね。顔をそむけずにハグしてくれますか。頬ずりしてくれますかね。ぼくはいくつもみています。園に視察にきたえらいひとたちが、においを嗅がないように息をつめ、みないように顔をそむけ、そそくさと帰っていくのを」

さとくんの目がうるんでいる。唇を舌の先でうるおしている。こめかみに魚卵みたいな汗の粒がうかんでいる。

「重い入所者……かれらはなにかの役にたつことができるでしょうか。存在しなくなること以外に、なくなること以外に、どんなことができるでしょう。だれもそんなことをまじめにかんがえやしない。ぼくはかんがえました。美しいニッポンと地球のために、かんぜんな〝心失者〟にはなにができるか……。かれらは自己決定ができない。やりたくても自殺もできない。そうなると、こころざしのある他者がやってやるしかない。つまり、いなくなってもらう。消えてもらうのです。かんぜんな〝心失者〟がひとりいなくなれば、そのためについやしてきたコストを、生きるべきひとりの貧しくても健やかな〝非心失者〟のほうにまわせるじゃないですか。ただいなくなってもらうだけじゃない。もっとイメージをゆたかにしないと……。たとえば、たとえばですよ……かれらにこのさい有機肥料になってもらうというのはどうでしょう？〝心失者〟でも、その身体の成分は、酸素、炭素、水素、窒素、カルシウム、リン、イオウ、カリウム、ナトリウム……など豊富です。この森の緑のための堆肥や厩肥《きゅうひ》になってもらってもいい。森はかならずいきおいよく再生します。〝心失者〟は新しい樹になり根になり葉になりして生まれかわるのです。かれらは緑色植物となって光合成をします。空気がきれいになります。夜になると、この森に青白い人魂が飛ぶかもしれませんけどね。えっ、なんかおかしいですか？ それなら、ドッグフードでもキャットフードでもハンバーガーの材料でもいい。成分表示なんかどうとでもなります。固形食品とか災害用保存食品の原料でもいいじゃないですか。ビスケットとか。あかぎさん、いま、顔をしかめましたね。いやなんですか？　でもこれはぼくのオリジナルイメージじゃないんです。ご存じですよね、むかしの映画『ソイレント・グリーン』にもでてくるじゃないですか。オワコンみたいなもんですけど、どっこい終わっちゃいない。ぼく、中古のＤＶＤでみましたよ。チャールトン・ヘストンというもう死んじゃったおっさんが刑事役ででてましたね。ベートーベンの『田園』交響曲がよかったですね。すばらしかったな。安楽死のための特別施設で、涙をながしながら『田園』を聴き、スクリーンに美しい自然や動物をみる。いまはなくなった過去の想い出として……。それでひとびとは静かに安楽死して、残るひとびとのためのビスケット〈ソイレント・グリーン〉にされちゃう。あれって、二〇二二年のニューヨークでしたよね。もうすぐです。ひとがひとを食うって、むかしからのテーマなんですね」

　あかえもむかし映画をみた。本も読んだ。きーちゃんの耳たぶがふるえている。

「どうでしょうか……パラリンピックだって裏返った優生思想の象徴じゃないですか。ちがいますか？　園のだれがパラリンピックにでることができるというのですか。パラリンピックはむしろきーちゃんたちをあざわらっているんじゃないですか。それから、ニッポンぜんこくであれほどさかんにおこなわれた強制不妊手術に、ひとびとはそもそも罪の意識をもっているでしょうか。どれほど多くのひとが、しんけんに〝心失者〟のことをじぶんとかんけいのあることとしてかんがえているでしょうか……。〝心失者〟のウンコもオシッコも涎も浴びたことのないやつらになにがわかるというのですか。特集番組の出演者たちが目にうかびます。けつろんもいまからわかっています。ぜったいにゆるされない犯罪。命のだいじさ。そんなの、あたりまえっちゃあ、あたりまえですよね。だれでもにんげんらしく生きる権利があるって……。でも、〝にんげんらしい〟って、なんですかね？　だれもほんきではかんがえていない。入所者たちにもそれぞれ個性がある。趣味もある。愛もある。人格がある。尊厳がある。みんなで支えあおう……みたいなハートウォーミング・ドキュメンタリーになるでしょうね、番組は。そんなのわかりきっている。きれいごとは、いいたいものにいわせておけばいいんです。いっぽうで、少なくないひとびとが、ぼくを無言で支持するはずです。グッジョブ！〈いいね〉マークがクリックされます。サムズアップです。ぼくはダークヒーローになるんです……」

長広舌だった。ふうっと息をつぐ。にっと笑う。

「あと、ぼくの刑事責任能力ですね。りこうなひとはおもうでしょうね。じけんは理解不能だから、それに、じつはみんなにとって理解可能であってはまずいから、あたまのおかしいやつ、フツウじゃないおとこがおこした、ということにしておきたいと……。いまはやりのサイコパスとかですね。鬼、鬼畜、性格異常、変質者系ですね。けれども、世間の処罰感情とかに応えてぼくを死刑にするためには、どうしたって刑事責任能力がひつようということにもなる。ということは、心神耗弱、心神喪失はNGです。かんぜんにあたまのおかしいやつでも困っちゃうということです。かといって、かんぜんに正常でもせつめいがつかない。つまりですね、ぼくとしては役柄が矛盾する最低ふたつの人格を表現しなきゃならないということです……」

　そこまでかんがえているのか。あかぎは意外におもう。さとくんのしゃべりがすこし遅くなる。あかぎの胸で、きーちゃんが聴きいっている。あかぎのなかのきーちゃんは奇声をあげない。

「あかぎさん、誤解のないようにですね、いわなくてもいいことをいっておきますけど……ぼくはもちろん、いままでひとを殺したことも、虐待したこともありません。犬一匹、ネコ一匹だって殺したこともありません。夢のなかでも……。子どものころ病気で死んだハムスターのジョジョのお墓はいまでも実家の庭にありますし……。ぼくには前科もありません。暴力も盗みも詐欺もレイプも痴漢もきらいなんです。アナルセックスだって、したこともされたこともありません。あかぎさんはどうですか？」

　答えない。あかぎあかえはため息をついて、質問する。

「わ、わかったよ……。いいかい、きみはまだだれも殺してはいない。こ、これからやろうとかんがえただけで、お、おもいとどまることだってできるんだぜ。それに、おもいとどまるほうがいいにきまっている。だ、だろう? いったい、ど、どこのだれがきみにそうしてほしい、入所者を殺してほしいと依頼したんだい?」

「だれも公言はしてません。ぐたいてき依頼はありません。みんなのこころの声です。こころのかたすみで願っているのです。ぼくはいわばボランティアで作戦を遂行するのです。作戦中止も作戦変更もありません。ぜったいに……ぼくのやろうとしていることは、たくさんの賛同をえるはずです」

「……だろうか? みんなといえるだろうか」

「あかぎさん、にんげんといちがいにいっても、大別して、自己を意識することのできない不幸な存在と自己を意識する存在のふたつがありますよね」

「そ、そうかな……。そういうふうにかんたんにふ、ふりわけていいものかな」

ふたりの足もとにブドウ色の太いミミズがいた。陽光にさらされて弱りきっていたが、死んでいるのか生きているのかわからない。骨格がなく、目も耳も手足も指も体表にはない、一本の奇妙な紐状の生き物。あかぎが靴の先でミミズに触れる。うごかない。こいつ、意識あるかな。ないのかな。ほんとうにないといいきれるかな。ミミズにはミミズの意識や無意識や感情や無感情や夢や悪意みたいなものがあるかもしれないじゃないか。そう仮定してみてもわるくはないんじゃないか。こいつらの体表には微細な視細胞みたいなものがあるというし、骨格がないけれど穴をほることだってできる。雌雄同体がべつにわるいわけがないし。なにも決定はできないんだよ。ミミズは下等だとけつろんしても、にんげんが上等ということにはならない。意識がないってのも、ええ、どうだろう、けっこういいもんじゃないのかな。ミミズは最低限、在るということができるし、げんじつにここに在る。なくてもいいんだが……あかえがだれにともなくぶつぶつという。さとくんも長靴の先でミミズを押してみる。陰になったところが、アリに食われたのかえぐれていて、そこから無数のアリが散らばる。ゴマをまいたように。アリたちはミミズの腹の空洞をどよもす声をあげ、ミミズをどこかに運ぼうとしている。

さとくんがまた話しはじめる。他人の文章を朗読するようにしゃべる。舌がもつれて、「ふかぎゃくてき」を「ふがきゃくてき」といったりする。小麦粉のような唾が唇の端にうかんでいる。

「胎児、乳児、いちじるしい知的欠陥者、不可逆的な昏睡状態にあるにんげんは、〈人格〉ではないという学説がありますよね。そのいっぽうで、進歩派の多くは、人工妊娠中絶という殺人の日常化を〝緊急避難〟などといって容認しておきながら、きわめていちじるしい知的欠陥者、不可逆的な昏睡状態にある〝心失者〟を安楽死させることを、中絶正当化の議論と同列におくべきではないと主張したりするんです。なんだかおかしくはないですか」

　また、さとくんの舌がのぞいた。これまでみたことのない畜類のようにうごめいた。暑い。あかぎは沈黙する。きーちゃんはあかぎのなかからぐいぐいとそとにのりだしてきている。

「人格のある多数のひとびとにたいし、人格のない少数の存在が、迷惑や重い負担をかけているげんじつがあることは、どうしたって否定できませんよね。〝心失者〟または無人格者は、たしかに存在するということをみとめなければなにもはじまりません」

「そ、そうだろうか……」

　あかぎあかえは困惑する。カゲロウが飛んでいる。影法師がさまよっている。それも、ひとつではなくいくつかの影法師が白い道をうろつきまわっている。杳渺《ようびょう》とした風景に迷いこんだ自己ときーちゃんを、もうひとりのじぶんがぼんやりと眺めている気がしてくる。影と実体のかんけいをおもう。影は実体ではないのだろうか。影は第二の実体といえないか。人格がないという実体だって、てらてらと黒くつやめく影を大地におとすだろう。無人格。無人格とはなんだろう？　南といってもやや西に偏したあたりにカゲロウがあつまって飛んでいるようだ。

「でも、〝心失者〟とか、人格のない存在とか、観念的なことばでいったって、えらぶった学者の論争みたいなもので、ことばがうわすべりしているだけです。たちあわないと……わからない」

「さ、さとくん、き、きみはなにをみたんだい……いったいぜんたい、な、なにをみたというんだい？」

「たちあったものとたちあったことのないものとでは、ひとさまざまでしょうけれど……みかたがこんぽんてきにちがうとおもいます」

「き、きみは、な、なにをみたんだろう……」

「じゃあ、あかぎさんは、なにをみなかったのでしょうか？　ぼくはみつめましたよ。穴のあくほど。そうしないではいられないときが、なんかいもあったのです。そうしたら……やつらの目のなかに目があるんです。かれの目のなかの目は、なんというのか……ぼくの目でした。そのぼくの目にも、ぼくがいたのです。怖かったです、すごく……」

　あかぎはあわてる。話題を変える。

「さ、さっき、フィンランドっていってたけど、ど、どうしてフィンランドなんだい？」

　さとくんはオーロラをみたいのだと答えた。この〈仕事〉が理想的にうまくいったら、「じぶんへのごほうび」としてフィンランド・オーロラツアーに参加したい。青い湖面にうつるオーロラを想像しただけで、ふるえがくる。できたらハナさんをさそいたい。ふたりで手をつないでオーロラのカーテンにつつまれたい……としゃべり、ひと息ついて、あかえに問うた。

「ところで、あかぎさんはハナさんと寝ましたか？　そのとき、そばにたってみていたヤコブの目をどのくらい意識しましたか？　じっさい、あまり意識してなかったのじゃありませんかね。ヤコブにはどうせわかりゃしないと……あかぎさんだってヤコブを〝心失者〟と呼ばないまでも、人格を無視したとはいえませんかね」

　あかぎは答えない。ヤコブの目にかんしては気になる。だが、ハナと寝たかどうかについては答えるひつようがない。ハナはカフェ「ティシナ」の主人とも〈した〉可能性がある。森で。ヤコブの目の前で。だからどうしたというのか。ハナはさとくんとは〈して〉いない。そのはずだ。節操より趣味のもんだいだ、それは。ちょっとした趣味が節操より優先されることはありうる。あかぎはひらきなおる。そして、いぶかる。目の前のおとこがほんとうにさとくんと同一人物なのかどうかについて。きーちゃんも知りたがる。さとくんの存外な〝知性〟あるいは無知について……。オーロラツアーにはヤコブを連れていかないのだろうか。さとくんはすぐに話をきりかえる。

　右手の鎌の刃が光った。

「あかぎさんは、ペッカ＝エリック・オーヴィネンってごぞんじですか？」

33

白く薄っぺらい幻像／さとくん鼻血をだす／「知的で意思堅固で強壮なものたちが生きのび、愚かで軟弱で虚弱なものどもは死滅すべきである」というかんがえかたをめぐって

さとくんがなにかを問うているのはわかっていた。ただそれは水のなかの声のように芯をなくし、輪郭がぼわーんとふくらんでいて、懶《ものぐ》さもてつだってか、問いの意味はとらえがたいのだった。意味をとらえようとしていたかどうかもうたがわしい。あかぎあかえは青年のむきだしの情熱に辟易した。よいかわるいか詮ずるよりさきに、声が暑苦しくうっとうしかった。青年のからだとそのうごきもうっとうしく、やっかいに感じられてきた。声もからだも、ホットミルクの表面のような薄膜にすっぽりとつつまれていて、こちらとじかにかんけいがあるとはおもえなかった。語られていることのいとわしさよりも気だるさに浸されて、あかぎは返事をせずにぼんやりと県道をみおろしていた。

県道には背中に陽光をきらきらとせおった影法師たちがまださまよっていた。それらは陽光にとろとろと融けてきえたり、そうかとおもうと、また、どろりと路上にうかびでたりした。カゲロウは少しずつだが、いったいどこからわいてくるのだろうか、

かくじつに数をましていた。まるでふえなければならない、かくたる理由でもあるかのように。すべての存在と非在にはなんらかの意味と理由があるのだろうか。意味と理由は、どうしてもなければならないものだろうか。カゲロウは、カゲロウなりの意識というものをもっているのだろうか。視界のなかの消失と生成には、いちいちわけがあるものだろうか……。一朶《いちだ》の雲の消失に、どうしてもさぐらなければならない理由はあるのか。

どうして「泥夜《でいや》」ということばがないのだろうか。いや、じっさいにはあるのかな。泥の夜……。泥夜。あかぎは白日の下でいぶかる。泥夜は、あかぎときーちゃんの内心においてはすでに常用語である。闇夜よりももっと濃い、黒小豆の粥《かゆ》のように、全身にねばねばと熱くまとわりつく夜。あかぎときーちゃんだけでなく、からだのなかに泥夜をかかえるものは多くはないのか。さとくんはどうなのだ。

にしてもだ、もっと楽にかんがえることはできないものか、気楽に……あかぎあかえは、じぶんとじぶんのなかにいるきーちゃんに問うた。作戦計画といったって、さとくんはばくぜんとした、しかもとっぴょうしもないおもいつきを話しただけで、じっさいにそれを実行するかどうかはわからないではないか。手ずからひとを殺すというのは、脳裡でイメージするだけならかんたんかもしれないが、じっさいにやるにはたいへんな労力がいるだろう。心理的な抵抗もあるだろう。そうにちがいない。それがあたりまえだ。肉体的、精神的な労力の大きさと精神の負担におもいいたるとき、そして、予想される結果が労力と負担にみあわないとみつもれば、殺人の実行はつうじょう断念されるかとちゅうで放棄されるはずだ。つうじょうは……。しかし、あかぎのなかのきーちゃんは、あかぎの常識的推論になっとくしていない。まったくなっとくしていない。起きえないことが、泥夜には起きるよ……と感じている。きーちゃんは起きるだろうことをまっている。

さっき、さとくんはたずねたのだった。ひととはなにか、と。ひととはなにか……ととつぜん問うのはおかしい。質問そのものが、もっともらしいようで、ずいぶんきわどい。法外である。問うことが法律で禁じられているわけではないけれども、まともに答えられないことをだれもが知っているから、軽々しく質問したりしないものだ。ひととはなにかを、じつのところ、ひとはさっぱり知らない。知っているとおもうほうが変だ。だから、あかぎは生返事をした。

そのとき、しかし、あかぎの胸には遠い夏の夜の吹きあげ花火の記憶と、なにか白く薄っぺらい幻像が、波間の夜光虫のようにぼうっと浮きしずみして、ふっと消えた。あかぎあかえはおもわずぞっとした。その像をたぐろうとする。それは闇夜に市販の花火とともに打ちあげられ、花火が宙で消えるとどうじに、闇夜の奥からまいおりてくる、ぼうっと白い、ずいぶん稚拙な、にんげんのかたちの切り絵なのだった。子どものあかえたちはそれを「落下傘」と呼んだ。切り絵は落下傘にはみえなかったのだが、子どもたちは夜空から降下してくる紙片を、落下傘を背負った兵隊にみたてた。そうおもえば、なんとなくそうみえてくるものである。白い切り絵のにんげんたちは、両腕と両脚をひろげて、錘《おもり》でもついていたのであろうか、おおむね脚を下に、あたまを上にして、風にたなびき、そよぎながら、ゆっくりとふってくるのだった。白いにんげんたちの手脚は、花火打ちあげの衝撃でか、しばしば焦げたりちぎれたりしていて、細かなそれらは、胴体からはなれて紙吹雪となり、ゆらゆら落ちてきた。雪片のように。あかえはそれらをみあげて昂奮しふるえた。どうしてあんなに昂奮したのだろうか。

　紙片のにんげんがおりてくるとき、あかえは感じてはならない愉楽のようなものも感じた。悪事の悦びのような。それもとんでもない犯罪の背中に、それとなくはりついた、赤の他人との闇夜の底での交合のような、性的な愉悦であった。切り絵のにんげんたちは、おもちゃ屋で売っている吹きあげ花火の紙筒に、丸められるかたたまれるかして、しこまれていたのだった。なんというアイディアだろうか！　あかぎは子どもごころに舌を巻いたものだ。ひとのかたちの紙片とは！　それを火花とともに漆黒の空に打ちあげる快感といったらなかった。それは、みしらぬものをむりやりの交合のはてに殺す衝迫と、その衝迫の、暗中での音のない破裂のような、極度の、そしてうしろめたい快楽であった。そののち……死体を、青白く夜光虫がたゆたう波打ちぎわにうち棄てる幻想……そして、夜空からはにんげんの紙片がつぎからつぎにまいおりてくる……幻覚。そのように幻視し、おもったことがあるということは、やったことがあるのとおおむね同然ではないか。まったくおなじではないにしても、ひと殺しにかなり近似する記憶をじぶんも埋めこんでいるということではないか。あかぎあかえはそうおもい、そのようにきーちゃんに告げたことがある。きーちゃんは身をよじって、あかえのなかでなにかを声なく叫んだ。きーちゃんはときどき叫ばずにはいられなくなる。それは、しかたのないことであった。

闇夜から白い、かたちの不安定な紙片になって、ひらひらとおりてくるもののなかには、きーちゃんもいた。ちーちゃんもいた。がーちゃんたちもいた。あかぎの目にはそうみえたことがある。またさとくんの声がした。

「あかぎさんは、ペッカ＝エリック・オーヴィネンってごぞんじですか？」

あかぎあかえは「知らんよ……」とぞんざいに答えた。このおとこの知っていることを、こちらも知らなければならないいわれはない。と、おもった。きーちゃんは聞き耳をたてた。しぼんでいた花が咲くように、耳をさとくんのほうにむけた。さとくんによると、オーヴィネンは二〇〇七年に、フィンランドの高校で、銃によって八人を殺し、十三人を負傷させたのちに自殺した、事件当時十八歳の高校生だったという。

高校の名前をとって「ヨケラ高校銃乱射事件」と呼ばれる有名な事件だとさとくんは説明し、映画にもなった「コロンバイン高校銃乱射事件」より内容的には「よほどおもしろい」とつけくわえた。なぜかと訊くまえにさとくんはいう。コロンバインはいじめられ高校生の「たんなる衝動的な復讐劇」であるのにたいし、ヨケラにはあるしゅの「持続的思想」がある。オーヴィネンは、事件を起こすまえにウェブサイトに「マニフェスト」を発表して、「知的で意思堅固で強壮なものたちが生きのび、愚かで軟弱で虚弱なものどもは死滅すべきである」「愚かなにんげんを奴隷とし、知的なにんげんを自由にすべきだ」*と、どうどうと主張しており、そのなかにはさとくんも賛成できるぶぶんもある、と。

　さとくんがとくに共感したのは、オーヴィネンという青年がそれぞれ名詞一語で明示した「私が嫌いなもの／私が好まないもの」のリストだという。平等、寛容、人権、ポリティカル・コレクトネス、偽善、無知、抗うつ薬、テレビ番組、コメディー、ラップ、大衆メディア、全体主義、消費主義、民主主義、平和主義、アルコール中毒、テレビコマーシャル、人類……など。あかぎあかえは聞いていて、きもちがむずがゆくなる。オーヴィネンによって嫌われたこれらの名詞群が意味し示唆するものは、自明なようでいて、なにひとつ、少しも自明ではない。明快なようで、まったく明快ではない。とおもう。だが、不思議だ。あかぎあかえも、これらの名詞群の過半の語感をあまりこのまない。だから、ふだんは用いたことがない。インチキくさいとおもう。が、なぜインチキくさいのか、よくわからない。かんがえるのもうっとうしい。ひとことだけあかぎのほうからたずねてみる。

「そ、その嫌いなことばリストには、じ、じ、〝自己責任〟てのはないのかね……」

さとくんがいきなり顔をあおむけた。右手で鼻をおさえている。

「すみません、鼻血です……。ああ、みっともないな。体質なんです。たぶん……」

さとくんの指が血に濡れている。指と指のあいだから血がしたたる。タールのように黒い血である。陽光のかげんか、そうみえる。または黒小豆の粥みたいだ。泥夜がこぼす黒い汁のように血がながれている。あおむいた青年ののど仏がみえる。「アダムの林檎」。首の瘤だ。大きい。のど仏ってこんなにも大きかったのか。感嘆する。のどの甲状軟骨が、そこだけは別人格で、脳裡とはことなったことをかんがえているみたいだ。いまにもはちきれそうなほどつきでている。もしもはちきれるか割れるかしたら、のど仏からなにがとびだしてくるのだろうか。クルミかヘーゼルナッツか舌か。まさか。あかぎあかえがいいかける。

「は、鼻血なら、か、顔を、そ、そんなふうにあおむけるんじゃなくてだな……」

小鼻をつまんで少し下をむいていたほうがいい。そ、そう、こ、小鼻を手であっぱくして、し、しばらく……。あかぎはアドバイスする。さとくんが鼻声になっていう。

「すみません、そうでしたね。ぼく、のぼせ症なのかな、よく鼻血がでるんです。そうですよね、上をむくと血を飲んじゃうんですよね。……血って、意外に塩からいんですね。ああ……失礼しました。オーヴィネンの嫌いなことばリストには、たしか〝自己責任〟はなかったとおもいます。ぼくも自己責任は、いやなことばじゃありません。自己責任は日本人として当然ですよね。自己責任になんくせをつけるブサヨのほうが気持ちがわるいです」

黒い血がとぎれずにとろとろと糸状になって垂れている。黒い雨だれ。足もとのミミズやカゲロウの死骸にも血がしたたる。黒い血の溜まりでアリが溺れている。さかさまになってもがいているのもいる。さとくんがティッシュペーパーで鼻と手指の血をぬぐっている。ぬぐってもぬぐっても血はとまらない。

「失礼しました。なんだかみっともないですね。ぶざまですよね」

「き、きみの血は黒いんだね」

「いえ、ぜんぜん黒くなんかないですよ。あかぎさん、赤いです。まだ酸化してないからまっ赤です。ああ、とまらないな」

「いや、く、黒いだろう……クロスグリみたいに」

「赤いですよ。キイチゴみたいに、ほら、ふつうに赤いです……」

指切りコットン手袋の先の指を、くねくねとうごかしてみせる。あかぎの鼻先に指を近づけて、人さし指と中指をこうごにうごかしてみせる。ヒクヒクと、死体の痙攣のように。あかぎはいやになる。指の、そのうごかしかたがたまらなくなる。顔をすこしそむける。よこにそむける。手ではらいのけたくなる。おまえってどうしてそうなんだよ。おまえな、鼻血のついた指をおれに近づけるなよ。近づけすぎなんだよ……。いいそうになる。いわない。さとくんが血のまじった唾を吐く。黒い唾。そうみえる。鼻をすりながら、またオーヴィネンの話をする。のど仏がふたたびぐりぐりとうごきはじめる。

「ところで、オーヴィネンが殺したのはたったの八人でした。ぼくはもっともっとやります。がんばります。みていてください。かれとぼくのちがいはそれだけではありません。オーヴィネンは自然淘汰だとかなんとか、いろいろむずかしいりくつはいったけれども、けっきょくは銃による無差別殺傷とおきまりの自殺でした。生きるべきものと死ぬべきものを区別しなかったのですから、理論は高度にみえても、結果は欧米でよくある衝動的銃乱射、無差別テロと変わりありません。あかぎさん……ぼくがやるのは無差別ではありません。まったくちがうんです。テロともちがいます。ぼくは死ぬべき、死んだほうがいい〝心失者〟だけを、なるたけ苦しまないように死なせてやるつもりです。わるいことをするわけじゃないですから、作戦実行後に、自殺するつもりもありません。……あかぎさん、ぼくの話を聞いていないんですか。あなたも内心、ぼくがイカれているとおもっているんじゃないですか。だとしたら、なんだかくやしいなあ。ざんねんだなあ……」

あかぎが大あくびをする。そこいらの〝パシリ〟ふうのおとこがえらそうなことをいってやがる。気はいいがバカな小ものが、たいそうなご託をならべてやがる。そういうことはいままでだってなかったわけじゃない。ひとはある日とつぜん聖者になったり、聖戦の戦士になったりする。世界の正義や怒りを代表しようとしたりする。そんな気になる。なってしまう。そんな気になったまま、自爆テロをやったりハイジャックをやらかしたり9・11をひきおこしたりする。正義や怒りをせおって。ドッカーン。手脚がとびちる。首がちぎれる。じぶんの内臓も他人の四肢もふっとぶ。まるで死体の津波だ。世界中で、ほとんど毎日だ。そうおもう。

そこまでおもって、あかぎはハッとする。息をのむ。このおとこはなぜ、よれよれのボロボロの、とるにたりない、ほうっておいたらいまにも、明日にも死にそうな、弱っちい、死にかけのカゲロウのようなものの味方をしよう、してみようとおもわないのか？　なぜそうおもわなかったのか。そのような酔狂をあえてひとりで演じてみようとはおもわなかったのか。いわば「正」の誇りではなく、「負」の屈辱を、ひとりでひきうけてみようとおもったことはないのか。なぜだろう……「負」の屈辱をはらす聖戦を、惨憺たる敗北をかくごして、ひとりで戦おうとはおもわなかったのか。

最弱者をころすのではなく、最強者を斃《たお》そうとおもったことはないのか。しゃべることができない。意思をでんたつできない。摂食も排泄も入浴もひとりではかなわない。歩行もスキップもダンスも跳躍も合唱も水泳もハミングもウィンクもサイクリングも性交も格闘も口論もできない。けっして美しくはないとされる。視界から排除され、みてみぬふりをされる。多数者によって醜く不快とみなされる。狭霧《さぎり》のような意識。からだの奥底からくゆりたつ沼気。または、主体か客体かもはっきりしない、とりとめのない意識と無意識あるいは反-意識。だれにも感じられないほどの、わずかな差で、刻々おとろえてゆく血や肉のかたまり。すこしもゆかしくなく、まったく知的にもみえない。世界のすべてとなにひとつとして調和せず整合しないもの。

　あきらかに存在するのに、あらかじめの遺棄物のようにあつかわれる。しかし、生ゴミ収集の日に、生ゴミ置き場におきさるのは違法とされる。かれら、かのじょら、あるいは、かれともかのじょとも判じられないもの。機知もユーモアも哀しみもないと断ぜられるもの。にもかかわらず、すでに形骸でしかなくなったこの世の人権思想やヒューマニズムが、まだかんぜんには死にたえていないとむりやり偽装するためのステレオタイプな宣伝材料として、ごくときたま、しかも過度にではなく、ほんのすこしだけ、テレビにも登場させられる、オキノドクなかたがた。税金ドロボウの〝心失者〟たち。……なぜ、かれらのための戦士になろうとしないのか。あるいは、遺棄されたもののためのテロリストに。

まったく〝心失者〟とはよくもいったものだ。だが、それは園の入所者たちではなく、口先ではいかにもかれらかのじょらに同情するふりをして、そのじつ全面的効率社会をいわば自動的にささえているこころなきシステムと〝善き市民〟たちのことじゃないか。さとくんはどうしてそれらを敵にまわそうとしないのか。

しかし、一方では、どうしてもさとくんが作戦なるものを本気で実行にうつすとはおもえないのだった。さとくんには、どういえばよいのか、口とはうらはらに不穏な気配はなかった。さっぱりなかった。いまにもなにかをしでかしそうな紊《みだ》れた内心を感じさせなかった。おもいつきと実践はべつのことだ。おもいつきだけなら、全球凍結、人類絶滅だって夢想できる。おもいつきと実行……ふたつは、ときとして夢とげんじつほどのひらきがある。でも、夢とげんじつはまったくの対立がいねんだろうか。げんじつとは、まだそこからさめない夢のつらなりだともいうではないか。そうおもえば、この青年はひょっとしたら、とんでもないことをやりかねないとも感じる。じっさい、どこから夢がはじまり、どこからがげんじつになったのか……わかったものではない。これまでだってそうだった。戦争もありとあらゆる大虐殺も原爆も大震災も……。ドナルド・トランプというおとこ、あの下卑たクソ野郎だってそうだ。ひとはいつも真っ黒な原始の混沌、どろどろのカオスを内奥にかかえながら、ないしはそこに根をはやしながら、そうとは意識せずに、そしらぬ顔をして生きている。あかぎはわざと興味なさげにいう。

「な、な、なにがほんとうにイ、イカれていて、な、なにがほんとうはイカれてないか……おれにはよくわからんよ。い、生きるべきものと死すべきものって区別も、わからん。そんなこと、だ、だ、だれが決めるんだい。だれに決める資格や権利があるんだ？　い、生きるべきものと、し、死すべきものってのが、かりにあるにしてもだ、ど、どちらも、議論よりさきに、いいかい、まず在るんだ。あ、あ、在ってしまうんだよ。あ、在るというのは、ど、どうしようもないことなんだ。い、い、いたしかたのないことじゃないか。な、なぜ在るのか。な、なくてもいいじゃないか、といえないこともない。き、きーちゃんも、自身をそうおもっているし、お、おれもそうだ。ときどき、おれ自身をなくてもいいとおもうことがある。しかし、なっとくのいく決定や裁定をくだすことは、む、むずかしい。こ、こんなんだ……わ、わからないことはさしあたり、ほうっておくしかないだろう。なにも、こ、殺すこたあない。わ、わざわざ消すひつようがあるのか。き、きみはね、たぶん、ひ、ひ、ひどいおせっかいやきなんだよ。お、おせっかいやきすぎる……」

陽はかげってきている。風がどっしりとおもくなっている。耳鳴りがする。黒い血のにおいがする。そんな気がする。さとくんの血のにおいか。クロスグリとかイカ墨とかカラスミとか……。それらをまぜたようなにおい。だとおもう。湿気がひどい。湿度は夜半に八〇パーセントをこえるみとおし……。ラジオでいっていたな。不快指数七七にたっするとか。数字上はたいしたことはない。不快指数が七五をこえると人口の一割が不快になり、八〇以上だと全員が不快になるってほんとうだろうか。あかぎはなぞる。きょうはさて、何年何月何日だったか。ええと……二〇一六年の七月二十五日だ。月曜日。「【ミュンヘン乱射】16歳アフガニスタン少年を逮捕」というニュースをどこかでみるか聞くかしたっけ。どこかでだれかが殺し、殺されている。あすは二〇一六年七月二十六日、火曜日ということだ。だからどうしたというのだ。あすの月齢は、わからない。下弦の半月ではなかったか。どうでもいい。カゲロウがまたふえている。どうしてふえるのかわからない。だんだん、〈どうして〉ともおもわなくなる。なにごとも。夢とげんじつのつなぎめの空をカゲロウたちが埋めている。気がついたら、さとくんはいなかった。エノコログサの花穂が黒い血によごれている。

＊フランコ・ベラルディ『大量殺人の〝ダークヒーロー〟』杉村昌昭＝訳

きーちゃんの切なるねがい／「いっさいの存在のない、『無』さえない、なにも在らない、在られないところにはやくもどりたいのです」

34

あかぎあかえの胸のなかで、きーちゃんがおもっている。胸のなかの夜の海のように、おもくゆっくりとうねりながら思考している。きーちゃんはうねうねとおもう。さとくんはもうすぐ、在るものたちを消そうとしている。いま在るものたちを、なくそうとしている。ふしぎなことだが、こころからの〈善意〉でそうしようとしている。善意とはなにか、あまりかんがえない。まじりけのないうつくしい使命感でそうしなければならないとおもっている。使命とはなにか、吟味しない。まちがいなくこれっぽっちも悪意はない。悪意とはなにか、あなぐらない。ほんとうだ。一ミリグラムの邪心もない。憎しみもあるようにはおもえない。

にもかかわらず、さとくんはこのことにほとんどとりつかれている。だれにだって一生に一回や二回の大発見や発心があるものだ。さとくんのばあいは、いま在るものたちをなくするという、〝善行〟の発見だった。さとくんにとって、それはまぎれもない善行だった。善行とはなにか、あまり検討しなかった。ただかれにとっての善行を脳裡にえがいてみては、恍惚としたり、こころを洗われたりしている。おかしいだろうか。おかしいとしたら、どこが、なぜ、おかしいのだろう。

さとくんは、たとえば、善行のひとつとして他の声を消そうとしている。ノイズを。頓狂な声の、いつはてるともしれないくりかえしを。その永遠の反復をじぶんの手でとめようとしている。美しい日本のために世界のために、ノイズを減らしたい。そのようだ。だから、殺すというよりは、まずもって、〝消音〟しようとしているといったほうがいいのかもしれない。そのためには、声が噴きだしてくる筒である首を刈らなくてはならない。さとくんはそうおもっている。奇声や絶叫というのは、聞かされるほうだけでなく、じつは聞かせるほうだって苦しいのだ。あたりまえのようだけれど、そこまでおもいいたるのは、けっしてあたりまえではない。なぜ奇声や譫言《せんげん》をやめないのか。好きでやめないのではない。わがままだからではない。放肆な性格だからではない。悪意でもない。やめられない。やめたくてもやめられないのだ。さとくんは園にいたときそこに気づいた。

こんな入所者がいる。さとくんによると、ドングリ眼でワシ鼻の老いたおとこ。土井さん。通称ドッテテおじさん。悪気なんかない。あるわけがない、とおもう。音楽の先生のように澄んだ、よくとおる声で、一点をみつめて、いつまでもくりかえす。わりあいリズミカルに。

「ドッテテドッテテ、ドッテテド。ドッテテドッテテ、ドッテテド。ドッテテドッテテ、ドッテテド。ドッテテドッテテ、ドッテテド……」

朝おきてから寝るまでこれである。たかがドッテテドッテテじゃないか、がまんできないのか。というのは甘い。甘すぎる。無責任な部外者のいいぐさだ。聞くもの、聞いてしまうもの、聞かされるものは、頭蓋の闇でドッテテドッテテがしょうことなくうずまき、どうかするとじぶんの口までついにはドッテテドッテテとつぶやいていたりするのだから。しだいに後頭部を撥《ばち》かなにかで乱打されているようなきぶんになってくる。すると、聞かされるものたちは〈被害者〉、聞かせるものは〈加害者〉と、いつのまにかおもってしまう。憎しみがふつふつとわいてくる。

毎日毎晩、ドッテテドッテテ、ドッテテド。単調だが、末尾の「ド」にアクセントがおかれる。末尾の「ド」と語頭の「ド」のあいだには二拍ほどの間がある。その間に、かんがえさせられる。これでやっと終わってくれるのではないか。正気とは堪えることなのだ。ドッテテドッテテの世界にまきこまれてはならない。いや、にんげん存在とはたかだかドッテテドッテテの無限反復にすぎないのではないか……と、余裕のあるときはおもったりする。わたし（きーちゃん）もなんどか聞いたことがある。

もんだいはあるか。なにがもんだいか。そういいたいのなら、そういわせておけばよいではないか。しかし、ドッテテおじさんはそういいたくてそういっているのではない。とおもう。そういいたくなくても、たぶん、のどと口がひとりでにそういってしまうのだった。

聞くもの、聞かされるものの多くは、ドッテテドッテテ、ドッテテドに、さいしょはなにかの意味なり変化なり展開なりをもとめようとする。反射的にそうしてしまう。ドッテテドッテテとはなにか。つぎにはなにがくるのか。これは歌なのか呪文なのか暗号なのか……ついついかんがえてしまう。かんがえなくてもいいのに。ドッテテドはいつまでもさいげんなく反復される。なぜこんなことがおきるのか。かくにんするまでもない。ドッテテドはただつづくだけなのだ。反復するのみである。終わらない。

「ドッテテドッテテ、ドッテテド。ドッテテドッテテ、ドッテテド。ドッテテドッテテ、ドッテテド。ドッテテドッテテ、ドッテテド。ドッテテドッテテ、ドッテテド。ドッテテドッテテ、ドッテテド。ドッテテドッテテ、ドッテテド。ドッテテドッテテ、ドッテテド。ドッテテドッテテ、ドッテテド。ドッテテドッテテ、ドッテテド。ドッテテドッテテ、ドッテテド。ドッテテドッテテ、ドッテテド。ドッテテドッテテ、ドッテテド。ドッテテドッテテ、ドッテテド。ドッテ

テドッテテ、ドッテテド。ドッテテドッ

テテ、ドッテテド。ドッテテドッテテ、ドッテテド。ドッテケ、ドッテテ、ドッテテド。ドッテテドッテテ、ドッテテド。ドッテテドッテテ、ドッテテド。ドッテテドッテテ、ドッテテド。ドッテテドッテテ、ドッ

テテド。ドッテテドッテテ、ドッテテド。ドッテテドッテテ、ドッテテド。ドッテテドッテテ、ドッテテド。ドッテテドッテテ、ドッテテド。ドッテテドッテテ、ドッテテド。ドッテテドッテテ、ドッテテド。ドッテテドッテテ、ドッテテド。ドッテテドッテテ、ドッテテド……」

さとくんもさんざこれを聞き、聞いてしまい、聞かされた。気が狂いそうになった。たまらず、おじさんに口枷《くちかせ》をはめたこともあるらしい。口枷はアマゾンのＳＭ用品をクリックすれば入手方法がわかる。やつらはお金になりさえすれば、なんだってやる。なんでも売り、なんでも買う。ＳＭプレイ用口枷。口枷をはめられた若いおんなの写真つき。べんりで、ごくかんたんだ。ときどきドッテテドッテテが聞こえなくなるのは、入眠剤か口枷のせいらしい。だが、聞こえなくなればなったで、ほっとすると同時に、なにかおちつかなくなり、いつ再開するやもしれぬドッテテドッテテをこころのどこかでまちうけてしまうというのもおかしな話ではあった。そして、ドッテテドッテテの無限連続には、本人が意図してか、あるいはこちらの聞きちがいなのか、かくされたちょっとしたヴァリエーションがあるらしいのを、さとくんもわたしも知っている。

存在というのは油断がならない。ドッテテドを聞くほうはついつい、終わりのない無変化のなかの変化をけんめいに聞きとろうとしてしまう。法則上「テ」であるべきところが、たまたまなのか、「ケ」になっているのを発見する。疲れきったあたまで。ついで、「テ」はなぜにたった一箇所だけ「ケ」になったのかと、その理由をかんがえてしまう。理由なんかなにもなくても、である。そのさい、これがドッテテおじさんの手のこんだ悪戯かユーモアである可能性については、ほとんどまったく考慮されない。

なぜかといえば、ドッテテドッテテの無限連続への憎しみと怒りと困憊（そして、おそらく発声者への殺意）がすべてにさきだち、ひとというどこまでも奇態で病的な生き物への想像力を閉ざすか、せばめるかしてしまうからだとおもわれる。おもえば、あたしはさとくんよりずいぶんドライなのかもしれないわ。非情かもしれない。わたしがあたしになったり、おいらになったり、わたしがあかぎあかえの〝割れ〟になったり、あかぎあかえがあたしの〝割れ〟になったり、入所者が顔にじぶんのウンコを塗ったり、ピーナッツバターのようなそれをうまそうに食べたり、舌舐めずりしたりすること……には、とくだんの根拠も理由も目的も意義もない。そうおもっているのだから。

あたいがきーちゃんであること、ひとかたまりの肉（たとえば、肉月に昔と書く

「腊《きたい》」のような）であること……に、なんらかの根拠や理由や意義がひつようだろうか。いやさ、ひつようだらうか。わたしは肋であり肛であり肬であり胯であり脾であり膕であり膾であり臙であり膀であり腥であり脯であり腺たりうるのか。それはなんのために？　ふん、なんのためもヘチマもあるもんか。にしたって、おお、肉月のあまりにもリアルなことよ！　バラバラ殺人のように残酷なことよ。

さとくんだってそうだ。かれはすばらしくまぬけでやさしい。すばらしくまぬけでやさしくておせっかいなにんげんとは、膈《かく》すなわち胸部と腹部のあいだの膜に、なにをつつみもっているのか、これからわかるだろう。さとくんをそんなにまで嫌わなくてもよいのではないか。さとくんを小バカにしてはいけないわ。さとくんの思考方法はけっしてかれだけのものではない。社会的化合物みたいなものではないのかしら。さとくんは自力で今日にいたったわけじゃない。こんにちをきり拓いたのでもない。おされて、吹かれて、もまれて、いろいろさんざ聞かされて、とりこまれて、侵されて、つけこまれてここまできたのよ。翔ぶ径を断たれた夏の蝶みたいに。

もうすべては定義困難なのだわ。黒も赤も。いの一番の「にんげん」の定義だって、さっぱりわからなくなっているじゃないの。たしかにもっと気楽にかんがえたっていい。もっとだいたんにかんがえなおしたっていい。こんぽんからみなおしたっていい。「在る」の意味だって、正直なところすでにぐらついているのだから。原初の海「ヌー」から生まれた男神アトゥム（または太陽神「ラー」）が、オナニーによって生じたスペルマと息を吐きだし、それらによってテフヌト（湿気）、シュウ（空気）をそれぞれ生じましたとさ。笑える。シュウとテフヌトの間にゲブ（大地）とヌト（天空）が生まれたとかいうじゃないの。ふふふふ。ざっくりいえば、すべてはデタラメ、ハチャメチャなのよ。でも、でたらめはでたらめでも、「ヌー」はなんだかすてきだわ。混沌のみが存在した、どろどろの始原の大洋。万物の生成にさきだち、すべてのものの根源をそのどろどろのなかにおのずから胚胎していたって。じゃーん！でも、あたしは、「ヌー」のこと、または「ヌー」よりずっと以前の情景までさかのぼって想像することがある。「ヌー」のまえには、それじゃあ、なにが在ったのか。原初の海のまえには、理のとうぜん、なにもなかった、なんにも。そのはずだ。「無」さえなかったかもしれない。

　未生以前より、さらにさらにまえの、無-風景にわたしははげしく惹かれる。わたしはヌーよりまえの無-風景にもどる。もどりたいのです。苦痛も愉楽も屈辱も恥辱も軽べつも優越も優位も劣位もへつらいも、それらの意識も無意識も、美も醜も聡明も魯鈍も哀しみも怒りも崇拝も憎悪も、苦笑も憫笑も、舌うちも、ふくみ笑いもいらだちもない、いっさいの存在のない、「無」さえない、なにも在らない、在られないところにはやくもどりたいのです。もどります。さとくんのちからをかりて、スパッとのどを裂かれて……。そのとき、わたしはうごかないからだを、それでも死にもの狂いでうごかして、この、のどをかれにつきだそうとするだろう。きっと。奇声はあげるかもしれない。でもそれはさとくんへの感謝と歓喜の声なのだ。

もっとも根源の問いは、おもうに、「なぜ、ないのか」ではない。むしろ、「なぜ、在るのか」なのだ。あっしは、なぜ在るのか？「ヌー」以前は、そもそも、どうしても在らねばならないのか。わちきはなぜ在らねばならないのか。在りつづけ、かつ自他のやっかいきわまる存在に、なぜ堪えなければならないのか。今夜も明晩も来年も再来年も……。なにがやってくるというのだ。なんにもやってきはしない。滅亡すらやってきはしない。なんどもなんどもなんども、かんがえました。とくとかんがえましたよ。存在ってしつこい。おそろしくしつこい。ひとの基本形はたしかに「狂」にはちがいなかろうけれど、もともと狂人も非狂人も狂気も正気もありはしない。それらすべてをひっくるめて、もんだいは「なぜ、在るのか」だ。存在は徹頭徹尾、執ようである。とてつもなく。どこまでもおいかけてくる。いつまでもつきまとう。からみつく。したがって、何万回自問したって答えはおなじだった。「ヌー」以前は、なければならないのか。わたくし、きーちゃんはなぜ、ここにこうして在るのか？　在られるのか。はたして在らねばならないか。わたしは本音をいうべきだ。そのときがきつつある。ゆいいつの答えは、いつも「なくてもよいだろうに」＊であった。ああ、そうだ。なくてもよいだろうに！　わたしはわたしの消滅後も、なにかおもうということが（ぜったいにないはずだが）万万一あるとしたら、「わたしはなにゆえ在ったのか？　なくったっていっこうにさしつかえなかったのに……」にちがいない。在るのが正の価値、ないのが負の価値などと、まだだれによっても証明されてはいない。いったい、だれが証明できるだろう！　非在は永遠にしゃべらないのだから。

ああ、わたしのけつろんと、さとくんの「作戦」が奇しくも交叉するときがちかづきつつある。わたしは心臓をたかならせて、そのときをまっている。わたしは哀しくない。少しも。そりゃあ、ちょっぴり怖いけれども、他の惑星への旅立ちのようなものだ。無の惑星への……。こころがおどる。

＊中島敦「セトナ皇子」（仮題）参照＝「エチオピアの金糸蛇の長い尾のように、何故在ったか。無くても良かったろうに。何故在るか、無くても良いだろうに」

決行の夜／アジサイの葉裏を、殻に罅《ひび》のはいったカタツムリが這う／ハナが園へとひたはしる／「あなた、こころ、ございませんよね？」

35

みえない。なにもみえない。まぶたがひらいたまま、目がさめる。みえない。とくになにも。いつもどおり、ごくうすく、とてもやわらかそうな、マスカットグリーンのとばりだけ。まだなにも終わってはいない。わたしはブラックタライロンの夢をみた。南米の、悪魔のように醜い魚。タライロンはわたしだった。わたしはそれに食べられそうになった。でもタライロンは弱っていた。ビニールかなにかを食って臓器をやられていた。夢のなかで、ふとおもいだす。「プラスチックゴミから自然をまもろう！」。うふふふ。さとくんはいつか熱心にいっていたな。プラスチックゴミほど手のつけられないものはない。きーちゃんたちみたいにどうしようもない。

マスカットグリーンのとばりのおくから、なにかがとぎれとぎれにきこえてくる。幻聴ではない。とおい声。とおい歌のようなリフレーン。

ロッカバイ　ロッカバイ

ロッカバイ　ロッカバイ

バイバイ　ロッカバイ

マスカットグリーンがうすれてゆく。いれかわりに、からだのなかを、狭霧がながれている。うす青い霧。さとくんが家でシャワーをあびている。膚が水をはじく。ロッカバイ　ロッカバイ／ロッカバイ　ロッカバイ／バイバイ　ロッカバイ……。鼻唄。きげんがいい。ふふふふ。般若のタトゥーが浮きたつ。陰茎がもちあがっている。たいしたことはない。ふふふふ。七万三千円で包茎手術（ナイロン糸による環状切開術）をしてもらった、かわいそうな粗チンくん。鼻の大きなおとこはあそこもデカいというけれども、まっ赤なウソだ。ペッカ＝エリック・オーヴィネンはホーケーだったろうか。美しい国ニッポンはホーケーであってはいけない。サムライ・ジャパンは、ホーケーじゃ戦えない。かっこうわるい。さとくんはほんとうにそうおもいこんでいる。サオに石鹼をぬりこむ。ていねいに。泡がたつ。もりあがる。総理大臣からはまだ「指令」がきていない。しかたがない。総理としては指令したくても、いくらなんでも大っぴらにできはしない。公然と指令はできない。お気持ちをこちらで、それとなく察知しなければならない。忖度。おしはかることだ。当初は十月をかんがえていたが、今晩だ。今晩しかない。あのお方の目。ニッポンコクの総理大臣の目がだまってそういっていた。あつぼったい瞼。とてもせまい額。さとくん、ニッポンのためにしっかりがんばってくださいよ。期待してますよ。はい、わかりました。総理、ぼくがんばります！　きぶんがまたもりあがる。うたう。

ロッカバイ　ロッカバイ
ロッカバイ　ロッカバイ
いったりきたり　ロッカバイ
しあわせな日々　ロッカバイ
わたしじゃない　ロッカバイ
ソー　ロッカバイ　ベイビー

あのとき　ロッカバイ
そのとき　ロッカバイ
バイバイ　ロッカバイ
カタストロフィ　ロッカバイ
アムゴナ　ロッカバイ
ロッカバイ　ロッカバイ

ロッカバイ　ロッカバイ　ベイビー
バイバイベイビー
いったりきたりロッカバイ
さよなら　きーちゃん
さよなら　みなさん
ロッカバイ　ロッカバイ
ロッカバイ　ロッカバイ
バイバイ　ロッカバイ

夜、みんなが湖で舟遊びをしている。とても幸せそうだ。なにももんだいはない。なんにも。「ティシナ」の主人夫婦もいる。むっつり顔で。オババもひとりでアヒルさんボートを漕いでいる。みんな笑っている。イトコはパンダさんボートを漕いでいる。「コレコンレ、イイシノ、ジゾオオサアアン、チャチャンチャン……」とうたいながら。マンション管理人は死んで湖の底にしずんでいる。あおむけに。と、イトコはおもっている。ドボジョウモナイ……と。ハナが深紅のきわどいセパレーツ水着で泳いでいる。バタフライで、いきおいよく。カゲロウが何匹も水着にはりついている。

ハナの股間からべつのカゲロウがうようよとわきだしている。ヤコブはいない。園でお泊まりだから。ドッテテドッテテ、ドッテテドを聞いている。ヤコブもドッテテドッテテ、ドッテテド……とつぶやきはじめる。

　駐輪場の老人がふたりしてクマさんボートを漕いでいる。カゲロウが空をおおっている。ベージュ色の天幕のようだ。丘のむこうからときどき打ち上げ花火があがる。ドッカーン。ドッカーン。菊玉。牡丹玉。カゲロウが花火にふきとばされる。やがて夜空からカゲロウの群れをぬって、白い切り紙細工のにんげんが落下傘部隊のように、いくつもいくつもまいおりてくる。歓声があがる。拍手がわく。駐輪場の老人たちの尿もれパッドが小便でおもくなっている。こうふんすると尿もれが多くなるのだ。笑っても咳してもおもらしする。

　さとくんはからだに松ヤニくさいオーデコロンをぬり、新しいブリーフにはきかえ、戸棚からスポーツバッグをだす。荷づくりをする。まだすこし勃起しているが大したことはない。ハンマー一丁。鎌二丁。刺身包丁一丁。出刃包丁一丁。アウトドア用クッキングナイフ二丁。タオル二本。ティッシュペーパー二箱。オロナイン軟膏ひとつと赤いネクタイと黒のジャケットもいれた。あとで着替えてスマホで自撮りしよう。ゴーグルと長靴はやめた。手術用キャップもマスクもやめにした。かっこうがわるい。ニッポンジンは堂々としなければならない。染毛剤のカラーリンス、カラークリーム、カラースプレーセット（いずれも金色）をつめる。新宿のホテルで金髪にするつもりだ。それから精をつけなければならない。仕事のまえに焼き肉を食おう。極上カルビ。タン塩。レバ刺し。記念すべき夜だ。ニッポンにとってもじぶんにとっても世界にとっても。鏡をのぞく。総理大臣の命をうけた、とおもっている、若き戦士が、にっと笑ってたっていた。ぶるぶると胴震いする。鏡にむかい、いう。「がんばるぞ！」「ビューティフル・ジャパン！」。出発する。

まっている。夜は深まった。眠らずに、わたしはまっている。耳をすまして。ドッテテドッテテ、ドッテテド……がきこえる。さっき見回りの職員がいっていた。夜空がカゲロウでいっぱいだ。月もなにもみえやしない。竜巻みたいにうずまいて空にたちのぼっている群れもいる。「こりゃあ、いったい、なんなんだよ……」。土井さんのドッテテとヤコブのドッテテがいつのまにか輪唱のようになっている。ときおり奇声があがる。ギャー。奇声が廊下を吹きぬけてゆく。奇声ではなく絶叫か。森から聞こえてくるのか、それとも、森にすいこまれているのか。ドッテテドッテテは消えている。ドッテテおじさんとヤコブがさきにやられたのだろうか……わからない。鼻唄。ジャラジャラ。ジャリジャリ。金具の音。こすれる刃。

ロッカバイ　ロッカバイ

ロッカバイ　ロッカバイ
バイバイ　ロッカバイ

きた。きている。もうはじまっているのだろうか。血のにおいだろうか。とても濃い。しけった泥夜のにおいか、これは。ああ、さとくんだ。闇の底から低く呼んでいる。「きーちゃーん、きーちゃーん」「ちーちゃーん、ちーちゃーん、まだおきてるかーい？」「がーちゃんやーい、げんきかーい？」。胸が熱くなる。涙がでてくる。さいしょで、たぶん、さいごの涙が。かわいた涙が。

いつまでもわきでてくる。水気のない涙。涙の気体。ぽろぽろと。わたしは泣いているのだろうか。他のものがそれとわかるように、泣いているのか。無慾顔貌のままで。古壁のように泣いているか。ほろほろと。はじまったことは、もう終わったのか。はじまりは終わりつつあるのだろうか。悲しくはない。ほとんど。けれども、泣きたくはある。

ここはどこだろうか。ほんとうにここがどこか——わかったことがあるか。だれが知っているのか。いつかわかることがあるのだろうか。わかったとて、どうなるものでもない。だろうな。ならば、わからなくてもいい。所在。位置。方位。定位。生の、死へとみなぎる対流圏。すきまから風が吹きこむ音がしている。エオルス音。ヒューヒューヒュー、ヒューヒューヒューヒュー。なんだ、これ、わたしの声じゃないか。ヒューヒューヒュー。園だ。わたしはまだ園にいるんだ。たくさんのからだの音がしている。あながち、なつかしくなくもない、わたしたちの肉の音。わたしたちがわたしたちとして集合させられた、幽冥《ゆうめい》の肉界。たち。声あつかいされない声たち。外破音に内破音。ぽっ。ひっ。んが。んぐ。っぽ。っご。んっぱ……。肉襞のうちがわの破裂音そして促音の前半部分。しゃっくりかひきつけみたいな。わたしの声か他の音か。混淆。区別すべき自他の声の、乱交……。わたしたちは、はべる。なんのためにでもなく、はべる。ここに、ありをりはべる。

　像ならぬ像のような像たち。寝ている。いっぽんいっぽん、口のある、ホクロもある、柔毛の生えた、ぬるぬると腐った杭。のようなものたち。みんな、よこだおしになっている。寝ている。わたしたち、杭たち。寝ているが、寝ていない。浮游する。飛んで、きりもみする。墜落します。しわぶき。歯ぎしり。なにか木質の。にぎやかな、しじま。寝言。いびき。するどい目くばせ。じぶんによる、じぶんへの合図。ひそやかな厳命。目の青光り。だれもスマホなんかやっていない。ひどく高度だ。スマホをやらないのは。〈もしもし……はいはい……〉と、電話なしで、ひとりでしゃべっているにしても。それに爆弾もこしらえていない。ものすごい爆破の想念はあるにしても。いっしゅんの寂寞《じゃくまく》。千年間のいっしゅん。

さっき流れ星をみた。あんなにも、どくどくしく赤黒い、流れ星。奔星。わたしの目から、のどへ。のどから下腹へ。からだを縦に、ばりっと裂いて、流れ星がひとつはしった。深部の、赤黒い痕跡。ふかく、はげしい痛み。

　また、しわぶき。だれかの、わたし（きーちゃん）のかもしれない、涎。すすりあげ。すすりこみ。壁。寝小便のような染みの。壁。イングランド。のかたち。染み。染みをわかつ罅《ひび》。まんなか。マンチェスターのあたり。それらを、こんきよく這いつたう音。シモングモの這い。わたしのお友だち、シモングモ。愛するイエユウレイグモ。ないような、いまだかつてなかったような、ほとんどないともいえる、シモングモの、わずかなうごき。イエユウレイグモの、幽かな、ため息。しかして声。記録不可の。声に似た声。不明な音。不詳喉音。しわぶき。しわぶく。わざとらしい。なぜ、わざとらしく聞こえるのか。なぜなのか。すすり泣き。のような鼻音。鼻腔の共鳴。後舌と軟口蓋のこすれ。ひとりごと。「ふ、む、ヴェ・ヴェ・ヴェ……おかぁ、っきちゃま、む、ふっ、おけぁ、っちゃま、ふ、おかぁ、ちゃま、んぐ、おかっぁ、っちゃま……ヴェヴェヴェ……べっ、ちゃま、ちゃま、ちっ、ちゃま、ちゃま、ちゃま、んふ、まっんっぐ……」

　だれかが皮膚を掻いている。掻きむしっている。自己の皮を剝いでいる。股か。鼠蹊部の皮か。だれかは爪を嚙んでいる。嚙まれ、嚙みつくされて、もう、ほとんどなくなった爪。爪なしの指。ペチョペチョ。岩礁にしがみつき、ながされまいと必死で爪をたて、ついに爪のはがれた、どざゑもんの指。しゃぶる。ペチョペチョ。だれかは髪をぬいている。ひとりでじぶんの髪を。プツン、プツン、プツン……。いっぽん、いっぽん、もういっぽん、またいっぽん。なんぼんぬく気だろうか。朝までぬきつづける気か。気？　気ってなに？　うなり声。うら声。反りかえり、反りあがって、からまり、尾をひく。声が他人の臓器をひっぱる、声。いったん、やむ。いったん。ざんていてきに、すべてが静まる。

ここが、いちじてきに苔むした墳墓になる。音がかき消える。ぜんぶなくなる。ぜんぶ。いや、いや、そんなわけがない。ひとは音の袋だ。生きるかぎり音がする。死んだって音をだす。音袋。ガス袋。ほら、ほら、また音。うなり。たぶん、おとこの。歌？　歌のような。これが歌か。「ウーッ・インデンプー・イーヤンプー・ウー・インデーインヤー・ソラ・マニヒョー・ウーッ・ヒョッコロ・センズル・セーメントー・ウーッ……」。べつの部屋から怒声。「やめろ、やめろ、うるせえ！　だまれえ！　チョーセンジン！　シナジン！　だまれえ！」。あたかも意味のような声。まるで意思のような声。いきなり、水音。小便か。決壊。フラッシュバルブ。の音。音、ぶっかる。かさなる。すべる。入りくむ。スライドドアが閉まる音。している。する。こんな夜ふけにも。みんななにかをしている。おこなっている。どうして、なにかをするのだろうか。するってなにか。なぜ、なにかをするのか。おこなうのか。おこなってしまうのですか。なぜ、なにもしないではいられないのか。するのを、なぜ、やめないのだろう。

そと。鬱蒼としたマテバシイの陰を、やせた、盲目の、ごく貧の痴漢がひとり、まえかがみになり、すり足で、卑屈に、あるいてゆく。水羊羹色の葉陰に消えてゆく。盲目ではないのかもしれない。痴漢ではないのかもしれない。卑屈ではないのかもしれぬ。そうではないのやもしれぬ。だからどうしたというのですか。うしろから、ぴんと尻尾をたてた黒猫が、しのびあしであるいていく。特大のあんこ玉みたいにはりきった睾丸。または、二個の毬藻《マリモ》。一対の内宇宙。それらをもてあまし、首をのばし、金色の目で空をみあげる。マテバシイの梢のうえ。青黒い闇が、ほぼ楕円状の不定形の痣になって、虫の群れとともに、夜をゆらゆらとながれていく。闇の痣が、ひろがったりちぢまったり、ひしゃげたりする。いま、月はみえない。

アジサイの葉裏を、殻に罅《ひび》のはいったカタツムリが這っている。ときどきその身と粘液を虹色にじわりとかがやかせながら。いつまでたってもかいのない思考の軌跡のように。闇を這う。這ったあとの葉裏の粘液が、かくしようもない恥の証拠としてであろう、ぬたぬたと闇にひかる。みえなくても、みえる。みえても、みえないのだ。いまは、セミが羽化しているのだろう。氷晶の細片のような、うすい翡翠色の、痛々しい身じろぎ。羽化は失敗するかもしれない。あわいジェイダイトの揺れとひとつの死の蓋然性。ちかくのベンチに、髪ぼうぼうの歯欠けオババがひとりぽつねんとすわっている。オババはオババなのに、じつに非人称的に、きわめて匿名的に、すわっている。あいかわらず、だれとも目をあわせず、闇に融けいりそうになりながら。ぜんたい、ひとには存在する義務があるのだろうか……オババはずっと惑いながら羞じらいながら、かんがえているようにみえる。

夜の緑地に木製の看板がたてられている。あるいは、たてられていると、こころみに仮定してみる。園のちかく。オババのいるベンチのすぐちかくに。おふれ。看板。赤い太枠をほどこされた、警察署と県中央公園管理所連名の告知文。看板にカゲロウがたかっている。

告知

7月18～19日ごろ、この場所の樹木（マテバシイ、マユミ、ツリバナ、アラカシなど）多数が何者かによって切られ、持ち去られました。この場所は県緑道内でありﾞ、窃盗及び器物破損事件として、警察署へ被害届を出し、現在、情報収集しています。ここで右記各種樹木を切っている人または人々を見かけた方、情報をお持ちの方は警察署または県中央公園管理所までご連絡ください。

すこしおかしい。なにかおかしい。けれど、ひどくおかしくて堪えられないというほどでもない。こんなものだろう。告知文の余白にマジックインキのいたずら書きがある。または、いたずら書きがあったと仮定してみる。斜めに書かれた字。熱心に書かれたようにはみえない。落書き。かるいおもいつき。ひとこと。「マメドロボ」。マメドロボとはなにか。マメドロボにこめられたメッセージはなにか。いちいちかんがえていては身がもたないのだ。ではないだろうか。看板が在ることとないこと、もしくは在ると仮定してみること、告知文の意味と無意味……のあいだには、ほとんど深刻な境界（ないしは対立、矛盾）がない。樹木を切って（「伐って」がよりてきせつか）それらをはこびさった「人または人々」とはなにか。しんけんに悩むひつようはあるだろうか。ないだろうか。

　ただ、もしもちょっとゆとりがあったならば、そうした「人または人々」の、隈どりの濃い姿態をおもいうかべてみてはどうだろうか。樹木を伐り、はこぶひとびとの無言の形相を。樹も草も根も土も、なにものも、だれも弁明しはしない。夜。チェーンソーをもつ腕の筋肉。隆起。エンジン音。切断と切削。枝ばらいと伐りたおし。あふれでる木くず。樹の血。主張しない。釈明しない。かといって、ジョークでもない。ただ在るだけ。ないしは、ただないだけ。なくなるだけ。存在も非在も、弁解しない。他に理解をもとめない。抗弁せず。申したてない。くどくど事理をかたらない。ただ在るのみ。ないしは、ひたすらないだけ。なくなるだけ。なかっただけ。それでいい。いいのではなかろうか。

　おびただしいカゲロウが、蚊柱のように、いや、蚊柱なんかとひかくできないほど巨きなクリーム色の円柱状になって、どろどろと草地からわきたっている。そのとき、濃緑色の黒みをましたのは、なにかの蘚苔類だ。とともに、夜が、ぐらりとかしぎ、うねり、波うつ。とおもう。かんじる。中生代の恐竜の吐息。のような気配。聞こえる。聞こえた。このときのすべては、はるかいぜんからよていされていた。みえぬ、聞こえぬ細部まで。やくそくされていた。殻の割れたカタツムリの、割れの角度、長さ、殻軸筋のぐにゃりとした縒れぐあい、二対の触角のかすかなうごきまで。クチナシの落花の速度と風のそよぎも。よていされていた。やくそくされていた。けっていされていた。何世紀もまえから。あらがおうとしても、あらがえないなにものかによって。

神意？ ふーん、そうかもしれない。たしかに、もっともらしい。けれども、そうなのだろうか。よていされていたって？ あらがえないって？ けっていされていたって？ そうおもうのはちがうような気もする。あやしい。ひどいまちがいなのではないか。じっさいには、あらかじめなにもきまってなんかいない。なにもよていされてなんかいなかった。すべては偶然といってはいけないのか。たまたま。生死《しょうじ》は不定《ふじょう》なり。チャランポランな不定風《ふていふう》。それを、ことばでてきとうに粉飾しているだけじゃないのかしらん。

赤い服のおんながひとりではしっている。大股で。ストライド走法で。真っ黒の森を。園にむかい。ハナが。気が狂ったような顔で。はしりながら「ヤーコーブー！」と叫ぶ。「ヤーコーブー！ まっていてえ！ すぐいくからねえ！」。小枝に赤いワンピースがひっかかり破ける。ハナの皮膚が裂ける。それでもはしる。わき腹に枝が刺さる。なんぼんか刺したまま、はしる。ハナは異変を感じたのだった。園にお泊まりのヤコブが今夜、あのバカに殺されるかもしれない。きっとそうだ。ハナがはしる。はしる。「ヤーコーブー、あたしのヤーコーブー！ 生きていてえ！」

園のそと。車の排気音。それから、あれはなんだろう、傷んだ鳥の羽ばたき。のような音。黒猫はさっと逃げた。わたしはベッドで耳をすましていた。ずっと。聞いている。聞こえないわけがない。細大もらさず聞こえてくる。息も叫びも虫の音も。ガシャ。窓ガラスがハンマーでたたきわられる音。かれだ！　きたのだ。そんなにはげしくはない。ガムテープでもはって、音を殺し、ガラスが飛びちらないようにしたのか。割れたあとからカゲロウが大挙して園にとびこんできただろう。跫。意思と巧緻と感情。それらによって編まれた跫。靴。靴底。カゲロウを踏んだだろう。カゲロウの内臓は破裂しただろう。緑色の汁をだしただろう。とってもにがい汁。跫。複数か。いや、ひとりか。音がもつれる。つまずく。すこし乱れる。なにかにぶつかっている。はじまっている。あっ、さとくんの声。おちついている。とても礼儀ただしい。とても。あまりにも、とても。なにか、ばちがいな口調。かれって、いつもそうだ。バチガイ。バチガイさとくん。バチガイでないさとくんって想像がつかない。だれにいっているのか。ことばは、つうじているのだろうか、ことばは。なにか話している。問うているのか。調査か。アンケートか。審問か。選別か。ことば。のようなものが話されている。ひとりでか？　だれにか？　うごきながら、問うている。問いつつ、おこなっている。部屋から部屋へ、ひとからひとへ、移動しながら。している。おこなっている。

「こんばんは……ぼく、さとくんです」

「まちがいなくさとくんです」

「失礼します」

「失礼しました」

「わかりますか？」

「なにか、わかりますか？」

「わかりませんか？」

「ことば、わからないのですね」

「なにか、いえますか？」

「いえないのですね、なにも？」

「こころ……ないのですね？」

「こころです。にんげんの、こころ……」

「あなた、こころ、ございませんよね？」

「かくにんさせていただきます。おこころほんとうにないのですね？」

「こころが、ないのですね？　まちがいないですね？」

「はい、了解です」

音。

「夜分、ほんとうにすみません」

「あなた、こころ、ありますか？」

「ないですよね、こころ……」

「ご意思、なにかありますか？」

「自己認識、ございませんね？」

「なにも、ご意思ないのですね？」

「こころ、ありませんね？」

「かんじてないわけですね、なにも？」

「あなた、にんげんですか？　に、ん、げ、ん……」

「笑わないで！　おい、笑うなよ……」

音。

「あなた、こころ、ございますか？」

「ないですよね？」

「虫ですか？　バッタ？」

「こころ、ぜんぜんないのですね？」

「こころ、ないのに、こころ、あるふりしちゃだめですよ。ＮＧですよ」

「なにも、かんじてないのですね？」

「うごけないのですね？」

「うごかないのですね？」

「じゃ、いきます……」

音。

「こんばんは……ぼく、さとくんです」

「こころ、どうですか？」

「なんにも、おもっていない……のですね？」

「おもわないのですね、なにも？」

「オーケー。了解です」

「こころ、うごきなしですよね？」

「失礼いたします……」

音。

「当直の方、それでは、拘束します」

「執行しますね」

「どうぞ、ご協力おねがいします」

「結束バンド、使用させていただきます」

「痛くないですか？」

「こころ、いかがですか？　おこころは？」

「ニッポンジンの、こころ……なし、ですね？」

「ざんねんですね……」

「了解です。いきます」

音。

「夜分、おさわがせします」

「ご協力ありがとうございます」

「つぎ……急ぎます」

「つぎ」

「うしろむいて」

「つぎ」

音。

「つぎ」

「あっ、みないで……」

「おもうひと。こころのあるひと。かんじるひと……こっちをみないで！」

「みるなよ！　みるなっていってんだろ！」

「じゃ、いきますよ」

「ごめんなさい。ここ、刺しますね」

音。

「あなた、こころ……？」

「なに？　ないの？　ないのですね？　なんにも……」

「どこか痛いですか？　わからないのですね？」

「いえないのですね？」

「ごめんなさいね……」

「こころ、ないの？　ないよね……」

音。

「失礼いたしました」

「では、さようなら……」

「おさわがせしました」

ザザ……ザザ……シューッ……ゴボ……ゴボ……。ふたたび跫。ドアの開閉音。声。

こわれた声。ややあって、またも呼び声。

さとくん大いに昂揚し大いにおもう／「ぼくはサイコパスなんかじゃない」／「いま世界の中心はここなんだ」とさとること

36

「きーちゃーん、きーちゃーん」

「きーちゃーん、いるかーい、きーちゃーん」

「ちーちゃーん、ちーちゃーん、だいじょうぶかーい」

「がーちゃーん、寝てるかーい、がーちゃーん」

「いーちゃーん、いーちゃーん、夢みてるのかーい」

「さあ、みんなあ、さとくんですよー、さとくんがきましたよー」

おしころした声で呼んでみる。連呼する。こたえるわけもないのに。なにやってんだ、ぼく。なんか、なつかしいのかな。きーちゃんたちを、なつかしがってるのかな。ぼくの声。やさしくささやいているつもりでも、拡声器ごしみたいに、園の東棟ぜんたいに声がひびきわたる。そんなにでかい声をはりあげているつもりはないのに。

「チッ」と舌うちする。腹はたたない。さほどわるい気はしない。さとくん、おもう。じぶん、こころ、あるとおもう。無言で問う。じぶんに。へね、いま、主役はだれなんだい、ほんとうの主役は？〉――。きまってる。主役はじぶんだ。ほかにだれがいるんだい。ぷっぷっぷ……苦笑する。大笑いはいけない。主役らしく、ちょっぴりわざとらしくみえても微苦笑がいい。すこし恥ずかしそうに。主役とはそういうものじゃないか。あけすけに得意がるのではだめなんだ。アホが図にのっているとおもわれる。

世間はだいたいバカだけど、みんながみんな、ぜんいん大バカというわけじゃない。けっこうきびしい。それと、すごくひねくれている。手がつけられない。みていないようで、みている。みているようで、みていない。みていないふりをして、ながめている。顔つきと腹の底がまるっきりちがう。口先と本音があべこべ。ぼくにやってくれとたのんだくせに、いざとなると、たのんでいないふり。めいわく顔。そんなのざらだ。ザ・セケン。ザ・シミン。ザ・ジュウミン。ザ・フクシ。口ではぼくをはやしたてながら、腹では〈またあのバカが、お調子者が……〉と軽べつしていたりする。さんざおだてておいて、つごうがわるくなると、いきなりハシゴをはずす。かんけいないふり。世間ってそういうものだ。まったく油断がならない。気をゆるしちゃだめだ。気をつけないと足をすくわれる。でも、もうはじまったんだ。イエス！　ぼくがはじめた、このぼくがだ。

聞こえる。聞こえるんだ。聞こえてくる。とおい夜の谺《こだま》。みんなのこころの奥の谺だ。エールだ。森のおくからも、湖からも、とぎれずにエールが聞こえてくる。大波のような声援。とどろき。はじける拍手。やっぱり胸が熱くなる。しょうじき、うれしい。涙がうかんでくる。いまはできるだけ厳粛な顔をしていなければならないのに、のどもとがだんだん熱くなる。泣きそうになる。泣いちゃだめだ。ああ、いけない、頬がゆるむ。笑い顔になりそうだ。聞こえる。

〈さとくーん、いままでずいぶんつらかっただろうね。わかるよ。すごくよくわかる。よくがまんしたね。これだよ、これなんだよ。これでいいんだ！　これをまってたんだよ！〉〈グッジョブ！　やっぱり、さとくん、さすがだよ！〉〈さとくん、ついにふみきったんだね。きみの出番だね！　さあ、晴れ舞台だ！〉〈ゴーゴー、ゴーゴー、さとくーん！〉〈まってました、さとくん！　世界中の愛するひとたちのために！〉〈よっしゃ！　さとくん！　ファイトだ！〉〈さとくんしかいないじゃないか！　ほかにだれがやれるんだい？〉――。

　のどがかわく。ひりつく。いきなりうごいたからだ。ウオーミングアップなしで、腕をふりまわした。肩がまだぜんぜんできていないのに。実戦ってそういうものだ。エナジードリンクを一本、一気のみする。グビグビ。仁王立ちになって。テレビＣＭみたいに。やはりシミュレーションとはかなりちがうんだな。拍子ぬけというのではないが、あたまのなかのシナリオとズレがあった。「ガーベラ」の部屋。記念すべきスタートなのに、ちっともはなばなしいということはなかった。いうなれば、立体的な影とのたたかいだった。いや、平面みたいだった。不思議だな。大きなナゲットだ。ヒトふうのナゲット。あるいは大きな豆腐。まるっきり抵抗がなかった。あるわけがないのに、抵抗があるとおもってしまっていた。派手な音もなかった。事前のイメージでは、もっとうごきも音もあった。たとえば、顔が、顔だけが、口をくわーっといっぱいにひらいて四方からビュッビュッと飛びかかってきて、腕や肩にくらいついてはなれないとか。顔が、はむかってくるはずだとか、顔をだいぶ怖がっていた。はむかうなんて、そんなこと、あるわけがないのにな。顔。園ではたらいていたころからのどうしようもない妄想だった。しかし、のべつ顔をみるというのは労働にてきさない。あぶないことだ。労働災害だな。「顔労災」「顔手当」があっていい。顔ってのは超ヤバい。

　さっきはなるべく顔をみないようにして、やった。顔はなにをさそうのか。じいっと顔をみる、たがいにみあうということが、最終的になにをもたらすか。知っている。みあうことはとても危険だ。みあいつづけていたら、おかしくなる。愛じゃないんだ。顔は愛の象徴ではない。ぼくはまなんだ。まなばされた。顔は愛をきざんでなんかいない。よくみてみるといい。あぶない。愛なんかではない。なにかもっと無法なものだ。法外なもの。残忍なもの。顔をしげしげとみるのはよくない。皺、瞳孔、目尻、鼻、唇、舌……。あれらのものは、整然とそなわってなんかいない。あれらのものは、そなわっているのではなく、顔にぶらさがっているんだ。顔からか。にくしみか狂気か、すくいようのない孤独……。錯乱。顔は、ほんとうはどれも混乱している。いくら若くったって、あらかじめの老いと狂気と疲労と死をただよわせている。くわえて「苦」。みればみるほど、それらがうきあがってくる。

じいっとみちゃいけない。目を合わせちゃだめだ。でも、ついうっかりみてしまう。すると、吸われる。のまれる。さそいこまれる。目の渦に。じぶんか他人か、だんだんわからなくなる。みているのか、みられているのか、はっきりしなくなる。さっきもみえた。ヤコブか。おぼえていない。こちらがみたとおもったら、あちらにみられた。横顔。あおむいた顔。うつむいた顔。目の沼。沼の目。そこなしの。目の坩堝《るつぼ》。あぶない。とおもった。が、へんにこうふんして、われをわすれるということはなかった。顔について、ぼくにはそれなりのけいけんがある。しろうとじゃない。プロだ。とりみだしたらいけない。狂乱はだめだ。だめなんだ。やつらとおなじになる。やつらにとりこまれてしまう。冷静に！　礼儀正しく！　さっき、礼を失することはなかったとおもう。ものごとは礼にはじまり礼に終わるんだ。「ガーベラ」にはいるまえ、じぶんにいいきかせた。もういちどくりかえす。「いいか、落ちつけ。ターゲットをみくびるな。あまくみるな。でも、ビビるな。そして、礼を欠くな。愛と清い心をわすれずに……急げ！」

なにか、川のにおいがする。よどんだ夜の川。腐敗した黒い獣の死体をうかべた、夜の川。これは、亜鉛と鉄分のにおい。あと、すてられた乳酸飲料？　におい、濃くなったり淡くなったり。ああ、血だ。血なんだ。でたんだ。想定外。こんなにもたくさんでるんだな。はんぱない。血の川じゃないか。ドブか。廊下にもながれでている。赤くない。黒っぽい。ねとねとする川。カゲロウが何匹も浮いているな。あるく。ぼく、こぐようにあるく。ぼく、血の川をわたる。ぼく、ひとりだけれど、ひとりの気がしない。さびしくない。だれかたくさんのひとたちをしたがえている。みんな、黙ってちゃんとついてきてくれている。わかってくれているんだ。つらくともがんばらないといけないこと。だれかがやらなきゃなんないこと。ぼくはあるいている。しずかにあるいている。とくにエキサイトしているわけじゃない。キレてなんかいない。じぶんがなにをしているか……ちゃんとわきまえている。とおもう。いまいちど、大きく息を吸い、ぼくじしんに訊く。おい、おまえはほんとうにさとくんか？　だれかにとりつかれたんじゃないな？　おまえは〈かれ〉でも〈あいつ〉でもなく、ほんもののさとくんなのだな？　なにをしているのか？　心神耗弱じゃないな？　いいな、これでいいのだな？　ほんとうにこれでいいのだな？　念おしする。くどいな。いいのだ。よい。よいのだ。これしかない。あっ、また、川のにおいがする。よどんだ夜の、黒い川。川がにおうのか、それとも、ぼくじしんがにおっているのか。

防犯カメラがこちらをむいている。ぼくを写している。レンズにむかい、片手をあげてみる。鎌ごと。主役はこのぐらいのよゆうがあってもいい。よいはずだ。レンズにむかって笑う。口をあけるな。口を閉じたまま、上品に笑ってやる。すこし悲しげに。ひとをあざけるのはよくない。〈ひとでないひと〉たちにも礼儀をわすれてはならない。だれかがいってたな。〈悲しい気持ちをなくしたら終わりなんだよ〉。そうだな。なんだって少しは悲しい。いくら楽しくとも、悲しみのかけらがどこかにはりついているものだ。だから、悲しい顔であいさつだ。さようなら、みんな。こんばんは、みなさん、ニッポンのみなさま……さとくんですよ。あるく。防火扉だ。防火シャッター。耐火クロススクリーン。ドレンチャーのところまでくる。消火器。赤いオブジェ。血の川はそこにもながれている。すこし吐き気。

みなれたドラセナの鉢植え。幸福の樹。よくいうよ。不幸の園に幸福の樹か。どうだろうか。じぶんもあとになってから〈身勝手〉〈身勝手な動機〉とかいわれるのだろうか。〈ひとでないひと〉たちは〈なんのおちどもない被害者〉といわれるのだろうか。なんてくだらないことば！　無意味な常套句。ぼくはひとのことを身勝手だなんていわない。いったことがない。身勝手というなら、入所者はほとんどが身勝手だ。身が不自由な身勝手。身勝手にわめき、身勝手に排泄する。がまんしない。がまんできない。でも、ぼくはかれらを身勝手だといったことはない。そういうのは、「共生」というくらいつまらないことだ。おそろしくむなしい。だいいち無責任だ。からだと精神のすべてに不自由な入所者をみて〈まあ、おきのどくに……〉と、おもってもいない決まり文句をだらけた調子でいい、腹では〈ああ、なんてきもちわるいんだろう〉と眉をひそめていたりする。そんなのざら。みんな身勝手なんだ。仮面をたくみにかぶりかえる。

　口では優生思想反対をいいながら、「よい遺伝子／わるい遺伝子」の存在を、だれだってかくしやしない。よい遺伝子をふやして、わるい遺伝子をなくしましょう。そうおもっている。遺伝子工学、ゲノム編集、遺伝子治療だって、根っこはみんな優生思想じゃないか。中国の「正常なヒト受精卵へのゲノム編集」ってなんだ！　「遺伝子ドーピング」ってなんだ！　身勝手ってなんだ。にんげんはだれだって身勝手だ。ひかりと影を器用につかいわける。〈なんのおちどもない〉ってなんだ！　お産婆さんにはおちどがないか。むかしのお産婆さん。なんでも知っている、やさしい、やさしいお産婆さん。サンバ、サンバ、ヘイ、サンバ、ジャパン！　新生児の「かたち」の第一発見者。第一接触者。赤ちゃんがあまりにもつらい「かたち」なら、そしらぬ顔で鼻をつまみ、口をふさいで、なむあみだぶつ……「シザン」ということにしたらしい。生きた赤ちゃんを「シザン」ということにする「必要矛盾」を、みなが知っていた。暗黙の了解があった。自然にうけいれた。それが人情であり、淘汰のための「世間知」というものではないか。ニッポンはそうやってやってきた。

ぼくにはこころあるひとたちの支持がある。じぶんはこころあるひとたちをいま代表している。でも、あまりおだてにのらないことだ。お調子者はこっけいだ。じぶんのあたまでかんがえ、冷静に、じぶんで決定する。人生はいちどだけなんだ。ステージとタイミング。ここぞというときにじぶんを賭けないと、かがやくチャンスを永遠にうしなう。ぼくがぼくであることを証明するチャンス。にしても、おもうってすごい。こうやって園の廊下を何歩かあるいただけで、たくさんのことをおもいつく。とくべつの夜だから、なのだろうか。おもいがつぎつぎにわいてくる。ぼくはおもう。にんげんだから、おもう。こころがあるからかんじる。かんがえる。ぼくはひとを愛している。にんげんたちを。ニッポンがすきだ。美しいニッポンがすきだ。すなおにすきだ。みんなとなかよくしたい。微力ながら、ニッポンをよくしたい。つよくしたい。しかしだ、ひとは声で肯定しながら、内心では否定していたりする。または逆。狡猾だ。賛成しているようでいて、じつは反対している。または、どちらともあいまいなままにして、個人として責任をとらない。矢面にたたない。顔をかくす。どうでもいいのだ。じぶんさえよければ、他人なんかかんけいない。社会がどうあれ、国がどうなろうと、知ったことではないのだ。そんなことでいいのか。いいわけがない。

みんなそうじて卑怯だ。利己的で、じぶんからはなにももちださない。もちだしをしない。これっぽっちも自己負担をしようとしない。どうせだれかがやってくれるとおもっている。道路掃除もゴミ収集も。

なにもしないくせに、きれいごとばかりをいう。「生きるに値する命／生きるに値しない命」の区別などないという。へえ、そうですか。そのくせ、死刑の判決と執行はどしどしすすめられている。だれもほんきで反対なんかしていない。だれも選挙で死刑反対をいわない。票にならないから。だいいち、みんな選挙にいかない。国会をバカにしている。総理大臣をうやまわない。そんなことでいいのか。ぼくは選挙にいく。かならずいく。選挙にもいかないで「生きるに値する命／生きるに値しない命」などないという。えっらそうに。じっさいには、ふたつの命を、おきがるに峻別しているんだ。新型出生前診断で異常がかくていしたひとのうち九六パーセント以上が中絶。もう常識だ。それなのに「生産阻害因子」。そういうだけで眉をひそめる。なんですか、それは？　大げさにおどろく。おどろいてみせる。わざとらしくのけぞる。そういうことはいわないほうがいい。セイサン・ソガイ・インシ。だめだめ、それは。それをいっちゃおしまいよ。まんまんいち、おもったとしてもね、口にしちゃあいけない。社会発展妨害因子、経済発展遅滞因子、反社会・反文化的成分……もだめ。もうそういう発想をしないことになってるんだから。オキノドクなかたがたを排除しちやいけない。ともにささえあうんだから。だれと？　どうやって？　いわなくてもわかるだろ。そんなの常識でしょ、ジョーシキ。ストーマパウチがなにかも知らない、みたこともさわったこともないクソ文化人たち。面板《めんいた》がなにかも知らない識者。バカ記者。アホNHK、読んだことないけど、クソ朝日。おまえたち、排泄支援をやってみろよ。いちどでも舐めてみろよ！　入所者さまのケツ。嗅いでみろ。採尿袋、採便袋、面板ストーマ孔……どこまでもひねこびて、執ようで、攻撃的なにおい。尿排出孔に便排出孔に逆流防止弁……。ドロドロの流動食とニョロニョロのウンコ。腹からとりだされた湯気ほっかほっか、でろんでろんの腸と業界推奨ストーマパウチ。肛門からではなく腹からウンコをだす、オキノドクな入所者さま。ストーマ袋内は複数枚のフィルムでしきられた多層構造です。排泄物によるフィルターの目づまりや漏れをふせぎます。においや便漏れの心配がない、五層の快適パウチフィルム！　うそつけ！

生きるのではなく、医療・福祉・製薬業界の利益のために、死にたくても生かされている入所者さま。死にたくても死ねない患者さま。胃ろうがあれば、栄養の入った液体をベッドサイドにぶらさげて、管をつなぐだけでいいもんね。そう、現場はそのほうが楽チン！　で、おじいちゃん、おばあちゃん、患者さま、みんな「自立支援」でピッカピッカかがやいてますよ……とくる。暗い、つらい、ジゴクの介護現場はむかしの話だと？　家族のようにやさしく〈お看とり〉をいたしますだと？　職員がほとんどやめない明るく笑いのたえない職場だと？　うそをつけ！

　弱者をたすけるためではなく、助成されるお金をもくてきに入所者さまをいくらでもかかえこむ業界。一銭ももうからなければ、ひとだすけなんてやりはしない。だれがただで患者さまをひきうけるものか。一円にもならないボロにんげん、ガラクタにんげんを、どこのだれがどこまでたすけるか。〈にんげん以下、バケモノ未満〉。この世にそんなものはいないというのか？　いいかたがひどいというのか。いいかたのもんだいか。いるんだ。〈にんげん以下、バケモノ未満〉はマジいる。ぼくはみたんだ。目がなんども焼けるほど、焦げるほどみた。いやになるほど。だから、いないふりをしない。いいかたがひどすぎるかもしれない。にしても、「オキノドクナカタガタ」よりはいい。「さあ、バケモノども、おむつ交換だぞ！」。そういう先輩職員がいたっけ。だからといって入所者たちをいじめてはいなかった。口はわるいけれど、手はとてもやさしかった。苦しみ悩みながらバケモノを愛している介護職員だって、すこしはいる。ことばじりなんかじゃない。コンプライアンスとかでもない。だれがだれをいじめているのか。だれがだれを苛《さいな》んでいるのか。だれがだれに苛まれているのか。職員が入所者を、か。入所者さまが職員を、か。にんげんがにんげんを、か。にんげんがにんげんに、か。ウソつきどもめ。どこのだれがわがこととしてこころを痛めているというのか。

　善人面して、金のためならなんでもやる業界。施設。きれいごとですませるアホNHK、クソ朝日……。そのくせ共生とかきずなとか地球市民とかいいまくる手のつけられない偽善集団。おまえたち、オシアワセでゴジュンチョウな、ほんとうは底意地のわるいやつら。冷たいこころの偽善者たちめ、甲子園球場の内野と外野にぜんいんで土下座し、きっちり切腹しろよ、切腹。〈さとくん、ごめんなさい。国民のみなみなさま、すみませんでした〉といえ！

　じぶんがにんげんかウサギか、生きているのか死んでいるのか、どこにいるのか、なぜいるのか、幸せか不幸か……も知覚できない、入所者さま、患者さま。あたまに顔に首に手脚、性器、指……にんげんのかたちをしているだけで、ただ、それだけで、だれもが同等で同格のにんげんといえるのか。セイタカアワダチソウにからまり、風になびく、うすよごれたビニール紐にどんな価値があるのだろう。ひからびた痰、こびりつく唾に、どんな意味があるのか。なんねんもなんねんもたれながしの、たんに息するだけの物体。遷延性の意識なきもの（永遠の〝心失者〟）も、ふつうのにんげんといえるか。

　ほんとうにかれらは生きたがっているのか。存在をのぞんでいるか。存在の継続を。存在という一般的習慣を。存在という惰性をねがっているか。ねがうもねがわないもない。こころがないのだから。かれらにも人権があるのか。人権ってなんだ？ 存在権があるか。生存権はあるか。〈ある〉と無責任にいいはるインチキ学者たち。〈ある〉ということに、べつにじぶんの命なんか賭けちゃいない。〈ある〉ということによって、意識がたかいふりをするだけのれんちゅう。〝心失者〟を施設にあずけっぱなしの家族。おくびにもださないけれど、内心は、はやく消えてくれればいいのにとおもっている親、兄弟。ごくたまにみまいにきて、きもちが動揺し、〈これでもにんげんか〉〈にんげんとはなにか〉とかちょっとだけ真剣に悩み、自問したふりをして、よくじつにはけろりと忘れて、テレビのバカ番組をみてゲラゲラ笑ったりするご家族さま。

それから、二足歩行のロボット、アシモをみて、垂れながしのにんげんよりよっぽどいいじゃないかとうらやむ介護者や入所者のご家族さま。アシモ。そりゃそうだ。予測運動制御によって重心をたもてるってすごい。じざいにあるけて、階段の上り下りも方向転換もダンスもオーケー。嚙みつかず、涎をながさず、唾を吐かず、奇声もあげないんだから、よほど始末がいい。アシモはこわれても、なぜかな、きもちわるくない。でも、アシモは、たぶん、なにかが欠けている。なんだろうか。こころか。わからない。でも、金になるなら〝こころつきアシモ〟だってつくられるだろう。アシモなんてすきじゃない。たかがロボットじゃないか。

ベンジャミンの植木のちかくまできた。壁に入所者の絵がかざってある。水彩。「窓」。青の窓。窓外の海。紺色。湖か。この絵、すきだ。たんじゅんだけど、いいな。絵を描けるのは〝心失者〟じゃない。かんじるちから、おもうちからがあるのだから。それらがあるものと、それらがないもの。ただごろりと在るだけのもの。区別するべきじゃないか。はっきりとわけるべきだ。そのように堂々と本音をかたり、他人のために必死で努力するものをメディアは異常者あつかいしたりする。そうなんだ。ひとのためにじぶんをぎせいにするものをテロリストみたいに警戒したりする。おかしいじゃないか。

ニッポンはおかしくなっている。ほんきのにんげんを、それとなく軽べつしている。命がけを、じつは嘲っている。せせら笑っている。ぼくはこうふんなんかしていない。かなり冷静だ。いま鼻血はでていないし。じぶんはサイコパスなんかじゃない。変質者じゃない。じょうだんじゃない。サイコパスの七つのとくちょうのどれも、ぼくにはあてはまらない。〈良心が異常にけつじょしているか？〉ノー。〈他人に冷淡で共感しないか？〉ノー。〈慢性的に平然とウソをつくか？〉ノー。〈行動にたいする責任がまったくとれないか？〉ノー。〈罪悪感が皆無か？〉ノー。〈自尊心が過大で自己中心的か？〉ノー。〈口がたっしゃで表面は魅力的か？〉ノー。ははは。七つのとくちょうをすべてそなえているのはブサヨ政治家じゃないか。ブサヨ政治家とマスコミこそ最悪のサイコパスだ。

　ぼくはひとりで悩み、ひとりでかんがえたんだ。じぶんは共産党なんかじゃない。ブサヨはきらいだ。だいきらいだ。あいつら、ひとりではなにもやれない偽善者ども。国歌斉唱で起立しない。そんなことを〈勇気〉とさっかくしている国賊ども。ぼくはたったひとりでやる。たったひとりの救国戦士だ。こころあるひとびとのおもいをせおう。日の丸を胸に！　こころあるものは、きっとどこかでこのミッションをみている。そのはずだ。そうおもわなきゃ、とてもじゃないがやっていけない。こころあるものは無言で応援してくれている。いまも、だれかがちゃんとみてくれているだろうか。そのはずだ。だれもがこころのかたすみにもちつづけているのに、ずっとじっこうできなかったことを、いよいよじぶんがじっこうにうつしている。ぼくがやってみせている。十年後、二十年後でも悔いない革命をこの手でやっている。世界をあっといわせてやる。

　いま、世界の中心がここにある。ここなんだ。ここがすべての原点だ。磁場だ。ウマラちゃんの目。黒ダイヤの目。ぼくをみている。生後七か月のウマラちゃんが避難民キャンプにはこばれてきました。もう何日も食事らしい食事をとれず、下痢もつづいて、日に日に衰弱がすすんでいました。体重計が指した数字は四・二キロ。本来あるべき体重の約半分。ウマラちゃんはだいじょうぶだろうか？　そう心配するのはおかしいだろうか。ウマラちゃんはいつまでも成長しない。ウマラちゃんもウソか？ウマラちゃんの話も、ユニセフも信じられないのなら、いったいなにを信用するんだ。なにかをしなければいけない。世界のためにやくだつことをしないと、ニッポンはだめになる。ぼくは急いでいる。だらだらとやっていてはいけない。でも、そんなに気はせいていない。どうしてだろうか。わるいことをしているわけではない。とうぜんなすべきことをしている。その自信がじぶんに落ちつきをあたえているんだ。そうだ。深呼吸だ。しっかり胸をはろう。新しいことがはじまるんだ。もうはじまっている。ああ、まぶしい。目のはしにはげしい閃光を感じる。今夜、園にはいってから、なんどもだ。閃光がぼわんとふくらむ。目が痙攣する。視界が爆発する。網膜が熱い。ということは目のなかが破裂しているのだろうか。

バシャッ、バシャッ、バシャッ。眼科の検診みたいだ。眼底検査。まぶしい。目をあけていられないほどだ。ストロボライトか。おいおい、目の前でストロボたかないでくれよ。カメラマンがきているのか。テレビのライトか。ということは、一社だけじゃないな。メディアはさすがに情報がはやいな。ＮＨＫ、朝日もきているだろうな。口もとをひきしめて。金髪をさっとかきあげる。ちょっとしたどうさが大事だ。刃物はみせびらかさないこと。ハナさんがみるかもしれない。みているかも。「ティシナ」のマスターも朝のニュースでみるだろう。ハナさん、あっと叫んで、きっとぼくをみなおすだろう。さとくんて、すごいひとだったんだわ、と。

措置入院のときの医者どもも、のけぞるだろう。かれらはぼくをバカにしていた。ぼくがなにをかんがえているか、しんけんに知ろうとなんかしていなかった。れんちゅうの態度ですぐわかった。どうせ大したことはできまいとかるくみていた。では、かれらの学問ってなんなのだ？　かれらは今夜をよそうできなかったじゃないか。退院のとき、「あなたの症状はショウタイしましたね」だって。へっ、笑える。ぼく、じつはショウタイってわからなかった。「消退」。はじめて聞いたよ。てきとうな医学用語をいえば、もんだいかいけつだとおもっている。消退もなにもありはしない。自己愛性人格なんとか。パーソナリティ・ディスオーダーとかなんとか。かれらはぼくをなめきっていた。大したことはできはしないとかるくみていた。そこいらの小ものといっしょにしていた。にんげんをステレオタイプにぶんるいしていた。思想とパーソナリティ・ディスオーダーをごっちゃにしている。世界中で毎日おきているテロを、パーソナリティ・ディスオーダーのせいだというのか。バカげている。

ほんとうにアホらしい。じゃあ、テロリストたちに向精神薬をあたえつづければ、世界は平和になるというのか。精神安定剤でニッポンがあんていするというのか。選択的セロトニン再とりこみ阻害薬をあたえれば、鉞《まさかり》をふりかざしていきなりおそいかかってくる犯罪者がへるというのか。バカバカしい。やつらは、つまり、ニッポンコク、ニッポンジン、天皇皇后両陛下さまをなめている。侮辱している。にんげんをかるくみている。どこまでも堕落した製薬業界の手先どもめ。にんげんを薬漬けにしようというだけのインチキな診断。そのことにみんながまもなく気づくはずだ。

　顔がなんだか熱い。ああまぶしい。カメラに写されているのか。もういちど、口もとをきりっとひきしめる。奥歯をかみしめる。カメラ目線を気にしたほうがいいだろうか。べっとり汗をかいている。こめかみ、熱い。ぬるぬるする。血か。また、のどがかわく。まぶしい。すごくまぶしい。こんなじかんだ、まさか生中継ということはないだろうな。でも、ポロシャツじゃなく、ジャケットにネクタイ姿のほうがよかったかもしれないな。みためはだいじだ。みためでなんでもきめつけられる。ひと息つく。ユンケルをのむ。……なんだ、記者なんかいないじゃないか。テレビカメラもない。実況アナウンサーもいない。にんげんにほんとうはかんしんのない、なまけものどもめ。ものかげにかくれてこっそりみているのだろうか。たぶん、そうだろう。スクープ映像をねらっているのだな。それなら、現場特別インタビューにおうじてやってもいいのにな……。

　まだ終わってはいない。ぜんぜん終わっていない。はじまったばかりだ。努力をつくしたとはいえない。もういくつかはやった。かたづけた。とおもう。静かだった。夜の樹みたいに。何本か。憶えていない。刺した。というより、斬った。いや、薙いだか、刈ったか。七つくらいか。まだたった七本ほどか。いや、十くらいか。刃こぼれした。鎌はスポーツバッグにもどした。右利き用も。左利き用も。刃こぼれしたのでやったら、首が痛そうだ。いくらなんでもそれはかわいそうだ。新品の包丁にする。やつらをにくんじゃいない。樹をにくまないように。すこしも。やったとき、変な音がしたな。チャリ、シャリ。頸椎をどうかしたのか。うかつだったな。首に骨があるとはおもっていなかった。ぼく、おおざっぱすぎる。樹には骨がない。そんなイメージ。頸骨にあたったのか。刃が傷んだ。反省点。そんなにちからをこめることはなかったのだ。あたまが首からはなれちゃう。顔が。きめこみのおひなさまみたい。コトリと首がまえにおちる。そこまでやる気はなかった。肩からちからをぬこう。冷たいポカリスエットがのみたい。それと、エクレアを食いたい。コンビニの、冷えたエクレア。

　音が気にくわない。シャリ・シャリ……。ゴボゴボ……。ジャリジャリ……。できごとの大きさにみあわない、へんな音だった。金属がこすれるような音。大したことはない。大したことがなさすぎる。これ、なんなんだよ、これ。劇的なことをやっているのに、さっぱりドラマチックじゃない。ちっとも。サツマイモを切るていどの感触じゃないか。「あなた、こころ、ございませんよね？」。じゅうような質問だ。なのに、無抵抗感。非現実感。さくっ。さくっ。さくっ。熱い液が噴きあがる。放射角度によっては、天井までの、噴水。想定外。「あなたさま、おこころ、ございませんよね?」。答えは、赤黒い沸騰。たぎる熱さと量も、想定外。おっ、声がする。背後だ。「さ、さとくん、やめなさい! や、やめろ! こ、殺しちゃいけない。や、やめろ!」

あかぎあかえさんの声だ。ふりむく。あかぎさんが右脚をひきずりひきずりちかづいてくる。なにしにきたんだろう。顔にカゲロウが三匹ほどたかっている。おや、右耳がない。廊下に耳がおちている。義耳だ。蜜柑の皮のような、安っぽい義耳がおちている。あかぎさん、じぶんの耳をひろわない。ひどくあわてている。かすれ声。どうしたんだろう。

「さ、さとくん、やめなさい! や、やめろ! や、やめてくれ! 刺すな! こ、殺しちゃいけない。た、たのむ! や、や、やめろ!」

37

エピローグ　ことごとく癈《し》いた世界の無‐場へ/なにも深刻ではない夜空に、うつくしい虹がたった

聞こえる。あたし(きーちゃん)は聞いている。

「こんばんは、先生、あかぎあかえさん！ びっくりするじゃないですか。こんなところで大声をださないでくださいよ。起きちゃいますよ、みんな。どうしたんですか。なにをしにきたのですか？ こんな時間に……」

「や、やめさせにきたんだ。殺すのを。ま、ま、まさか、ほんとうにやるとはおもわなかった。い、いかん、いけない。あ、あ、ち、血だな。ひ、ひどい。ひどいな。もう、やったのか。こ、殺しちゃったのか。な、なんにんやったんだ？ ひどいじゃないか。や、や、やめろ、やめなさい！」

「ひどいって？ なにが？ なぜ、なぜですか？ なぜ、やっちゃいけないのですか？ あかぎさん。あなたはそれしかいえないのですか？ 先生、あはは……殺すなって、あなた、たったそれしかいえないのですか？」

「き、きみに、こ、殺す権利はない。ひ、ひとを……」

「ひと？ ひとですって？ なんどもおたずねして恐縮ですけど、ひとってなんですか？ あかぎさんはちゃんといえてないじゃないですか。まじめにむきあっておられないんじゃないですか。あかぎさんはご存じでしょう。ひとのようなかたちをしていても、〈ひとではないひと〉だっていますよね。たくさん。ここにも。自己を認識できない、他者認識もできない、共感もできない、ただ在るだけの、〈ひとではないひと〉。それらをすこしでも減らし、できるだけなくす努力をしなくてもいいというのですか。それじゃ、いったい、だれなら〈ひとではないひと〉をなくす権利があるのですかね」

「だ、だれにもない……。〈ひとではないひと〉というのは、きみのかってなきめつけだ」

「じゃあ、生きる、生かすってなんですか？ だれなら生きる、生かす権利があるというのですか？」

「わ、わからない……。け、権利の話じゃない……」

「殺す権利はないとおっしゃったのは、あなたですよ。わからないというなら、じゃまをしないでください。ぼくは急いでいるんです、とても」

「あ、あ、在るものを、むりになくすことはない……。あ、在ることに、い、い、意味なんかいらない」

「へえ、在るって、そんなに楽しいですかね？ ただ在るってだけで、幸せっていえますかね。なくなることはいけないことですか？ なくすことはわるいことですか？ 〈ひとではないひと〉たちは、ああ楽しいな、愉快だな、うれしいなっておもってるんですかね」

「そ、そんなことは……いっていない」

「あかぎさん、ぼく、あのう、若輩者ですけど、ひとこといわせていただければ、あかぎさん、あなたはずるいですよ！ 無傷で、手ぶらで、いわゆる善の側にたとうとしているんじゃないですか？ お気楽に。たいていのひとびととおなじように。ずるいですよ、それは。ほんとうにそれが善なのかどうか、かんがえてみないと。みんななにもかんがえない。みんなフクシにただ乗りしようとしている。だからニッポンがだめになるんです」

「ニ、ニッポンなんかどうでもいい。そ、そ、そんなもんだいじゃない。こ、殺すなといってるんだ」

「知ってます。ブサヨはそろいもそろってそういうんですよ。おとしよりのブサヨは、とくに。ニッポンをきらう。わが国をにくむ。ニッポンのつよさ、美しさ、元気さ、純粋さをバカにする。みんなでニッポンをもっときれいにしよう、まとまろう、もりあげようとする気持ちを、ともにもとうとしない。そうでしょう。そうじゃないですか。あなたがたは口もとをゆがめて皮肉ばかりいう。ニッポンの長所、優秀さを否定する。サムライ・ジャパンをみさげる。ナデシコ・ジャパンをかるくみている。サムライ・ブルーを冷笑する。総理大臣を総理大臣というだけできらう。ひたいがせまいと難癖つけては舌うちする。君が代をうたわない。うたわないことが進歩的だとおもっている。でもね、うたわないことに命をかけてなんかいない。つかまる、罰せられるとなれば、うたう。口パクでごまかしたりする。姑息なんですよ。けっこう利己的なんです。こじっかり定期預金に年金。じぶんの生活だけはしっかりまもっている。ブサヨは国民の期待と夢がなにか、どこにあるのか、さっぱり理解しようとしない。ニッポンの理想を国民と共有しない。協調しない。背をむける。そうすることが進歩的だとおもっている。おもいこんでいる。非国民なんですよ。〈ひとではないひと〉がいるのを知りながら、いないといいはる。いいはるけれども、そのことに行動で責任はとらない。からだをはらない。口だけ。ポーズだけ。足もとよろよろしながら、かすんだ目をして、しょぼくれたデモをする。哀れなじいさん、ばあさん、病気のカゲロウみたいにみんなで群れてね。みっともない。そんなそぶりがいいとおもいこんでいる。もうとっくに終わってるんですよ」

「き、きみ、とにかく、そ、その、は、は、刃物をすてなさい。は、刃物を……。ああ、な、なんてこった……」

「あかぎさん、こんな大事なときに、あなたのためにつまらないロスタイムが生じてしまいました。アディショナル・タイムです。七分かな。あなたは退場してください。もうしわけありませんが、退場してもらいます……」

もみあう音。「な、なんだ。よ、よせ」の声。つぎに、さとくんの声。

「だいじょうぶ、あなたをやりはしませんよ。あかぎさんは〈ひと〉なんですから。すみません。ちょっと拘束させていただくだけです。暴力はきらいなんです。ご協力をおねがいします。これ、ごじぶんの耳を、くわえていてください。はい、口をあけて……あーんして。もっと、お口をあーんして……」

義耳を口におしこまれたようだ。舌が二枚になる。二枚舌。赤い舌と、オレンジがかった人肌色の〝耳の舌〟。床におちていた耳の舌は、きっと血に濡れている。鶏冠《とさか》みたいに。赤い、ほんものの舌は、耳の舌の血を舐める。こころならずも、か。ひとびとが血の味でむすばれてしまう。余儀なく。さとくんは左手に刃物をにぎったままだろう。もぐもぐ。あかぎがなにか口ごもる。義耳が舌のうごきをじゃましている。あかぎは無力だ。もぐもぐ。聞こえる。さとくんは毅然としている。いわば、毅然としている。粛然としている。そのつもりらしい。

わたしはおもう。はっとしちゃう。大発見。のような気持ち。なにも深刻ではない。どんなにひどいこと、無残なことだって、どうしても、どうしてもだ、どこか滑稽にみえてしまう。切実なことはなにもない。そうおもえる。そうおもわせる。のは、なぜかしら。無残なことが、がくめんどおり無残にみえないか、みえなくなっていることこそが、ほんとうは無残なのに。とおもう。おかしみ。かるみ。だるさ。ウソくささ。わざとらしさ。ゆるさ。ぬるさ。たるみ。ズレ。たがはずれたような。あと、既視感のような、かつてすでにあったこと、ありえたことのような、くりかえしの感覚。すでにみて、それから忘れていた奇妙な映画の断片のような。原像はたぶんすでにあった。とおもう。オリジナルは。原像はどこかにあった。原質もかつてはあった。「意味」もあったろう。もうない。ほとんどない。あるいはすでにして、さきどりされていた。盗まれていた。簒奪《さんだつ》されていた。ということは、なにをやってもかたっても、もうオリジナルはない。はじめてではない。わたしは原像だろうか。哀れな原像としてきおくされるだろうか。それは、ない。ほぼ、ない。もとめもしない。もとめたこともない。

でも、「無」はない、というのはほんとうだろうか。だとしたら、わたし、どうしよう。かなしい。どこにいけばいいのだ。無。在った街がなくなる、というていどの無ではない。在ったからだがこわれるという無ともちがう。もっともっと全的な無。どこにも比較するもののない、闇に似て、闇でさえない無。どこまでも、ひたすらはてのない無。と対象化もされることない、主体も客体も消失する無。過去につけ、げんざいにつけ、未来につけ、すこしの手がかりも痕跡もない、てっていてきな無。かんぺきな無。無さえ消えさる無。「有」のたそがれの、極北の無ともちがう。わたしはもう、にどと、なにものにもさらされない。照らされない。みられず、さわられず、おもわれない、無。ほとんど無でしかない、シモングモとイエユウレイグモなら、いっぴきずつ、いてもいいかな。空洞も空虚もない無。空無がそんざいする密度がなおも在るというのは、どうにもしつこい。そんなもの、レトリックだ。つまらない修辞。

ウソにちがいない。なぜ、なぜ、いつまでも「在る」の状況から解放されないのか。解放されてはいけないのだろうか。在りつづけるほうが、かえってひどく空虚ではないのかしらん。「在る」からのかんぺきな離脱。永遠の逃走。顔もない、声もない、血もない、血の川も、月も、魂も、星も、虹もない……それらの夢も、幻影も、残像もない、人称も非人称もない、境界もない、受容も拒否もない……無。無はある。あるはずだ。無の海は。存在と存在者を、どこまで愛することができるだろうか。疑わしい……。

聞こえる。森。ナガマルコガネグモが音もなく交尾している。ヤマカガシはのびきって死んでいる。ずっと死んだままだ。アリたちがヘビのなかで作業をしている。あっ、おんながはしっている。ハナが全裸ではしっている。カゲロウたちが追う。ハナを。園にむかいはしってくる。乳房がゆさゆさゆれる。ハナのわき腹にがっぽりと穴があいている。肝臓か胆嚢か腎臓か大腸か尿管か……穴から、なにかの肝を垂らしている。生白い肝をずるずるとひきずってはしる。肝が湯気をたてる。肝にカゲロウがたかりついている。カゲロウたち、ハナの肝のうえで番う。ハナ、はしる。えい、ままよとじぶんで肝をひきちぎる。ブチリ。はしる。はしる。はしりつつハナが必死で呼びかける。叫ぶ。樹々が幹も葉もざわめく。「ヤーコーブー！　生きていてえ！　まっていてえ！」。ハナ、しかし、樹の株につまずいてもんどりうってたおれる。たちあがろうとして、カヤツリグサやオヒシバをつかみ、はげしくもがく。ハナ、右脚骨折。「ヤーコーブー！」

さとくんがまたあるきはじめている。「ラベンダー」の部屋にはいったようだ。聞こえる。あかぎあかえのうめきごえとさとくんの声。とてもおだやかな声。音。くぐもり。

「こんばんは……ぼく、さとくんです」

「あなたも、こころ、ございませんよね？」

「あっ、きみは、ふーちゃんだね」

「ふーちゃん、こんばんは。おこころ、ないんだよね？」

「おもわないんだものね……しかたないよね」

「だいじょうぶ、こんどはそっとやるね、そっと」

「うん、ぜんぜん痛くしないから……ね」

「ごめんね、ふーちゃん……すぐ楽になるよ……いくね」

音。

「ああ、虹だよ、虹！」

「ふーちゃん、虹、きれいだねえ！　ふーちゃん、じょうずだねえ」

虹だった。首からポンポンダリアではなく、虹だった。虹がのどからビューッと噴いた。「虹だ。虹、虹……」とつぶやきながら、さとくんがまた廊下をあるきはじめる。にじだよ、にじ、にじ……。わたしたちの部屋にちかづいてくる。逃げられない。逃げられないから、わたしは逃げない。もがけない。もがかない。地虫のように、こごまっている。なにか、声にならない声をだす。ヒュー、ヒュー。他人の声のような、風みたいな叫び。紙ふうせん。無にむかって。ヒュー、ヒュー。叫ぶ。空気をのむ。空気を嚙む。血の霧のにじむ空気。舌がふくらむ。どんどん、ふくらむ。口いっぱいになる。のどをふさぐ。息がつまる。やはり怖い。終わっていないから、怖い。もうすぐ終わる。かれ、すこしずつ。すこしずつ。やってくる。ちかづいてくる。赤い熾《し》熱《ねつ》のなかを。終われ！　はやく！　きみ、わたしとあまりにもことなっているために、かえって、どこかよく似たあなた。さとくん、遥けしちかさのあなた。どこにも〈場〉のないきみ。どこにも〈場〉のないわたし。なにもかも、すべて、ことごとく癈《し》いた世界の、無‐場……。

まもなく、だ。「虹、虹、虹……」。血の川。うすい靄のような虹。ところどころ、霧を吹いたみたいな虹。虹の脚は、園にある。虹は天井と屋根をつきぬけて、たつ。淡い虹が、園をつつむ。かれ、いっぽ、いっぽ。虹の弧をくぐり、いっぽ、また、いっぽ。ちかづいてくる。電飾のような、レインボー。内側が紫。外側は赤の配色の、おぼろなグラデーション。血の虹。やがて第二の虹も架かる。第三の虹も。血が噴きあがる。第四の虹も。第五のも。第六のも……。だれだってレインボー・アーケードをくぐれば、主役になる。さとくんが虹のアーケードをやってくる。弧光《アーク》に照らされて、いっぽいっぽ。〈きーちゃん、こんばんは！　きーちゃんも、こころ、ないよね、おこころ……だれにもないよね〉。そういうのだろうか。それから、わたしのかわいた唇を、ひょっとしたら、イチジクの汁のようなもので湿してくれるだろうか。のどに、そっとキスしてくれるだろうか。そうして……あれが、凍った月のかけらが、いきなり深く食いこんでくるだろう……。さとくんがくる。はなやかに。はれやかに。きららかに。あかるく。やってくる。わたしのもとに。恋人みたいに。笑みがうかんでいる。鼻唄うたってる。

ロッカバイ　ロッカバイ
ロッカバイ　ロッカバイ
バイバイ　ロッカバイ
ロッカバイ　ロッカバイ
ロッカバイ　ロッカバイ

バイバイロッカバイ
バイバイ　ベイビー

かがやいている。かれ、赤い星のようにかがやいている。顔から足首まで、ぜんしんが、まっ赤に濡れて、かがやいている。もうすぐだ。

聞こえる。わたり廊下をあるいてくる。さとくん。たちどまった。なにかいった。

「ああ、月だ。月に虹がかかっている。カゲロウがはりついているよ。月と虹に、べったりと……虫が」

解説

石井裕也（映画監督）

十八歳のときに『反逆する風景』を読んでからというもの僕は辺見庸さんの熱烈なファンだ。いや、ファンどころの騒ぎではない。とてつもなく憧れているし、この世界で最も信頼できる言葉を持った人だと思っている。

二〇一〇年の暮れ、日比谷公会堂に辺見さんの講演を聞きに行った。死刑制度に反対する集会だったのだが、辺見さんは、映画『ダンサー・イン・ザ・ダーク』を引き合いに出し、劇中の死刑のシーンにおける頸骨が粉砕される音の弱さを指摘した。作品それ自体は肯定的に評していたと記憶しているが、ビョーク演じる主人公セルマが絞首刑に処されるとき、踏み台から落下した彼女の首に絞縄が食い込み、頸骨が砕ける音は、実際はあんなものではないはずだという話だった。それまで僕は想像したことなどなかったが、絞首刑での死因は首が吊られることによる窒息ではなく、その前の落下直後、絞縄によって首の骨が折れることによるものなのだそうだ。当時、プロの映画監督としてデビューした直後の僕にとっては、天地がひっくり返るような衝撃的な話だった。ひとつの映画作品を語っているのに、ストーリーテリングや美しいショットの話は一切なされない。辺見さんは、その「音」について執拗に話していた。おそらく空虚な刑場に響き渡るであろう、人が人を殺める際に発せられるいやに生々しい絶叫のような、縄が首にめりこみ、一瞬にして首の骨が砕け散るバカにでかい音。社会システムによって正当化されているきわめて合理的であるはずの殺人は、その「音」や死刑囚から垂れ流される糞尿によって締めくくられる。これが、人の事実だ。目を背けるかどうかにかかわらず、人の事実は確かにそこにある。そしてその事実を、あなたは見ようとしているか？　と辺見さんは問うた。

　いかなる部外者の目も届くはずのない密室でのこの「音」を執拗に想像しようとし、その残響がおさまり静寂が訪れるまでのすべてを聞き洩らすまいと耳をそばだてようとする辺見さんは、やはり圧倒的に優しい人なのだと僕は思う。辺見さんの著作はすべて読んでいるが、一貫して人間、特に弱い立場にいる人に対するあたたかいまなざしを感じる。その優しさは、もちろん表面的なものではない。一般的なものでもない。表面的な綺麗事を並べ立てて人間愛を語る偉そうな、いわゆる人権派とか有識者とかセレブとか社会派アーティストとか呼ばれる人たちの陳腐な「優しさ」では決してない、本当の意味での優しさが辺見さんにはあると僕は思う。

　なぜなら辺見さんの言葉には、その裏側に尋常ではない熱気があるからだ。うからかしていると、その言葉を突き破って向こう側からパンチが飛んでくるようなヤバさがある。場合によっては実力で何とかしてやる、という殺気がある。暴力も辞さないという人間としての覚悟がある。そういう覚悟を持った言葉は、少なくとも僕が知りうる限りこの社会の中ではほとんど見当たらない。へなへなしたインテリの、身体性の伴わない「言葉でしかない言葉」には、もういい加減うんざりしているのだ。もちろん暴力を肯定しているわけではないが、暴力の熱を少しも帯びない言葉は、まるで信頼に値しないと、少なくとも僕は思う。

遅ればせながら本題に移ろうと思う。

『月』は、ごく簡単に言ってしまえば、僕のこれまでの文学体験のどれとも似つかない、まったく特殊の、異様なほどの熱気と殺気に満ちた傑作だった。

この小説は、きーちゃんというひとつの「かたまり」の想念から始まる。敢えて名状するなら「重度障害者」なのだろうが、この物語のきーちゃんは性別や年齢は不詳。目が見えないし歩けないどころか、上下肢ともにまったく動かない。そんなきーちゃんの散り散りで切れ切れでバラバラの言葉（思い）と共に、読者は実態のない想念の海を漂わされたり、想念の空を塵のように浮遊させられる。

きーちゃんの「思い」は、そもそも存在するのかどうかさえ分からないもの。確かめようもないもの。でも、決して「ない」とは言えないもの。僕はまるで異次元の世界に連れて行かれたように困惑しながら読み進めたのだが、重度障害者の思考の内側に入り込もうとこころみた辺見さんの想像力に感嘆する他なかった。例えば津久井やまゆり園の事件について、安全距離を取った上での悲嘆は誰にでもできる。「すべての命が尊い。すべての命が平等だ」と月並みな綺麗事を言うこともたやすい。現に「有識者」と呼ばれる人は大抵眉をひそめながらテレビで異口同音にそう言っていた。でも、それが何になるというのか。辺見さんのこの事件への対峙の仕方は、常人の想像をはるかに超えていた。辺見さんは、もっと確かな接近をこころみた。つまり、重度障害者たちが次々に殺害された事件を他人事のように傍観するのではなく、まず被害者の血しぶきを浴びる位置に行こうとした。いや、もっと言うと、その血しぶきの内側からこの事件を見ようとした。

　いわば覚悟を持った作家がきーちゃんの想念の中に入り込んだ。そしてもちろん、同時に大量殺人に手を染めることになるさとくんの中にも入り込んだ。きーちゃんと同じかそれ以上に、僕はさとくんのことが分からない。だから、彼ら二人の「思い」と共に進められていくこの小説の中で、僕はますます混乱に陥る。

　それでも、やがてさとくんが「まったくね……あんたは、なんなんだい？」ときーちゃんに問うた時、「しんじらんない。あんた、なにしに生まれてきたんだよ……なくてもよかったろうに……」と呟いた時、それは読者である僕自身に向けられているものだと突如として気づいたのだ。怖くなった。やめてくれよ、「あんたは、なんなんだい？」なんていう問いは、やめてくれ、勘弁してくれ、と思った。大いに気張って、もっともらしく生きている意味を何とか僕が答えることができたとしても、それは狂わずに日々を暮らしていくためのかりそめの答えでしかないことぐらい、分かっている。そういう問いは、普段は受け付けない。受け付けてはならない。狂うに決まっているからだ。

　この小説は、そんなの知ったことかと言わんばかりに、読者を追い込み、詰問し、丹念に丹念に抉っていく。

　きーちゃんはさとくんのその「問い」に答えられなかったが、こう思った。「わたしは無から生まれてきた。だから、あたしは無だ。なんのために、在るのか？　なぜ、いるのか？　ただひたすら、無のために、だ。無にむかって……」

　これ以上の答えは、少なくとも今の僕には見つけられない。つまり、僕はきーちゃんと同じなのだ。とどのつまり、生きることや存在の意味は、当たり前だが生来からしてきわめてあやふやなのだ。さとくんが「あんたは、なんなんだい？」ときーちゃんに問うたおかげで、同時に僕の存在までもが一気に危険にさらされる。「僕はきーちゃんよりはいくらかマシだ」というような根拠のない優越感は、素知らぬ顔をしながらも確実に僕の中に棲みついている。だが、そんな愚かな優越感は見事に一瞬で破壊され、僕はきーちゃんと同じようにその存在価値を問われ続ける。己の存在の意味を朗々と語れる人などいるのだろうか。つまり、僕もさとくん的なる人物による「殺害対象」に入る可能性はきわめて高い。そんなような気分になっていく。

やがてさとくんが胸に抱き始めるものは、まるで悪意ではない。だから手がつけられない。言葉にするなら、それはむしろ純情とか理想であって、そもそもさとくんが無駄（だと勝手に思うもの）を排除しようとする態度は、現代社会の基本的な考え方と何ら変わりはない。そのことの異常さと、異常さの中で生きる危うさについて考えさせられる。

だからさとくんがイメージする木造の幽霊船の光景も、本当に不思議な感じがした。カゲロウが海面の近くを飛ぶ海で、次々と人が船の上から海に投げ込まれて、その度にワッハッハと笑い声が上がる満月の夜。その月は、きっと美しい、ウットリとする妖しい月を想像してしまう。この光景は、なんだか知っている感じがする。見たことがある感じがする。というか、今の現実世界そのものではないか。しかもそれよりも「美しい」。

きーちゃんによればそれはただの「未然」なのだという。まだ起こっていないだけ。

未然であるだけ。この不穏さとイヤな予感の中、物語は進んでいき、ついにさとくんはかの犯行に及ぶ。

さとくんは、次々に部屋を回り、「こんばんは」と律義に挨拶し、問う。「こころ……ないのですね？」

絞首刑における頸骨が粉砕される音に執拗にこだわった作者の、この殺戮の描写にはもはや言葉が出ない。作者が巧妙に仕掛けた音のすべてを、ただ聞くのだ。

きっと辺見さんは、その刃物がどのように人間たちの命を奪ったのか、その暴力の詳細を何度も何度もイメージしただろう。こんなにも悲しい想像が、あっていいのだろうか。さとくんが振りかざした包丁や鎌やナイフは、無邪気に読者へも向かっていく。そして、この暴力に対して限りなく無力な僕たちは、いとも簡単になぶり殺されるだろう。「障害者にまるで差別的な感情を持っていません」と軽率に口にできる自分の欺瞞も、同時に刺される。自分の存在そのもの、自分の曖昧な価値すらも切り裂かれる。噴き出す血には、紛れもなく自分の温もりと匂いを感じるだろう。僕は、そうだった。ただただ噴き上がる己の血を見ていた。

この小説を読んで感じる痛みは、だから特殊なのだ。己がいとも簡単に切り裂かれるのを、ただ茫然と見つめているような痛み。

読後、僕は『月』をあらゆる人に薦めて回った。特に、懇意にしている商業映画のプロデューサーたちに薦めた。意地悪な言い方をすれば、僕を含めた彼ら彼女らは普段から多くの人々が見たい物語を探している。さらに意地悪な言い方をすれば、自分たちにとって都合のいい物語のことしか考えていない人たちが、むしろ正反対の、最も都合の悪い、できれば誰もが見たくない物語について何を思うのか、僕は無性に聞いてみたくなったのだ。この物語、この事件は、確実に「在った」。そのことから目を逸らしてはならない。今の僕たちの社会を考えるにあたって、この物語以上に重要なものがあるはずがない。なぜなら、人間存在そのものの根幹が揺さぶられたのだから。挑発されたと言ってもいい。

だがもちろん、僕には悲しい断言ができる。この事件は社会というものが巧妙に作った死角に追いやられ、やがて風化する。忘れ去られる。そうに決まっている。そもそもこの世界に「切実なことはなにもない」のだ。そういう無力感に、最近は押しつぶされそうになることが多い。でも、そういう絶望的な気分になると、いつも思い出すことがある。

三年ほど前に、本当に運よく辺見さんにお会いする機会を得た。大げさではなく、これは僕の人生を変えるほどの決定的な時間になったのだが、個人的な話をここでするつもりはない。

多分、僕が辺見さんにこの無力感についての話をふいにしたのだと思う。この社会は絶望的ですよね、どうにもなりませんよね、というようなことを軽く口走ったのだと思う。それに対して、辺見さんは「それはあなたの性格的な問題じゃないですか」とおっしゃった。そのとき、辺見さんはほんの少し愉快そうに笑った、ような気がした。「俺は違うぜ」という笑みだった、と勝手に僕は解釈した。ああ、そうなんだ。辺見さんは、それでもこの世界から光を見出そうとしているのだと、僕は感じた。

きっとご本人は、そんな平易な言葉で分かりきったことなど言わないと思う。もちろん確かめてもいない。でも、その辺見さんの一言は僕の気持ちをすこぶる明るくしたのだ。

おそらく僕がお会いしたとき、辺見さんはこの『月』を執筆中だったと思う。物腰は穏やかだったが、でも確かに怒りと狂気を目に宿していて、そして、その目できっと微かな光を探していたのだと思う。勝手な僕の想像の域を出ないが、そのことが僕にとっては、やはりとても重要なのだ。

きっと大半の人が目を逸らすはずであるきーちゃんとさとくんの中に辺見さんは入った。そして、あるときは糞尿をまき散らし、最後は無邪気に刃物を振り回した。辺見さんのその殺気は、尋常ではなかった。あらゆるものの意味を剝奪しようとし、殺そうとした。壊せるものは、すべて壊そうとした。このこころみは、すこぶる残酷でいて、やはり人という存在に対して、圧倒的な優しさがなければできなかったものだと僕は思う。

本書は、二〇一八年十月に小社より刊行された単行本を文庫化したものです。

本作品はフィクションであり、実在の人物、団体、組織とは一切関係ありません。

目次デザイン／鈴木成一デザイン室

月《つき》

辺《へん》見《み》 庸《よう》

令和3年 2月25日　初版発行
令和6年 9月20日　7版発行

発行者●山下直久

発行●株式会社KADOKAWA
〒102-8177　東京都千代田区富士見2-13-3
電話　0570-002-301(ナビダイヤル)

角川文庫 22549

印刷所●株式会社KADOKAWA
製本所●株式会社KADOKAWA

表紙画●和田三造

●お問い合わせ
https://www.kadokawa.co.jp/ (「お問い合わせ」へお進みください)
※内容によっては、お答えできない場合があります。
※サポートは日本国内のみとさせていただきます。
※Japanese text only

ISBN 978-4-04-111150-5　C0193

◆◇◇

角川文庫発刊に際して

角川源義

第二次世界大戦の敗北は、軍事力の敗北であった以上に、私たちの若い文化力の敗退であった。私たちの文化が戦争に対して如何に無力であり、単なるあだ花に過ぎなかったかを、私たちは身を以て体験し痛感した。西洋近代文化の摂取にとって、明治以後八十年の歳月は決して短かすぎたとは言えない。にもかかわらず、近代文化の伝統を確立し、自由な批判と柔軟な良識に富む文化層として自らを形成することに私たちは失敗して来た。そしてこれは、各層への文化の普及滲透を任務とする出版人の責任でもあった。

一九四五年以来、私たちは再び振出しに戻り、第一歩から踏み出すことを余儀なくされた。これは大きな不幸ではあるが、反面、これまでの混沌・未熟・歪曲の中にあった我が国の文化に秩序と確たる基礎を齎らすためには絶好の機会でもある。角川書店は、このような祖国の文化的危機にあたり、微力をも顧みず再建の礎石たるべき抱負と決意とをもって出発したが、ここに創立以来の念願を果すべく角川文庫を発刊する。これまで刊行されたあらゆる全集叢書文庫類の長所と短所とを検討し、古今東西の不朽の典籍を、良心的編集のもとに、廉価に、そして書架にふさわしい美本として、多くのひとびとに提供しようとする。しかし私たちは徒らに百科全書的な知識のジレッタントを作ることを目的とせず、あくまで祖国の文化に秩序と再建への道を示し、この文庫を角川書店の栄ある事業として、今後永久に継続発展せしめ、学芸と教養との殿堂として大成せんことを期したい。多くの読書子の愛情ある忠言と支持とによって、この希望と抱負とを完遂せしめられんことを願う。

一九四九年五月三日

角川文庫ベストセラー

角川文庫ベストセラー

しのびよる破局
生体の悲鳴が聞こえるか
辺見　庸

世界金融危機が叫ばれたが、〝破局〟は経済だけに限らない。価値観や道義、人間の内面まで崩壊の道を歩む〝現代〟を切り取る。大反響を巻き起こしたNHK・ETV特集を再構成し大幅補充した警鐘の書。

たんば色の覚書
私たちの日常
辺見　庸

私たちは今、他者の痛みにまで届く想像力の射程をもちえているだろうか——？「私」という単独者の絶望と痛みをすべての基点におき、みずからを閉ざすことなく他者と繋がる手がかりを模索する。

完全版　1《イ》★9《ク》★3《ミ》★7《ナ》（上）
辺見　庸

人間の想像力の限界をこえる風景の祖型は1937年にあったのではないか。戦後、あたかも蛮行などなかったようにふるまってきた日本人の心性とは何か、天皇制とは何かを突き詰め、自己の内面をえぐり出す。

完全版　1《イ》★9《ク》★3《ミ》★7《ナ》（下）
辺見　庸

敗戦後70年、被害の責任も加害の責任も、誰もとっていないこの日本という国は何か。過去にこそ未来のイメージがあるとして、深い内省と鋭い洞察によって時代を迎え撃つ、戦後思想史上最大の問題作！

太平洋戦争　最後の証言
第一部　零戦・特攻編
門田隆将

終戦時、19歳から33歳だった大正生まれの若者は、「7人に1人」が太平洋戦争で戦死した。九死に一生を得て生還した兵士たちは、あの戦争をどう受け止め、自らの運命をどう捉えていたのか。

角川文庫ベストセラー

太平洋戦争　最後の証言
第二部　陸軍玉砕編

門田隆将

髪が抜け、やがて歯が抜ける極限の飢え、鼻腔をつく屍臭。生きるためには敵兵の血肉をすることすら余儀なくされた地獄の戦場とは――。第一部「零戦・特攻編」に続く第二部「陸軍玉砕編」。

太平洋戦争　最後の証言
第三部　大和沈没編

門田隆将

なぜ戦艦大和は今も「日本人の希望」でありつづけるのか――。乗組員3332人のうち、生還したのはわずか276人に過ぎなかった。彼らの証言から実像を浮き彫りにする。シリーズ三部作、完結編。

小説日本銀行

城山三郎

エリート集団、日本銀行の中でも出世コースを歩む秘書室の津上。保身と出世のことしか考えない日銀マンの虚々実々の中で、先輩の失脚を見ながら津上はあえて困難な道を選んだ。

価格破壊

城山三郎

戦中派の矢口は激しい生命の燃焼を求めてサラリーマンを廃業、安売りの薬局を始めた。メーカーは安売りをやめさせようと執拗に圧力を加えるが……大手スーパー創業者をモデルに話題を呼んだ傑作長編。

危険な椅子

城山三郎

化繊会社社員乗村は、ようやく渉外課長の椅子をつかむ。仕事は外人バイヤーに女を抱かせ、闇ドルを扱うことだ。やがて彼は、外為法違反で逮捕される。ロッキード事件を彷彿させる話題作！

角川文庫ベストセラー

辛酸《しんさん》
田中正造と足尾鉱毒事件
城山三郎

足尾銅山の資本家の言うまま、渡良瀬川流域谷中村を鉱毒の遊水池にする国の計画が強行された！ 日本最初の公害問題に激しく抵抗した田中正造の泥まみれの生きざまを描く。

百戦百勝
働き一両・考え五両
城山三郎

春山豆二は生まれついての利発さと大きな福耳から得た耳学問から徐々に財をなしてゆく。株世界に規則性を見出し、新情報を得て百戦百勝。〝相場の神様〟といわれた人物をモデルにした痛快小説。

大義の末 新装版
城山三郎

太平洋戦争末期、理想に燃える軍国少年・柿見。激動の時代に翻弄される少年の行く末は……社会の価値観・思想が目まぐるしく変化する中で生きた少年の青春と葛藤を描く、城山三郎の最重要作品。

家出のすすめ
寺山修司

愛情過多の父母、精神的に乳離れできない子どもにとって、本当に必要なことは何か？「家出のすすめ」「悪徳のすすめ」「反俗のすすめ」「自立のすすめ」と四章にわたり現代の矛盾を鋭く告発する寺山流青春論。

書を捨てよ、町へ出よう
寺山修司

平均化された生活なんてくそ食らえ。本も捨て、町に飛び出そう。家出の方法、サッカー、ハイティーン詩集、競馬、ヤクザになる方法……、天才アジテーター・寺山修司の100％クールな挑発の書。

角川文庫ベストセラー

それでもドキュメンタリーは嘘をつく　森　達　也

「わかりやすさ」に潜む嘘、ドキュメンタリーの加害性と鬼畜性、無邪気で善意に満ちた人々によるファシズム……善悪二元論に簡略化されがちな現代メディア社会の危うさを、映像制作者の視点で綴る。

死刑　森　達　也

賛成か反対かの二項対立ばかり語られ、知っているようでほとんどの人が知らない制度、「死刑」。生きていてはいけない人などいるのか？　論理だけでなく情緒の問題にまで踏み込んだ、類書なきルポ。

いのちの食べかた　森　達　也

お肉が僕らのご飯になるまでを詳細レポート。おいしいものを食べられるのは、数え切れない「誰か」がいるから。だから僕らの暮らしは続いている。〝知って自ら考える〟ことの大切さを伝えるノンフィクション。

オカルト　森　達　也
現れるモノ、隠れるモノ、見たいモノ

職業＝超能力者。ブームは消えても彼らは消えてはいない。否定しつつも多くの人が惹かれ続ける不可思議な現象、オカルト。「信じる・信じない」の水掛け論を超え、ドキュメンタリー監督が解明に挑む。

娼婦たちから見た日本　八木澤高明
黄金町、渡鹿野島、沖縄、秋葉原、タイ、チリ

沖縄、フィリピン、タイ。米軍基地の町でネオンに当たり続ける女たち。黄金町の盛衰を見た外国人娼婦。国策に翻弄されたからゆきさんとじゃぱゆきさん。世界最古の職業・娼婦たちは裏日本史の体現者である！